La recta intención

Andrés Barba

La recta intención

EDITORIAL ANAGRAMA
BARCELONA

Ilustración: «La recta intención», 2017, collage a mano en papel,
Carmen M. Cáceres

Primera edición en «Narrativas hispánicas»: septiembre 2002
Primera edición en «Compactos»: enero 2018

Diseño de la colección: Julio Vivas y Estudio A
© Andrés Barba, 2002

© EDITORIAL ANAGRAMA, S. A., 2002
Pedró de la Creu, 58
08034 Barcelona

ISBN: 978-84-339-6020-7
Depósito Legal: B. 28839-2017

Printed in Spain

Liberdúplex, S. L. U., ctra. BV 2249, km 7,4 - Polígono Torrentfondo
08791 Sant Llorenç d'Hortons

A la memoria de Marcela Martínez
por la exaltación de su vida
A su familia: Alberto, Marta y Felipe
por enseñarme a perdonar
A Jason V. Stone

–¿Acaso tengo verdugos dentro de mí mismo, padre?

–Y no pocos, hijo mío; son muchos y terribles.

–No los conozco, padre.

–Ese desconocimiento, hijo, es el primer tormento.

Corpus Hermeticum

FILIACIÓN

De pronto se hizo consciente del silencio de la tarde, de pronto, igual que si lo hubieran desplomado en medio del cuarto de estar, en la foto de Mamá con los tirabuzones y veinte años casi imposibles, en las cosas de ella y de Manuel, en los niños. El retrato lo había dejado Mamá en un ataque de orgullo hacía un mes un poco porque le gustaba aquella foto y más que nada porque la irritaba que no hubiera ninguna imagen suya en el cuarto de estar cuando había una de la madre de Manuel. Allí estaba ahora; elegante, absurda y fuera de lugar, sin hacer conjunto con ninguno de los muebles, golpeando para ser vista, tan Mamá.

Las palabras que acababa de oír en el teléfono, la voz asustada de la sirvienta al otro lado de la línea (sudamericanísima y quizá exagerada), la habían dejado de aquella forma y un poco culpable de no coger el bolso y salir corriendo hacia el hospital, como había hecho otras veces en situaciones parecidas. La señora, había dicho la sirvienta, como era tan así, tan suya para esas cosas, se había resbalado en la ducha, y aunque ella había oído el golpe y los lamentos desde el principio, hasta que llegó la ambulancia y rompieron la cerradura del baño no la habían podido atender. Ahora estaba en el hospital.

Si tardó un poco más todavía en salir de casa fue porque algo parecía retenerla allí, Mamá misma quizá, mirando desde el anaquel con veinte años en blanco y negro y sonrisa de estudio, ladeada, de póngase usted así, sonría, sólo que en aquélla había debido de ser al contrario; Mamá diciendo al fotógrafo exactamente lo que quería y lo que no quería, porque aquélla era la fotografía que le dio a Papá al cumplir un año de novios (Papá siempre, aquel recuerdo que no parecía casi un recuerdo de su funeral), los años de posguerra eran, y no había dinero para lujos.

Algo había pasado, sin embargo, esa tarde. Y no es que la preocupara que Mamá hiciera ir a visitarla como la última vez a Manuel y a los niños, y a Antonio y Luisa, e incluso desde Valencia a María Fernanda para nada, para enseñar quizá el moratón enorme y exigir el afecto debido, sino que de pronto tuvo la sensación de que algo había ocurrido con Mamá, algo de las mil caras o única de Mamá puesto otra vez allí, de pronto autoritario y de pronto no, como la fotografía del cuarto de estar enfrente de ella, como una colección de abanicos tras una vitrina.

Dijo su nombre en la entrada del hospital y se sintió culpable cuando la informaron de que la habían atendido de urgencia. Había gente esperando en el ascensor, así que subió corriendo por la escalera.

«¿Cómo estás?», preguntó cuando abrió la puerta y la vio en la cama, junto a un doctor que parecía estar esperando a que le diera un termómetro.

«Hija», contestó ella medio lastimosa, y señaló después al doctor para que respondiera más científicamente.

«Su madre se ha fracturado la cadera por dos partes. La fractura es limpia pero el soldamiento será difícil.»

«Difícil por mi artrosis degenerativa, ¿verdad, doctor?»

«Sí, por la edad.»

Aquella pequeña conversación era exactamente Mamá o,

al menos, una parte enorme de ella. Le habían vestido una fea bata azul celeste sobre el corsé. La semipenumbra de la habitación le acentuaba unas ojeras casi violetas en las que se distinguía alguna pequeña vena, como un extraño musgo que le creciera bajo la piel. Tenía las manos con las palmas abiertas hacia arriba y extendidas, lo que le daba, junto a la palidez, el aspecto del cadáver de un crucificado.

«¿Has llamado ya a María Fernanda para decirle cómo estoy?»

«No, todavía no, ¿te duele?»

«Como si me estuvieran devorando los perros.»

«Bueno.»

«Y a Antonio, llama también a Antonio.»

El doctor se marchó sin ruido, como una aparición blanca, asegurando que volvería después. La ropa de Mamá, una bata con la que la habían debido de medio cubrir para sacarla del baño, estaba en una bolsa de plástico sobre el sillón.

«Hija, no me ocurren más que desgracias», dijo, comenzando a lloriquear.

«Si dejaras que te bañara la chica...»

«La chica es una sinvergüenza, una ladrona. Quiero que la despidas y me busques otra.»

«Siempre estás con lo mismo y al final nadie te ha robado nunca, si lo dices por tu broche verás como aparece en una semana donde menos pensabas.»

«Tiene la habitación hecha una pocilga.»

«¿Y a ti qué más te da cómo esté su habitación mientras la casa esté bien?»

«Y se pasa el día llamando a Venezuela.»

«Pues no la dejes...»

La conversación, más que por la chica, intentó mantenerla para que no volviera sobre sus dolores. Mientras tanto sacó la bata de la bolsa, la bata granate con las iniciales M.A.A. bordadas en amarillo, María Antonia Alonso, doña María

Antonia Alonso, como la llamaban los obreros en los días en los que aún existía «Molduras Alonso», como la llamaba Joaquín, como la tenía incluso que llamar Antonio cuando estaba en la fábrica al empezar a trabajar porque no quería seguir con los estudios.

Ahora aquella bata parecía más Mamá que la misma Mamá, o al menos se lo parecía de una forma más habitual, menos triste. No es que le repugnara la vejez, sino la vejez en ella, y quizá el miedo de que la suya fuese semejante. Sintiéndose culpable, pensó que le gustaría morir antes de ser de aquella forma, como Mamá. Cuando salió del hospital para ir a buscar algunas cosas indispensables (cepillo de dientes, pastillas, una toalla en condiciones), respiró con alivio el aire frío de la calle. Tomó un taxi y mientras iba hacia su casa recordó la muerte de la madre de Manuel, hacía ya seis años. La recordó por el hospital; siempre que entraba en un hospital recordaba aquello y que, en la última semana que estuvo en Bilbao, no había querido separarse de la cama, ni dejar de besarla, ni soltarle la mano. No había sido diferente el olor, ni la impersonalidad de la habitación, y sin embargo había hecho aquellas cosas sin esfuerzo alguno, como volcada hacia un acto de perfecta necesidad y justicia.

Esa tarde, por el contrario, antes de salir de la habitación, cuando Mamá le había pedido un beso se lo había dado casi insensible, casi costándole trabajo le había dado un beso a Mamá, y aquello no era justo porque una rotura de cadera a aquella edad sí podía ser definitivamente algo serio. Les llamaría desde casa, eso era lo mejor, y les encontraría sin esfuerzo porque era sábado y tarde; a Antonio le dejaba la semana lo suficientemente cansado como para salir y María Fernanda tenía, por lo que había dicho Mamá, gripe.

Fue más fácil no fingir con Antonio. Aún le duraba la resaca del encontronazo con Mamá la última Navidad y se limitó a preguntar cómo estaba y a pedirle el número de la habitación del hospital.

«¿Irás a verla?»

«Sí, mañana.»

«Está mal», dijo ella, y le hubiese gustado pensar que lo había dicho conscientemente, pero no había sido así. Aquellas palabras, que no habían pretendido más que salvar una despedida que aventuraba ser más difícil que de ordinario, habían abierto otro espacio de posibilidades que le daba miedo calcular. Claro que estaba mal, una persona de la edad de Mamá que se rompía la cadera estaba mal, pero no era eso lo que habían significado aquellas palabras, sino algo parecido a un pacto silencioso entre ellos, las víctimas, al que aquella forma sutilísima de entenderse daba una culpabilidad mayor.

«Iré mañana entonces, sin falta», dijo Antonio, y colgaron.

María Fernanda no cogió el teléfono hasta que hubieron sonado por lo menos siete llamadas, y cuando lo hizo le notó el cansancio de la gripe en la voz.

«Mamá se ha roto la cadera —dijo casi a bocajarro, y antes de que le diera tiempo a preguntar—: ... Se ha caído en la ducha.»

«¿La atendieron rápido?»

«Tardaron porque había cerrado con cerrojo y tuvieron que romper antes la cerradura.»

«La verdad, no sé para qué le pagamos la chica esa a Mamá, se supone que está ahí para ayudarla», dijo María Fernanda, perdido ya el tono débil, con indignación.

«La que no se deja ayudar es Mamá», contestó ella, dándose cuenta de que defendía a la chica casi sin saber qué era lo que había ocurrido.

«Mamá ya no está en disposición ni tiene edad para decir lo que quiere y lo que no quiere, se le dice lo que tiene que hacer y punto.»

«¿Qué quieres? ¿Echarme la culpa a mí, o qué?»

«Lo que quiero es que estés pendiente.»

«Eso es muy fácil decirlo desde Valencia.»

«Mira, no empecemos.» María Fernanda calló un segundo, como si en realidad lo que le hubiese gustado fuese seguir con la misma conversación de siempre, y las dos se percataron de que aun en un momento como aquél no podían evitar dejar a Mamá de lado y pelearse.

Aquella conversación tenía también algo de extraño. Acostumbraba a llamar a María Fernanda desde casa, sentada en el cuarto de estar y con la puerta cerrada, pero ahora el hecho de estar haciéndolo desde casa de Mamá le daba a las palabras un sabor de discusión antigua, de rabias y desesperaciones adolescentes. Frente a ella, en un marco de plata grande, había la ampliación de una imagen que le hubiera gustado destruir: las dos en bañador, María Fernanda en bikini, ella no, reían con veinte años en una playa de Cádiz. Para ser más exactos, María Fernanda reía y ella la miraba con algo que parecía una sonrisa imitativa, su cara de foto —pensó—, la cara que decía Manuel que ponía siempre cuando alguien le apuntaba con una cámara. Aquella fotografía le devolvió, con una intensidad que había creído olvidar, la dependencia que durante todos aquellos años había sentido de María Fernanda. Aun siendo la mayor, un año y medio mayor, María Fernanda era siempre quien acababa explicándole las cosas, la extrovertida, la de las llamadas telefónicas. Fuera de su alcance se había sentido siempre mejor y junto a ella, hasta que conoció a Manuel y se casó dos años más tarde, adquiría sin remedio aquel nosequé idiota, aquella timidez pánfila de la fotografía.

Como en juego, como representando los papeles de una tragicomedia, adoptó casi con naturalidad el papel de hermana responsable aquellos años. Se escandalizó de sus relaciones sexuales con aquel chico de Somontes no porque realmente la escandalizaran (ella misma las había casi tenido con Manuel), sino porque el envés de aquella impostura la obligaba a escandalizarse, a creer incluso ciegamente que era sincero su escándalo. Siempre le había desagradado la contemplación del erotismo ajeno y María Fernanda no fue una excepción. Si alguien tenía la culpa de eso era Mamá, pensó. Demasiado guapa para ser viuda y demasiado atrevida como para sacar adelante una fábrica durante aquellos años en los que la recordaría siempre como la que fue, no Mamá, sino doña María Antonia Alonso. Joaquín, si es que alguna vez llegó a ser del todo necesario, no fue más que un pelele, un muñeco que exigía la respetabilidad y quizá la mejor creación de Mamá. ¿Qué mejor —y suponer esto era suponer una maldad de intención que quizá no tuvo— que tras la muerte de Papá tomar al último palurdo llegado del pueblo y convertirlo en gerente de la fábrica? ¿No era como hacer patente ante quienes supieran mirar que en realidad era ella quien lo continuaba haciendo todo? ¿No era como decir que hasta Papá había sido sustituible? La deferencia que usaba con Joaquín los primeros años tenía algo de imperial y despreciativo, algo como de aquellas mujeres de los emperadores romanos que se desnudaban sin vergüenza delante de los esclavos porque ni siquiera les consideraban hombres, lo mismo que tenía algo de imperial y despreciativo este silencio de pronto de María Fernanda en el teléfono, como si su acto de superioridad intelectual fuese abortar una discusión que no llevaba a ninguna parte.

«Te quedarás con ella esta noche, ¿verdad?»

«Sí», respondió ella, casi dudando.

«No te ibas a quedar», dijo María Fernanda.

«¿Qué?»

«No te lo digo yo y eres capaz de no quedarte con ella.»

«No es verdad, no seas tú la que empiece ahora..., es sólo que no lo necesita tanto como crees, no está tan mal.»

«Se rompe la cadera Mamá y tú dices que no está tan mal. ¿A qué llamas tú estar mal?»

La conversación duró todavía un poco más, y antes de colgar se pidieron perdón por el tono, como siempre se pedían perdón después de discutir, algo que ni añadía ni solucionaba nada, en una especie de acto reflejo de hembras bien enseñadas por Mamá. Aunque estaba nerviosa, no lo estaba lo suficiente como para no reconocer que ninguna de las dos tenía la razón cuando se ponían así, que casi ni siquiera importaba tener la razón. Pero aquella vez, como la última que se vieron en Navidad, la imposibilidad de mantener una conversación normal con su hermana añadía otro peso a su convicción de que iban a ser muy difíciles las semanas siguientes, hasta que dieran de alta a Mamá.

Hablar con Manuel fue como rendirse a un descanso reservado para el final. Le contó el estado de su madre y las conversaciones con sus hermanos como si describir cada detalle fuese la única forma de encontrar consuelo. Él se ofreció a acompañarla durante la noche en el hospital, pero ella le dijo que no, que se quedara con los niños.

«Podemos llamar a una canguro, sabes que no es problema.»

«No, quédate ahí, prefiero que estés tú.»

Era curioso como, habiéndole contado todo a Manuel, no le había contado nada en realidad, lo supo cuando él le preguntó cómo estaba, no su madre, ella, y no supo qué contestar.

«No sé», dijo.

«¿Pero estás nerviosa?», preguntó.

«No sé, no sé cómo estoy.»

«Ven a casa cuando se duerma.»

De vuelta, ya en el hospital, Mamá esperaba inquieta.

«¿Les has llamado?»

«Sí.»

«¿Qué ha dicho Antonio?»

«Que mañana viene.»

«¿Qué tenía que hacer?»

«No sé.»

Hubo un pequeño silencio, como si Mamá quisiera abrir un espacio distinto, rodear de nada lo que iba a decir a continuación.

«Sabes qué día es hoy, ¿verdad?»

«No», contestó ella, pero supo qué día era en el exacto momento de responder «No», y Mamá debió de notarlo en su gesto porque no dio más explicaciones.

«Dios es un buen bromista», dijo muy al final, como si con aquellas palabras quisiera concluir lo que debía ser dicho sobre el asunto y volviendo a ser más que nunca doña María Antonia, aquella criatura a la que los últimos años habían dado un disfraz diferente, engañoso, pero sólo unos segundos, los que tardó en volver a cerrar aquel silencio y empezar con un llanto medio fingido. No era posible llamar casualidad a aquello.

«¿Diez años?»

«Nueve», dijo Mamá, y callaron las dos, como bajo una orden.

Nueve años exactos casi al milímetro, porque ésta era también la hora, de noche, hacía que había ardido la fábrica. Recordaba aquella noche casi completa, pero las escenas, al contrario que otro tipo de memorias, parecían perfectamente inmóviles. Eran, sobre todo, Mamá y Antonio y Joaquín, al volver de contemplar el estado en que había quedado Molduras Alonso, discutiendo en la sala de estar de Mamá. Joaquín diciendo, porque era cosa evidente que no había sido un incendio accidental, que la culpa era de Antonio, del modo en que hacía las gestiones Antonio, amenazando a los deudores, gritando a los empleados, creando enemigos. Ella, que había ido a casa de Mamá sólo por ver si su presencia ayudaba, se sintió fuera de lugar. No había llorado todavía Mamá, lloraría quizá más tarde, entonces era sólo la perfecta imagen del juez. Antonio, con sus por entonces veintidós años, más que defenderse aportando pruebas en contra de lo que decía Joaquín, no hacía más que descalificarle. Sin dejar de mirarles, pero al mismo tiempo como si no estuviera casi prestándoles atención, Mamá se levantó del asiento, fue hasta Antonio y le dio una sonora bofetada.

«Vete a casa, hijo», le dijo después, sin que se notara una brizna de ira en sus palabras, como si aquella bofetada hubiera sido un perfecto acto de justicia y el hecho de que se fuera a casa el único posible.

Ella pensaría después que siempre era igual con las personas con las que había convivido de forma habitual; parecía que no estaban allí, que eran casi invisibles, hasta que de pronto un acontecimiento aislado les daba peso real, esencia. De esa forma parecía que Antonio no había existido hasta entonces y que la bofetada de Mamá le había conferido una entidad descomunal. Vio su orgullo herido, más que en contra de Mamá en contra del hecho de que Mamá hubiese preferido a Joaquín, vio su desesperación y su miedo a la vez, porque ahora que había ardido la fábrica no sólo no tenía trabajo, sino que ni siquiera podía contentarse con un título de bachiller que le sirviera para conseguir otras cosas. Todo aquello, más que la imagen de su hermano a punto de llorar en público por primera vez, le daba olor y peso a Antonio, que hasta entonces había sido para ella poco más que Antoñito, el pequeño, con quien una diferencia de edad de casi diez años hacía la comunicación prácticamente imposible, reducida a banalidades de monotonía.

Pero la escena no terminó allí. Antonio se marchó despacio, sin ninguna manifestación de rabia pero abriendo, con aquel modo tan inusual en él, la brecha de un rencor que nunca terminaría de curarse y se quedaron en la habitación Mamá, y Joaquín y ella. El silencio, sólo interrumpido por la verborrea de Joaquín alabando su gesto, parecía servirle a Mamá para pensar el próximo movimiento.

«Póngase usted de pie, Joaquín», dijo al final Mamá, creando otro espacio de extrañeza porque se tuteaban.

La bofetada que le dio a Joaquín, de tan inesperada, fue casi ridícula y le hizo reaccionar con un gesto infantil que le obligó a protegerse en vano.

«Es la última vez que habla usted así de mi hijo.»

Joaquín se fue de casa de Mamá convertido otra vez en quien había sido cuando llegó por primera vez a la fábrica, un palurdo que no hubiera tenido dónde caerse muerto si no hubiese sido por ella. El traje gris, la colonia penetrante, el peinado hacia atrás, engominado, le hacían ser entonces y más ridículamente que nunca el que era en realidad, el que quizá nunca había dejado de ser.

A ella le pareció entonces que si Joaquín no se hubiese ido de casa, Mamá nunca se habría percatado de su presencia. Se sentó de nuevo en el sillón y se la quedó mirando inexpresivamente, como si ya no quisiera fingir más. Le dio miedo entonces, un miedo habitual y pretérito, tan habitual que casi no parecía miedo sino algo extraño al ser referido a ella: compasión. Hacía años que se había marchado de casa, estaba casada, tenía un buen trabajo, la respetaban y sin embargo no sabía qué hacer con aquel sentimiento de compasión hacia su propia madre. Lo que cualquier persona habría comprendido como un movimiento natural le parecía a ella extraño e incómodo. En la familia de Manuel no era complicado. Si en la familia de Manuel no era complicado significaba que no tenía por qué serlo necesariamente. La idea de acercarse a ella y abrazarla le pasó por la cabeza aquella noche agilísima y dolorosa, como una hoja de cuchilla.

«¿Y tú qué estás haciendo aquí?», preguntó Mamá de pronto.

No habría sabido explicar cuál fue exactamente su reacción a aquellas palabras. Era como si Mamá la hubiese abofeteado también a ella. Primero se sintió ridícula, luego apretó con fuerza las mandíbulas para evitar que se le notara. Cuando salió de casa estuvo a punto de volver a abrir la puerta y gritarle que se alegraba de que hubiera ardido la maldita fábrica. Lloró en el ascensor. No era dolor. No era, tampoco, rabia.

De repente todo es lento y absurdo. La imagen de Mamá en silencio sobre la cama del hospital y la de la fotografía con los tirabuzones en el cuarto de estar se confunden haciéndose una, sin ser, por eso, verdadera. No quiere, en realidad, a María Fernanda. Antonio es poco más que alguien al que compadece por su mala suerte, a quien desprecia sin mala intención y teme, como se teme a un perro de una raza violenta. Ni siquiera Manuel escapa a esta lentitud y se hace, de pronto, grotesco. Sin evolución visible, sin razonamiento lógico, su ternura se convierte en una molestia blanda que la asfixia, igual que la asfixian, a la vez, los niños, no su realidad sino sus imágenes, su concepto, la responsabilidad que comportan.

Recuerda el último encuentro con María Fernanda aquella Navidad en la cocina de casa de Mamá, la eterna falsa alegría que las reúne a las dos en torno a la misma conversación sobre quién ha engordado más, la delectación con que comprobó que ella estaba más delgada, Antonio y Luisa en el cuarto de estar, sin hablarse frente al programa navideño de la televisión, esperando para la cena, y todo, recuerdo y presente, se hacen Mamá. Ahora ya no puede dejar de odiarla. Es como si a esta hora concreta, este día y no cualquier otro en que quizá habría tenido más motivo, odiase sin remedio y sin posibilidad de perdón a Mamá, la hiciese responsable única de esta lentitud que consigue que todo parezca absurdo, como si ahora se hubiese roto aquella membrana que contenía el rencor y, en vez de haberlo hecho en forma de explosión, estuviera dejando escapar el líquido del desprecio lenta y silenciosamente.

«No me pasan más que desgracias, hija», dice Mamá, y a ella la ponen de pie de pronto esas palabras, como si hubiera estado al límite de lo soportable sin saberlo, y se dirige hacia la puerta.

«¿Adónde vas?»

«Vengo ahora.»

«¿Adónde vas?»

No ha hecho ruido al cerrar, ni al bajar corriendo hacia la calle. Era la 1.30 de la madrugada cuando el taxi se ha detenido en la puerta de casa. Ha subido en el ascensor con un nudo en la garganta como si quisiera llorar o contar un secreto vergonzoso. Los niños dormían. Manuel ha dicho: «¿Cómo estás?», cuando ha entrado en el dormitorio, pero ella no ha respondido.

«¿Estás bien?»

Al tumbarse junto a él, le ha llegado un ligero olor a pasta de dientes.

«¿Estás bien?»

Se ha sentido fea junto a Manuel y algo oscuro se ha complacido en esa fealdad. Ha llevado la mano hasta su entrepierna y le ha comenzado a acariciar hasta que ha conseguido excitarle.

«¿Qué te pasa?»

Cuando se ha puesto sobre él lo ha hecho sin mirarle a la cara, deseando hacerse daño, intentando hacerse daño, como si buscara desesperadamente un castigo. Manuel no ha querido plegarse al juego fácilmente. Primero preguntándole por qué hacía aquello y después revolviéndose hacia atrás, como apartándose de su propia satisfacción, la ha mirado fi-

23

jamente, limpiándole el pelo de la cara con la mano. No han hablado más y el silencio ha recalcado la tristeza de la carne de Manuel hundiéndose en ella sin comprenderla.

Pero tiene también este silencio:

Mamá esperando en el hospital.

María Fernanda.

Antonio respondiendo que mañana irá a ver a Mamá y que será difícil.

Los niños durmiendo en la habitación contigua.

Y a fuerza de intentar hacerse daño acaba haciendo daño a Manuel, que adquiere una hermosura extraña con los pantalones del pijama bajados hasta la rodilla y que, desistiendo de entender, o al menos de hacerlo en ese momento, la tumba sobre la cama intentando adoptar una postura más habitual sin que ella le deje porque no sabe la razón pero sí que tiene que llegar ahora hasta el final de este absurdo, hundirse en él, y Manuel lo acepta inmóvil hasta que llega, como de muy lejos, una satisfacción efímera y una sequedad metálica en la garganta que, al separarse, se complace más que en su placer en la belleza de la familiar erección de Manuel, en la sencillez de su sexualidad. Son de Manuel las manos que le apartan el pelo hasta la oreja, y las que se detienen acariciándole la mejilla, y la respiración.

«Qué ha pasado, dime.»

Empezó por el olor, por aquel recuerdo de olor a madera recién pulida en la fábrica levantándose desde las montañas de serrín que quedaban junto a las serradoras de Molduras Alonso. A María Fernanda le habría parecido ridículo empezar a contestar así a la pregunta de Manuel, pero tuvo en aquel momento para ella una fuerza de coherencia lógica que no habría tenido ninguna otra respuesta. Y no sólo el olor. Cuando Mamá no estaba cerca ella recordaba haberse puesto de rodillas sobre alguno de aquellos montones de serrín y haber hundido en ellos las manos, como en las tripas de un animal caliente. No podía tener más de diez años entonces, pero recordaba todavía aquel aroma húmedo, casi dulce, de la madera y a Joaquín a su lado, cuidándola como una bestia bien amaestrada y casi con miedo, sin atreverse a recriminarle nada. Reconocer aquello, lo comprendió despacio y sin terminar de mirar abiertamente a Manuel, era como atentar contra ella misma, aceptar que no sólo nunca había odiado del todo la fábrica sino que de hecho había algo que había amado con perfecta ternura, y si le había parecido tan extraña aquella tarde, tan ridícula, era en el fondo porque había sido todo lo contrario; perfectamente clara y significativa. Reconocer que había amado la fábrica no era distinto de reconocer que había amado a Mamá, no a la mujer que estaba ahora en la cama del hospital con la cadera rota, sino a doña María Antonia, la que se paseaba en silencio entre las serradoras con Joaquín al lado como un enorme perro de caza, con una autoridad femenina y fortísima, o quizá no haberla amado pero sí haberse sentido seducida por su poder, el mismo que de forma natural y durante toda la adolescencia María Fernanda había ejercido sobre ella.

Eran las dos, Mamá y María Fernanda, caras de un mismo miedo. Estar diciéndoselo ahora a Manuel le producía la misma extrañeza que haber encontrado una palabra que describía a la perfección un sentimiento habitual y, al haberlo hecho, notar que la realidad completa adquiría una significación distinta.

«Hoy hace nueve años que ardió la fábrica», dijo, y Manuel entornó los labios con una mueca que parecía una sonrisa muy leve, involuntaria.

«Vaya», contestó.

«Yo no me había dado cuenta, me lo ha dicho mi madre en el hospital.»

«¿Cómo está?»

«Mal.»

«¿Qué ha dicho tu hermano?»

«Que irá mañana a verla.»

«Creo que deberías ir tú también.»

«Sí.»

Decir «Sí», plegarse a la sensatez de Manuel y al mismo tiempo saber que era ella misma quien tomaba la decisión tuvo de pronto una belleza tan cotidiana, tan simple, que le dieron ganas de fingir más dolor para que el diálogo aquel se extendiera hasta última hora de la noche.

«¿Vas a volver al hospital?»

«No sé. ¿Crees que debería?»

«Creo que necesitas descansar un poco.»

«Sí —contestó ella, y al ver que Manuel hacía un gesto de cansancio terminó—: Tienes razón.»

Tras el tabique, en la habitación de al lado, se oyó una tos de niño.

El dolor de estómago le empeoró al entrar en la habitación del hospital con aquel olor penetrante que venía desde el pasillo vacilando entre una neutralidad esterilizada y un vago aire de sudor rancio. Mamá estaba despierta.

«No he dormido nada en toda la noche», dijo enseguida, recriminándole que no se hubiera quedado. Ella no respondió inmediatamente.

«¿Te han dado ya de desayunar?», preguntó al final.

«No cambies de tema, no me trates como si fuera imbécil, te estoy diciendo que no he dormido nada en toda la noche. Soy tu madre. —Las palabras de Mamá tenían la aparente inconexión de quien trata de decir en una sola frase lo que ha estado pensando un largo espacio de tiempo—. A las madres se las quiere. ¿O es que tus hijos no te quieren a ti?»

El gesto concentrado de la frente indicaba la presencia real de un dolor intenso, en nada parecido al fingimiento habitual con el que se quejaba siempre que venía a casa al hablar con Manuel o los niños, como si estuviese convencida de que el amor seguiría necesariamente a la compasión.

«Sí, sí me quieren.»

«Pues entonces. Tú nunca me has dicho eso a mí, tú nunca me has dicho: Madre, te quiero.»

Eso era Mamá exactamente, o al menos la cara más ridícula de Mamá. Lo parecía más que nunca ahora que la delgadez se le acentuaba en aquella mueca de lástima aclarando, tras las ojeras, el desvalimiento de un rostro que, como el suyo, siempre había tenido una hermosura aristocrática, firme. Aquel melodramatismo no era del todo un fingimiento, sino la demostración más clara de su incapacidad, de su falta de recursos afectivos. Pedía amor, y si no consideraba que lo estuviera recibiendo, entonces exigía amor, y lo exigía además de aquella forma, lo mismo que habría exigido que volvieran a pulir unos marcos cuando aún existía la fábrica.

Aun así, tras aquellas mil caras o única de Mamá, había algo que estaba cambiando, que quizá había cambiado ya aquella misma noche. Igual que había habido un antes y un después cuando ardió la fábrica, parecía ahora abrirse un después con aquella reacción tan cotidianamente melodramática de Mamá en la que, sin embargo, había algo distinto.

Desayunó en silencio y con dificultad porque el corsé que le habían puesto no le permitía inclinarse, y cuando terminó le preguntó a qué hora había dicho Antonio que pasaría a visitarla.

«No sé la hora, me dijo que vendría hoy», contestó ella, temiendo casi que le preguntara más.

«No vendrá.»

«Me dijo que vendría, en serio.»

Y de pronto se sintió ridícula, como una chiquilla que hubiese mentido una vez y, descubierta, persistiera en su mentira prometiéndola mil veces.

«No vendrá.»

Lo cierto era que si le hubieran dado a elegir, también ella habría preferido que no viniera Antonio. La última Navidad había removido, como nada lo había hecho desde que ardió la fábrica, las relaciones entre todos pero sin terminar tampoco de resolverlas, dejándolas en un estado de tensión que les había llevado a unirse en dos grupos: Antonio y ella por una parte, como si los dos hubieran reconocido su condición de víctimas, y Mamá y María Fernanda por otro. Sin que hubiese pasado nada diferente de cualquier otro año, todos habían parecido sentir la necesidad imperiosa de afirmarse frente a los demás, y aquello, en vez de solucionar nada, le dio a las horas que duró la cena de Navidad en casa de Mamá una falsedad teatral, casi grotesca, en la que los tres, bajo la apariencia de una reunión normal, se recriminaban, aunque nunca abiertamente, su propia infelicidad unos a otros. Manuel, los niños, Luisa, la mujer de Antonio, parecían meros comparsas de aquel enfrentamiento silencioso presidido por Mamá, que terminó, como terminaba todos los años, levantando la reunión después del postre para cantar villancicos junto al portal de Belén que solía poner junto a la entrada. Si no hubiese sido porque Antonio rompió aquella copa contra el borde de la mesa es posible que hasta se hubieran marchado de allí con la sensación de fracaso asumido de cualquier Navidad.

«Vamos a cantar villancicos», dijo Mamá, y Antonio estrelló la copa de un golpe seco. Ella intentó después que todo hubiese parecido una accidente, pero su fingimiento, como la alegría de los villancicos, de pronto le resultó odiosa.

Antonio y Mamá no había vuelto a hablar desde entonces y el hecho de que fuera a llegar ahora le devolvía el nerviosismo del día de Navidad. Propuso encender la televisión sólo por ocupar aquel silencio, también para que Mamá dejara de quejarse, pero se arrepintió después porque quiso que dejara un programa que simulaba un juicio. Un hombre que aseguraba haber tenido dos infartos pleiteaba contra una compañía tabaquera asegurando que cuando adquirió la adicción las cajetillas no indicaban ninguna prevención ante ese tipo de peligros.

«Usted –decía el fiscal– consultó a su doctor cuando notó los primeros síntomas y, como consta en este informe, él le recomendó encarecidamente dejar de fumar...»

Antonio apareció en la puerta con la seriedad de alguien a quien le hubieran obligado a hacer un acto desagradable contra su voluntad, solo además, sin Luisa, algo que sin duda habría hecho todo más fácil. Ella pensó entonces que parecía una reunión prevista aquella reunión y que, sin María Fernanda allí, el gesto de Mamá adquiría un leve tono de desvalimiento.

«Pero yo ya era adicto por esas fechas, ustedes son los responsables... –le tembló la voz al hombre de la televisión y el cámara, intuyendo una lágrima, le regaló un primer plano–, responsables de mi muerte y de las de miles de hombres y mujeres como yo que...»

Mamá ya no miraba la televisión, pero sí la miraba Antonio, como si hasta en aquella circunstancia estuviera intentando escapar de Mamá.

«Acércate, hijo.»

El movimiento brusco de Antonio golpeó un cuaderno que colgaba junto a la puerta con las anotaciones sobre comidas que había hecho el doctor y se quedó tintineando en un vaivén rítmico, molestísimo.

«Acércate.»

Debía de hacer frío en la calle, porque Antonio tenía las orejas y la nariz levemente enrojecidas.

«¿Acaso se hace responsable a una destilería de alcohol

de las muertes producidas en accidentes de tráfico en que los conductores estaban ebrios? –dijo el fiscal alisándose la corbata–. ¿No es acaso responsabilidad del consumidor hacer un uso comedido y responsable del producto?»

Aunque tuviera treinta y nueve años parecía tener quince ahora delante de Mamá, parecía sólo un niño bruto que volviese de una pelea y no encontrara para justificarse más que aquel silencio. Se acercó despacio, con una mezcla de rencor y miedo que ella no recordaba haberle visto desde que ardió la fábrica y Mamá le abofeteó delante de Joaquín.

«¿A usted le gustaría morir?», dijo el hombre de la televisión.

«Yo no deseo que usted muera, sólo estoy diciendo que era su responsabilidad...»

Mamá pidió agua. De pronto la conversación del programa se había hecho molesta y ella se levantó demasiado rápido para buscarla, haciendo evidente lo que quizá no lo había sido hasta entonces: que también ella estaba incómoda. Cuando volvió, Mamá se la bebió despacio, sin dejar de mirar a Antonio.

«¿Sabe usted lo que es un cáncer?» El hombre de la televisión se quitó el sombrero que llevaba y relució una blanca calva de quimioterapia. El público se quedó congelado en un tímido «Oh».

«Creo que estamos sacando las cosas de quicio.»

«Me voy a morir –contestó el hombre–. ¿No es como para sacar las cosas de quicio?»

La conversación del programa, aun siendo tan evidentemente trágico y verdadero que aquel hombre iba a morir, tenía una impostura teatral que la hacía grotescamente ridícula.

«Me voy a morir», repitió el hombre.

«¿Es necesario que veamos esta mierda de programa?», preguntó bruscamente Antonio, casi gritando aunque sin darse cuenta de que lo hacía.

«A mí no me parece una mierda –respondió Mamá–. Ese hombre se va a morir...»

Pero no era el hecho de que se fuera a morir lo que lo hacía grotesco, sino la evidencia de que estaba representando el papel de su propia muerte, como Mamá había comenzado a actuar, aunque su dolor fuera real, el papel de su convalecencia.

«Dame un beso –dijo Mamá–. Dale un beso a tu madre.»

El gesto de Antonio se paralizó en una mueca de extrañeza que desarticuló por completo lo que hasta entonces había podido ocultar el silencio. Si Mamá era consciente o no de lo que pedía, parecía, llegado aquel extremo, de poca importancia. Antonio se acercó a ella y la besó deprisa en la mejilla, intentando que así fuese menos palpable el esfuerzo que le costaba.

«Tú me quieres, ¿verdad, hijo?»

«¿Qué si te quiero?»

«Tú me quieres, ¿verdad?»

Y era una modulación, la de la pregunta de Mamá, entre patética y autoritaria porque, al mismo tiempo que fingida, no admitía un no como respuesta. El «claro» con el que contestó Antonio no fue más que la única forma digna y rápida que encontró de escapar, y aún permanecieron un poco más reunidos hasta que una visita repentina del médico lo hizo todo más fácil dejándoles de nuevo en el terreno de quienes aparentan normal preocupación. Mamá no comentó nada después de que se fuera Antonio con una excusa que, pronunciada un domingo, tenía el claro carácter de una venganza: que tenía que trabajar, lo que sí hizo fue dar por sentado que ella iba a pedir permiso para no asistir a la oficina al día siguiente.

«Mañana, cuando vengas por la mañana, te pasas antes por casa y me traes la otra bata, la verde.»

«Yo mañana trabajo, Mamá.»

«Pues les dices que te den el día libre. Alguien tendrá que quedarse aquí conmigo, ¿no?»

En la televisión el juez declaró culpable a la compañía tabaquera. El público aplaudió acaloradamente.

No sabía exactamente qué era lo que la atemorizaba, pero no quería estar sola. Sería, en todo caso, que no había podido evitar ponerse del lado de Antonio y que algo le hacía a la vez avergonzarse de aquello. Tampoco Antonio tenía toda la razón. Nadie, en realidad, la tenía, y cuando Manuel le preguntó qué tal había ido la tarde al llegar a casa, pensó que ni siquiera él podría entenderlo todo por mucho que describiera las palabras de Mamá o las reacciones de Antonio. Todo venía en realidad de demasiado lejos y había sido callado durante demasiados años como para que ahora, en un espacio de tiempo y con unas palabras concretas, pudiera ser explicado. Y de la misma forma que no podía ser explicado no podía ser tampoco resuelto. Era. Su relación con Mamá, con María Fernanda o con Antonio era; no podía ser descrita, ni transformada, ni resuelta; se levantaba frente a ella como una telaraña de piedra en la que los odios o rencores ya no parecían odios o rencores reales, sino formas irresolubles de personas que habían desistido de conocerse si es que alguna vez habían llegado siquiera a intentarlo. Por eso cuando conoció a la familia de Manuel tuvo aquella sensación permanente de irrealidad, de que su amor no respondía más que a un fingimiento más elaborado que el de su familia. Descubrir después que aquel afecto era verdadero le volvió en contra de Mamá de forma sutil porque, de la misma forma que la madre de Manuel había sido la responsable con su sola presencia del cariño de todos, Mamá lo debía de ser de la disolución y de la envidia.

La forma en la que quiso a la madre de Manuel tenía en su ansiedad algo de niña huérfana que trata de agradar a sus padres adoptivos hasta el punto de parecer ridícula, y cada vez que pensaba en ella (ahora que ya había muerto) le daban unas ganas casi confortables de llorar en el recuerdo de su bondad y su pequeñez silenciosas. Sin embargo tampoco podía engañarse; por mucho que hubiera intentado que su familia se pareciera a la familia de Manuel, al final siempre acababa venciendo la sombra de Mamá. Ellos estaban demasiado lejos y Mamá, desde que ardió la fábrica, había tomado la costumbre de pasar en su casa todos lo fines de semana con Manuel y los niños. Si le hubiera dado alguna vez la oportunidad de recriminarle algo le habría dicho que no era el hecho de que viniera lo que la molestaba, sino que lo hiciera de aquella forma; sin agradecérselo siquiera, con la condescendencia con que se mira a alguien que no hace más que cumplir su estricta obligación. Desistió de pelearse con ella porque siempre que lo hacía tenía la sensación además de estar siendo cruel con Mamá, y miedo también de que Manuel notara su nerviosismo. Mamá podía llegar a ser muy convincente, y a ella los nervios la hacían actuar con rudeza, por lo que cuando había una discusión ella tenía siempre la sensación de salir derrotada. Se consolaba pensando que todo el mundo se tomaba su venganza silenciosa de la vida y que la suya con respecto a Mamá era aquélla: ofrecerle su casa, su familia, pero no su afecto. Por eso quitó aquella noche al volver del hospital el retrato que había puesto Mamá en el cuarto de estar, por eso y porque de pronto no pudo soportar sus tirabuzones, sus veinte años en blanco y negro, su sonrisa de estudio fotográfico. Después llamó a la oficina y dijo que no podría ir al día siguiente, que su madre estaba grave, que debía cuidarla.

María Fernanda siempre salía igual en las fotografías; la misma sonrisa abierta, el mismo brillo de pelo, la expresión de los ojos exactamente repetida. Verla crecer en los álbumes de fotos era como contemplar un estudio artístico del paso del tiempo en un rostro inmutable y hermoso que, sin cambiar de estructura, parecía sin embargo desgastarse levísimamente a cada segundo. Pensaba a veces que si la misma María Fernanda no hubiese sido tan consciente de su belleza, ella no habría podido dejar de rendirse al orgullo de ser su hermana, como no le importaba de hecho ser la mujer de Manuel aunque aquello la apartara a un segundo plano. Si alguna vez llegó a sentir envidia fue, más que por su belleza, por su seguridad en sí misma, por su capacidad de adaptarse a cualquier ambiente, cualquier conversación. Si era o no una contradicción que tantas veces le hubiese gustado en su hermana lo que le desagradaba en Mamá, era algo que no le importaba demasiado, como tampoco le importaba demasiado que fuera lunes y que estuviera perdiendo días de vacaciones por cuidarla. Antonio tardaría en volver a aparecer por el hospital y María Fernanda, por mucho que llamara desde Valencia, no ayudaba más que a acrecentar el nerviosismo de Mamá, a hacerla quejarse por la incomodidad de la habitación en vez de ayudarla a asumirla para que le costase menos esfuerzo. Luego ella llamaba al colegio en el que enseñaba Manuel y enumeraba los hechos:

1. Mamá tenía peor aspecto.
2. El médico hablaba de complicación del sistema digestivo.
3. Había comido caldo y yogur.
4. No había noticias de Antonio.
5. La chica que trabajaba para Mamá le había dejado el recado de una llamada de Joaquín.

Se esforzaba en describir los hechos, en explicarlos lo más claramente que podía a Manuel como si hacerlo fuese a aclarar las extrañas reacciones que le producían, o el miedo que de nuevo le daba el hospital, o la sensación de perfecto asombro con la que ella, que siempre se había considerado la víctima de Mamá, contemplaba la posibilidad de haber sido quizá más culpable de lo que se había creído, de que tal vez no había sido tan descuidada Mamá, e intentaba adentrarse en el más difícil aún mundo de su rencor, forzándose a extraer de él hechos concretos que justificaran su incapacidad de perdonarla. Veía entonces que hasta en los momentos en los que ella había creído más clara la culpabilidad de Mamá, brillaba ahora un resquemor finísimo de duda que de pronto se volvía en contra de ella misma convirtiéndola en todo lo que nunca había querido ser: injusta, cínica, apresurada en el juicio, incapaz de comprensión, y la figura de Mamá cambiando en ella («Esta fractura podría llevar a una degeneración progresiva de todo el organismo», había dicho el doctor), luchando por ella, («hemos observado algunas reacciones»), si no amable al menos comprensible, («no necesariamente ligadas a la fractura que desvelan el deterioro de otros órganos»), o peor aún, que el hecho de que el doctor hubiese hablado de aquella forma, con la seriedad de quien no descarta una muerte rápida, la hubiese enfrentado al hecho lógico, pero al mismo tiempo definitivamente absurdo, de que Mamá, como cualquier ser humano, moriría en algún momento.

Compró unas revistas sólo para disimular mejor su desconcierto, para ocultarlo si es que era posible detrás de algún comentario frívolo con el que había obtenido siempre una respuesta segura de Mamá, y aunque lo consiguió esa tarde, tenía la conversación un claro tono fingido que en cualquier otra situación habría llamado miedo pero que ahora no sabía cómo llamar.

«Antonio se parece a Papá, ¿verdad?»

Era preguntar sólo una parte de aquello, la menos difícil, y Mamá, que parecía haber estado todo el día abierta a aquella conversación invisible, se cerró a ella («A veces»), como si quisiera creer, reservando una respuesta más larga, que le quedaba más tiempo («A veces sólo»).

Todo lo fácil que era hablar de María Fernanda lo tenía de complicado hacerlo de Antonio, o de Papá. Papá siempre, aquel recuerdo que no parecía casi un recuerdo de su funeral, la imagen de su retrato a carboncillo en el cuarto de estar, en el despacho de la fábrica, pero nunca nada que trascendiera a la repetición de su frente achatada en Antonio, su mirada de macho incapaz y simple en Antonio, porque siempre que le había preguntado por él, Mamá había respondido con un retrato insustancial que parecía mas copiado de una casta novela de costumbres que la descripción real de quien había sido: un ser innecesario.

Por eso no le dijo que había llamado Joaquín. Decírselo habría sido reconocerle a Mamá una nueva victoria, la única quizá que había tomado en serio después de que ardiera la fábrica. Que Joaquín pidiera su liquidación después del incendio, que ella, sin concedérsela, le despidiera antes (un gesto simbólico del que supo desde el principio que habría de salirle más caro), tuvo la decepción en Mamá de quien contempla una reacción orgullosa de un niño mimado, y aunque tuvo su dinero, pagó a cambio con su descrédito cuando intentó establecer un negocio por su cuenta aprovechando la cartera de clientes de Molduras Alonso.

El único acto real de crueldad de Mamá, el único en el que quizá ella misma podría reconocer que había sido deliberadamente cruel, fue esperar a que Joaquín hubiese invertido todo el dinero para destruirle, y como no hicieron falta más que un par de llamadas telefónicas para conseguirlo, lo hizo además espaciadamente y con tanta sutileza que ni siquiera el mismo Joaquín pudo entender el motivo de su quiebra. Limpia y certera fue Mamá, y simple como la definición más pura de un crimen perfecto, pero para cerrar aquella victoria necesitaba el arrepentimiento de Joaquín, tenerle de nuevo a los pies como un perro que, habiendo intentado escaparse, volviera a casa por la necesidad de comida.

No decirle que había llamado Joaquín era también la última prueba de que, aun reconociendo que la desatención que Mamá había tenido siempre con ella podía no ser del todo voluntaria, no se iba a dejar vencer tan fácilmente por aquel sentimiento que de pronto la hacía compadecerse de Mamá, desear perdonarla incluso cuando aún no le había pedido perdón.

«Podría no ser sólo una complicación del sistema digestivo, podría ser general», había dicho el doctor preparando otro terreno, con un tono completamente distinto del de la primera tarde, con un «podría» significativo que en nada se parecía al «será una recuperación lenta» seguro de la primera vez, y el hecho de no decir nada a Mamá, tampoco de los informes del doctor, la dejaba ahora en una posición privilegiada, como la de quien contempla sin hacer nada a un ciego que camina confiadamente hacia un muro.

Hacía veintidós años ella dormía en la misma habitación que María Fernanda. Parecía absurdo recordarlo ahora, pero no lo era en realidad tanto porque algo en el gesto de Mamá había descontextualizado a las dos para hacerlas rasgos de una percepción más simple, más concreta. En la pared, junto a la cabecera de su cama, María Fernanda había puesto una fotografía de Kirk Douglas en aquella película en que hacía de Ulises, medio desnudo, con un calzón que parecía más bien un trapo, a punto de pelearse con otro mucho más grande que él, mirándole como si se lo fuera a comer en lugar de pegarle, y lo había puesto por lo muchísimo que le gustaba Kirk Douglas, lo muchísimo sobre todo que le gustaba el hoyito ese de la barbilla en su cara de bestia, lo mismo que tenía cara de bestia el chico aquel de Somontes que hacía tiro al plato con el que se acabó acostando y cómo, después de que se lo dijera, ella se la imaginaba abierta de piernas sobre él con un punto en el que no podía evitar cierta repugnancia por la sexualidad de María Fernanda, o la cara de bruto de Papá en las fotografías, sin tocar nunca a Mamá («Nunca pueden predecirse las reacciones que va a tener el organismo de una persona anciana en estas circunstancias», había dicho el doctor), porque no eran, en el fondo, tan distintas, ni siquiera ahora que María Fernanda estaba más gorda y Mamá consumida, con la piel aclarada en un tono beige tierra, la una de la otra. Si tuvo miedo de presentarle a Manuel a María Fernanda no era sólo por su inseguridad, sino también porque temió que le fascinara su erotismo. Mamá le dejaba ponerse a su hermana faldas que a ella casi no le permitía probarse, y lo hacía además con la pobre excusa de que había «maneras y maneras» de llevarlas, que mientras en María Fernanda quedaba natural en ella parecía que se iba a hacer su turno de calle («Una puta, eso es lo que pareces»), lo que terminaba, con aquel tono brutal que tenía a veces Mamá al volver de la fábrica, de disuadirla. Manuel no sólo no se rindió a María Fernanda, sino que apenas le prestó atención y a ella le pareció la primera y mejor victoria sobre su hermana aquella en la que un hombre por fin la elegía. Si después tardaron en conseguir un espacio de intimidad fue algo que no le importó mucho desde el momento en que no le atemorizaba la sexualidad de Manuel. En el coche, no importaba que fuera tarde pero sí que el lugar estuviera alejado, podía sentir su mano introducida a través de los botones de la blusa abierta, sobre el pecho («Efectivamente, este empeoramiento se podría atribuir a la artrosis», había dicho el doctor), quieta la mano de Manuel, o levantando con los dedos el sujetador ligeramente, pero más que nada abierta, sin tampoco querer desnudarse porque era sin duda más confortable aquella sexualidad con ropa que acababa humedeciéndole los pantalones a Manuel, a hacerle sonreír, a bajar las ventanillas del coche para que se desempañaran los cristales, más confortable, seguro, que la de María Fernanda en su ejercicio de gimnasia sexual con el chico de Somontes campeón de tiro al plato, igual que Kirk Douglas cuando se concentraba en el tiro, la cara de bestia igual, el hoyito de la barbilla igual, que acabó –cuando le dejó María Fernanda– llamando a casa a todas horas como un cordero, como un perro de caza, como Joaquín entrando los domingos en el comedor durante los años de la fábrica diciendo «María Antonia, tenemos que arreglar después lo del contratista de las serradoras», «Luego, Joaquín», bebiendo vino despacio, complacido, como si sólo hubiese querido demostrar que podía tutear a Mamá, no a esta mujer que se retorcía ahora de cuando en cuando con una punzada de dolor en la cadera («No me pasan más que desgracias»), sino a doña María Antonia, la que murió en realidad hace nueve años cuando ardió la fábrica para dejar, en sus huesos, a esta otra mujer que sólo heredó de ella su silencioso deseo de saber todo sobre todos, de controlar a todos.

Fue a casa a cenar aprovechando que Mamá se había quedado adormilada y al entrar –Manuel estaba dando de cenar a los niños– le pareció un poco ridícula la cotidianeidad de la escena en comparación con la intensidad de lo que había estado pensando durante todo el día.

«¿Qué tal?», preguntó él.

Y ella:

«Bueno.»

«Ha llamado tu hermano. Estaba nervioso. ¿Ha pasado algo?»

«No. ¿Qué ha dicho?»

«Que le llames.»

«¿Va todo bien, seguro?»

«Sí.»

Antonio estaba en casa, cogió el teléfono Luisa y se lo pasó enseguida, con el cuidado de una llamada importante.

«¿A qué coño vino lo de ayer?», preguntó Antonio con la brusquedad propia que le producían las reacciones de los demás.

«Qué de ayer.»

«Cómo que qué de ayer, la escenita de Mamá. ¿Qué cojones te pasa?»

«A mí no me hables así, Antonio.»

«Perdona.»

No podía decirse que no le agradara aquella conversación. Revelaba en el fondo que ella, como hermana mayor, era la única autoridad que reconocía Antonio.

«Bueno, ya sabes lo que somos para Mamá; tú el fracasado y yo la pánfila.»

«¿Entonces qué pretendía con lo de ayer?»

«Probarte, supongo, probarnos a los dos.»

Reconocerlo tan claramente dio un carácter de miedo a las palabras que la hizo levantar la vista hacia Manuel. No había dejado de mirarla desde que empezó la conversación y los niños de patalear, sorprendidos tal vez por aquella interrupción tan injustificada de la cena.

«Pero probarnos ¿por qué?»

«Yo creo que se muere, Antonio, y lo peor, creo que se da perfecta cuenta de que se muere. Está rarísima; casi no ha hablado hoy, y como pálida, yo creo que se muere, Antonio.»

Lo había dicho todo tan deprisa que Manuel apenas había tenido tiempo de reaccionar. Antonio tampoco lo hizo y a ella de pronto todo le pareció fingido: las palabras que había utilizado para referirse a Mamá, el gesto de Manuel, el silencio de Antonio, como si fuera imposible referirse a la muerte de nadie sin adoptar alguna forma de actuación, de fingimiento.

«¿Te ha dicho algo el médico?»

«El médico hace comentarios, ya sabes, como para lavar-

se las manos. Dice que Mamá puede empeorar progresiva-
mente.»

«¿Qué dice?», preguntó la voz de Luisa, casi imperceptible, detrás de Antonio.

«Calla, te cuento ahora –respondió él, y después–: ¿Vas
mañana?»

«Sí.»

«Habrá que llamar a María Fernanda.»

Aquélla era la forma habitual con que Antonio expresa-
ba que no sería él quien lo haría.

«Yo la llamo, mañana la llamo desde el hospital.»

«Ha llamado ella a media tarde», dijo Manuel adivinan-
do la conversación.

«¿Qué ha dicho?»

«Que llamaba después.»

«Yo me encargo –dijo ella dirigiéndose a Antonio–, te
llamo mañana, entonces.»

«De acuerdo.»

Y colgaron. Le incomodó de pronto la mirada de Manuel.

«¿Cómo te sientes?», preguntó.

«No sé –contestó ella–, no tengo ni idea.»

Miedo. Miedo de que salieran subnormales, o con algún
defecto físico, o feos, o demasiado gordos, y pesadillas en las
que los veía a los dos, desde que supo que iban a ser gemelos, unidos por la espalda, obligados a compartir un solo brazo o una sola pierna, engendros en los que la fealdad se le
parecía a ella, aunque de forma grotesca. Ahora que tenían
tres años y medio resultaba idiota pensarlo, pero entonces, a
partir de la mitad del embarazo, su figura de mujer adulta
embarazada, tantos años de píldora, tanto artículo de revista
femenina, le dieron un miedo atroz y una certeza casi abso-

luta de que algo horrible iba a sucederles a los niños. Mamá se convirtió en abuela sin concederle siquiera el mérito de aquel miedo, sin comprender apenas que, si había esperado tanto para ser madre, era en realidad porque deseaba demostrarle algo, dejar claro que también podía –como María Fernanda– ser una profesional. Hubo un momento en el que incluso le pareció que para Mamá era más importante ser la madrina de bautismo de ambos que el hecho mismo de que hubieran nacido, y aquello le produjo una sensación tan violenta de rechazo que estuvo a punto de pedirle a cualquier amiga que los amadrinara.

Lo hizo al final Mamá, como no podía ser de otra forma, pero Manuel tuvo que emplearse a fondo en tranquilizarla para que no se le notara la tensión durante la ceremonia. Y después tuvo miedo, un miedo absurdo e injustificado, como el que tenía ahora después de hablar con María Fernanda, de haber discutido –más bien– con ella.

El sexo con Manuel no añadió nada aquella noche, pero lo necesitaba de forma compulsiva. Fue, en realidad, una trampa a la que se lanzó consciente de que tampoco iba a hacerle sentir mejor pero con la que al menos conseguiría acelerar el paso de aquella noche. Y si volvió después al hospital fue porque tampoco quería quedarse con Manuel, porque quedarse con él habría sido tener que explicarle demasiadas cosas.

Tuvo, al salir de casa, la extraña sensación de estar abandonándoles y le palpitaban en la garganta todas las palabras que no le había dicho a María Fernanda. Como siempre que discutía con ella, el malestar dejaba, en las horas que seguían a la conversación, la impotencia de quien revisa el diálogo completo buscando las palabras que habría sido más acertado responder, y arrepintiéndose de las que se dijeron. Y, como siempre era igual, tenía aquel fracaso un sabor de historia repetida desde la adolescencia, familiar.

Mamá, aunque estaba dormida cuando llegó, se despertó con el simple ruido que produjo al sentarse en el sillón que estaba junto a la cama.

«¿Dónde has estado?»

«En casa, he idos a dar de cenar a los niños», mintió.

«Ya.»

A Mamá la boca seca le daba un tono si cabe más lastimoso. Ella fue al pequeño lavabo y volvió con un vaso de agua que bebió apresuradamente y que, al no poder inclinarse bien, no consiguió evitar que se le derramara sobre el camisón. Le temblaron los labios en un movimiento teatral.

«Quiero que me saquéis de aquí», dijo.

«¿Qué te saquemos de aquí? ¿Y adónde quieres ir? No estás bien, Mamá, te tienen que ver los médicos, no puedes irte así a casa.»

Otra vez había adoptado aquel tono fingido; ahora pareciera que le estuviera hablando a una niña intentando disuadirla de un capricho absurdo, pero lo cierto es que tampoco había sido natural el tono trágico con el que Mamá había pedido que la sacaran del hospital.

«No digo a casa. Quiero ir a otro hospital, a uno privado, me están matando estos médicos.»

«Por Dios, nadie te está matando aquí.»

«Me quiero ir.»

«No tienes dinero para eso, Mamá.»

Lo dijo consciente de la crueldad que suponía escuchar aquellas palabras para Mamá, pero no tuvo la reacción esperada, la habitual, esa mueca de asco con que se contempla en uno mismo un pecado ridículo e involuntario, sino una seriedad absorta que parecía haber previsto su respuesta y se complaciera, casi, en haber acertado.

«Quiero el millón», contestó mirándola directamente a los ojos.

«¿Qué millón?»

«El que os di a Manuel y a ti para lo de la casa.»

«Hace quince años de eso, Mamá.»

«Pero yo quiero el millón.»

Recordaba perfectamente aquel dinero porque había sido siempre uno de los caballos de batalla preferidos de Mamá, una presencia que hacía apariciones estelares, frecuentemente después de discusiones, y que incluso a Manuel –tan tranquilo habitualmente– le enfermaba hasta el punto de no dirigirle la palabra. Ahora aparecía de nuevo, pero esta vez con una seriedad que no recordaba el tono con que se recuerda un favor para pedir otro, sino con la dureza de un requerimiento de justicia.

«No tengo ese millón, estoy ahogada de papeles, lo sabes perfectamente.»

Eran, aquellas palabras, la única forma que encontró de pedir misericordia, aunque supo desde entonces que no habría de ser un perdón fácil.

«Si me quisieras me darías ese millón, si de verdad me quisieras no podrías soportar verme en este hospital de mierda.»

La nocturnidad hacía en este caso más claro lo que estaba pidiendo Mamá; no podía ser liberada de aquella deuda porque era precisamente aquella deuda una especie de ultimátum de amor, de la única forma en la que Mamá entendía el amor.

«Tendría que pedir un crédito, hipotecar la casa», dijo, como hablando consigo misma, porque sabía que aquello, más que hacer reconsiderar a Mamá su petición, la reafirmaría en su importancia. La mirada de Mamá abandonó su gesto de seriedad por uno de desvalimiento, de súplica, que se le hizo insufrible como de pronto se hizo insufrible, más que nunca, el olor a carne anciana de Mamá, el sonido de su lengua contra el paladar al tragar saliva.

«María Fernanda viene mañana –dijo–. He hablado con ella hoy.»

Pero ni siquiera ante aquello reaccionó Mamá.

«Me vas a dar el dinero, ¿verdad, hija?»

Otra vez el olor. Otra vez el asco congestionado en la garganta, y la tensión haciéndole retorcer los dedos.

«¿Tú sabes lo que supone para mí darte un millón, Mamá? ¿Tú te das cuenta de lo que supone, eh?»

Le había gritado sin querer, se dio cuenta al callar, y también porque no tardaron en oírse los pasos del celador dirigiéndose a la habitación.

«Me lo vas a dar, ¿verdad, hija?»

«Sí, Mamá, te lo voy a dar, va a ser lo último que te voy a dar.»

«Estoy pidiendo lo que es mío.»

«Y yo te lo estoy dando, pero cállate de una vez.»

«Tú no sabes los esfuerzos que hice yo para llevaros a los mejores colegios.»

«¡Que te calles!»

El celador entró y le pidió con brusquedad que se fuese. Mamá había empezado a llorar y hablaba con el melodramatismo histriónico de quien se ha acostumbrado a fingir un sentimiento que no conoce.

«A las madres se las ama y se las respeta, ¿no le parece a usted? —preguntó Mamá al celador, que no pudo evitar mirarla a ella con la reconvención silenciosa con que se desprecia a un criminal—. Se las ama y se las respeta.»

«Claro, señora, tranquilícese.»

«Yo sólo estaba pidiendo un dinero que era mío, y amor es lo que estaba pidiendo, amor.»

Cuando Mamá dijo aquello ella dejó de oponerse a los empujones del celador y salió corriendo por el pasillo para alejarse cuanto antes de allí. Llegó a casa sudando. Manuel dormía.

No es la idea de la muerte en general, sino la realidad concreta de la muerte de Mamá lo que parece absurdo. María Fernanda ya estará en el hospital. Ya habrá hablado con el médico. Ya le habrá dicho la verdad a Mamá. Aunque hace frío, el cielo está limpio de nubes y Mamá lo habrá mirado desde su cama y después se habrá vuelto hacia María Fernanda, y habrá llorado, tal vez.

Le dices que se va a morir a una mujer, le dices «Te vas a morir», no importa que lo hagas despacio, ni cariñosamente, ni que le tomes la mano al hacerlo, le dices «Te vas a morir», algo que había sabido durante toda su vida e incluso en lo que había reflexionado hondamente en más de una ocasión, como cualquier persona que ha cumplido setenta años, y parece lo mismo que si se hubiese oído el golpear real de una puerta, como la madre de Manuel se detuvo cuando se lo dijeron, «Te vas a morir», y la miró a ella en vez de mirar a Manuel, o a su hermano, o a los hijos de su hermano, a ella, que estaba junto a la puerta, alejada por puro pudor de la cama, como si pretendiera escapar así de la actuación que habría supuesto ante ellos y que resultó imposible en esos cuatro, cinco segundos, en que el rostro se le quedó congelado en una mueca casi estúpida («Te vas a morir»), parecida más a una sonrisa que a cualquier otro gesto.

Por eso no hay sorpresa alguna cuando María Fernanda le pregunta desde el hospital por qué no había dicho nada a Mamá de su situación. No es capaz de mantener una discusión con María Fernanda. Está demasiado cansada, apenas ha dormido en toda la noche.

Y es que no era tampoco para tener aquella reacción con Mamá por lo del dinero, o no se daba cuenta de que no hacía más que pedir lo que era suyo.

«Ya lo sé –contesta ella sólo para hacerla callar–. Mira, dile a Mamá que Manuel ha ido a pedir un crédito al banco esta mañana y que dentro de nada tendrá su millón.»

Que si iba a ir después, cuando terminara en la oficina.

«No, no voy, ya estás tú allí. ¿Qué falta hago yo?»

No se trataba de eso, que si se podía saber qué le pasaba, que ella también estaba cansada, qué se había creído, no sólo tenía fiebre sino que había venido conduciendo desde Valencia.

«Qué quieres que te diga.»

A ella nada, a ella no quería que le dijera nada, pero qué menos que fuese al hospital a disculparse con Mamá, se lo debía, lo mismo que se lo debía Antonio, que le llamara para que fuera esa tarde también.

«¿Por qué no le llamas tú?»

De sobra sabía por qué.

«No, no lo sé.»

Que no se hiciera la imbécil, de sobra sabía que Antonio no quería hablar con ella.

«¿Por qué estás tan segura? ¿Lo has intentado alguna vez?»

Ha aceptado al final las dos cosas: llamar a Antonio e ir al hospital después de la oficina. Manuel ha llamado desde el banco para pedirle su número de carné, lo necesitaba para el crédito. La niñera ha llamado para decir que uno de los gemelos tenía fiebre y que el otro estaba tonto a más no poder, que había roto la figurita del payaso de la encimera a propósito y le había dado un cachete. María Fernanda ha llamado otra vez. Antonio ha contestado que no sabía si iría, que tenía que pensarlo. La sirvienta de Mamá le ha dado otro recado de llamada de Joaquín. Manuel ha llamado para decir que les daban el crédito. Su jefe le ha preguntado si pensaba convertir su horario de trabajo en un consultorio familiar. Se le ha derramado el café sobre un informe. Se ha ido al cuarto de baño a llorar. Una compañera que estaba allí le ha dado un abrazo, ya sabía ella que la tenía para lo que quisiera, cómo y dónde quisiera, ella también conocía lo que era ver morir a una madre, lo durísimo que era ver morir a una madre.

Al salir de la oficina ha pensado que si el día hubiese sido menos hermoso, más frío por lo menos, todo habría sido más fácil, y ha comprobado con escándalo los límites de su frialdad; lo poco que le importaba que Mamá se estuviese muriendo, la indiferencia que le producían las quejas de María Fernanda o el dolor de Antonio.

Cuando ha llegado a casa, Manuel le ha dicho que su hermana había llamado dos veces para decirle que no fuera al hospital, que a su madre la trasladaban aquella misma tarde a una clínica privada. Ha llorado otra vez, sólo para que Manuel la abrazara. Olía a tabaco Manuel, y a menta.

«¿Quieres que vaya contigo?»

«No.»

«¿Quieres que te lleve y te espere en el coche mientras tú subes a verla?»

«¿Y los niños?»

«Se quedan con la vecina, ya he hablado con ella.»

Era cálido el amor de Manuel, y simplísimo. Hubiera deseado rendirse a él como una niña que esperase un consejo todopoderoso y lógico. Hubiese deseado decirle: «Dime qué hago, cómo lo hago.» No han hablado en el coche más que del crédito y sus condiciones. Tres años. Podían hacerlo, pero no habría vacaciones en agosto, a no ser, y aquí Manuel se detuvo como ante un espacio que no convenía pisar, a no ser, claro, que su madre...

«No quiero ningún dinero de mi madre, lo último que quiero en el mundo, ¿me oyes?, es dinero de mi madre.»

«Claro», dijo Manuel.

Estaban los tres, y si no hubiese sido por María Fernanda el silencio habría resultado más difícil que nunca. Nadie se miraba allí directamente ni más de lo necesario y si hablaban lo hacían dirigiéndose a Mamá, nunca a su cara sino a las manos, a la sombra de las rodillas bajo la sábana. Apestaba Mamá. Ella no recordaba otra forma de olor más aguda ni desagradable que aquélla, porque persistía en la pituitaria aun alejándose de la habitación. Había empeorado visiblemente desde ayer. Los médicos lo achacaban al traslado de hospital y a la incompetencia de quien le había puesto el corsé, al parecer sin apretarlo lo suficiente. El dolor que le producía ahora era por su propio bien, repetía sin cansancio el doctor cada vez que entraba en la habitación, como si le pareciera una tortura innecesaria aquella que le hacía apretar los labios a Mamá en gesto de mueca permanente. La habitación era discretamente agradable, como la de un hotel con clase, pero tampoco escapaba a la frialdad anónima de un hospital. Los detalles propios de una clínica privada: la jarrita con la rosa, las cortinas, no hacían más que resaltar el desvalimiento de Mamá, acentuarlo hasta un punto en que su dolor se hacía feo de puro grotesco. María Fernanda siempre se dirigía a ella, incluso cuando estaba hablando en realidad a Antonio, y Antonio, que llegó después, no varió en toda la tarde aquel gesto de comparsa intercambiable, de bruto tímido, que caracterizaba su nerviosismo.

Mamá se durmió tarde y aprovecharon aquel momento para hablar con el médico, que no pudo evitar, como en un bien aprendido mecanismo de defensa, adoptar un tono científico para hablar del empeoramiento de Mamá.

«Cuánto tiempo», dijo Antonio en un tono desprovisto de la entonación de una pregunta que hizo callar al doctor bruscamente.

«¿Quiere usted decir cuánto tiempo le queda de vida?», preguntó el doctor.

«Sí.»

«No me puedo creer que seas tan animal», replicó María Fernanda mirando directamente a Antonio por primera vez.

«Yo no puedo creer que seas tú tan hipócrita.»

«¿Se puede saber quién te has creído que eres para hablarme así?»

De entre los dos, ella no pudo evitar preferir la brusquedad de Antonio al gesto de fingido escándalo con que María Fernanda huyó de un diálogo en el que, hablando honestamente, antes o después habría acabado dándole la razón.

«¿Cuánto tiempo le queda?», intervino ella para acabar lo antes posible y para descansar la incomodidad del doctor.

«El empeoramiento es progresivo y rápido. Ha sido enorme desde que llegó aquí. Nunca se puede predecir con total seguridad. Tal vez un mes, quizá menos. Básicamente depende de ella misma.»

Lo que debía de estar pensando el doctor, a quien la excesiva juventud no había dado aún el don del fingimiento, era que los tres se peleaban por dinero. La realidad, como casi siempre, no sólo era mucho más compleja, sino que ni siquiera ellos mismos podrían haberla explicado. La suma del patrimonio de Mamá era casi insignificante al ser dividida entre tres, y si tampoco era el cariño o la preocupación lo que les reunía ahora en torno a su muerte, parecía difícil no aceptar que algo tenían los tres de espectadores. La morbosidad que habría tenido aquel sentimiento al ser referido a cualquier otra persona no la tenía sin embargo con Mamá. Como si los tres se consideraran espectadores exclusivos, poseedores únicos de entrada en un anfiteatro de tres sillas en cuyo escenario Mamá estuviese representando su propia muerte, y lo estuviesen haciendo además con la seriedad de algo querido y no querido a la vez, a ratos grotesco y a ratos de un patetismo conmovedor. María Fernanda se cobró su venganza en Antonio al no tomarse la molestia de mirarle cuando se quedaron después solos, discutiendo si debían o no decírselo a Mamá. Ella fue la única que opinó que no debían hacerlo, que mejor era esperar hasta que la situación estuviese cercana, y aunque explicó que le parecía lo mejor para no preocuparla, en el fondo lo que sentía era miedo de la reacción de Mamá al conocer la cercanía de su muerte.

Como Antonio se puso de su parte, decidieron no hacerlo, esperar cinco días al menos, ver si mejoraba y decidirlo entonces, pero al día siguiente, cuando volvió de la oficina a visitar a Mamá, se dio cuenta de que María Fernanda ya le había dicho todo. Lo notó, antes que en sus palabras, en el silencio enrarecido de la habitación y en la mirada de Mamá, descargada sobre ella de pronto con la dureza con que se juzga a un traidor.

«¿A ti te gustaría que no te dijesen que te vas a morir, hija?», preguntó Mamá innecesariamente.

«Sí —contestó ella creyendo ser sincera por primera vez—, creo que preferiría que no me lo dijeran.»

«Está claro que yo no soy tú.»

María Fernanda no la miró al principio, ni durante la media hora en que Mamá articuló un monólogo que, como siempre, las excluía a las dos, pero en el que la verdad de la muerte producía un distanciamiento extraño. Aquello, que era en principio lo enteramente real, la gran verdad, parecía alejarla más aún de la que había sido durante toda su vida, parecía que ahora menos que nunca fuese a morir Mamá y que hasta la noticia de su muerte la hubiese revitalizado de alguna forma.

María Fernanda volvía a Valencia aquella misma tarde en tren. Y si casi no se despidieron al marcharse fue porque algo de su hermana reconoció de pronto las consecuencias que había tenido hablar a Mamá. Siempre había sido igual, pero ahora parecía, por fin, comprenderlo. Se marchaba por la puerta grande habiendo satisfecho la expectativa de hija noble, pero dejándole a ella el problema.

Estaba más gorda María Fernanda, más fea también. El cansancio le coloreaba muy deprisa los párpados y le daba a la piel de los pómulos un brillo lánguido, inconsistente. Ella contempló en aquel momento la fealdad de su hermana como un triunfo casi mayor que el de su arrepentimiento. El acto del perdón (no habría importado siquiera que María Fernanda hubiera reconocido su error llorando) no añadía nada en realidad. Lo que parecía realmente significativo no era el melodramático discurso de Mamá, galdosiano y absurdamente bien pronunciado, sobre la hija honesta y la insincera, y la muerte y lo que había luchado ella toda su vida para obtener esto a cambio, sino que María Fernanda estaba real y objetivamente, en aquel momento preciso, más fea que ella. El perdón, si es que el silencio fue un perdón al final, era huir de otra verdad; la de que el acto verdaderamente salvífico no era otorgar el perdón, sino pedirlo. Aquella complacencia, que pensada más tarde le produjo un extraño sentimiento de miedo, parecía quejarse en algo de la situación; habría preferido casi ser ella la que pidiera perdón a María Fernanda en aquella circunstancia, porque de esa forma el triunfo habría tenido el estruendo de lo perfectamente absoluto. Y sin embargo era verdad que Mamá se estaba muriendo, como era verdad que Antonio no perdonaría a Mamá, o que Mamá no perdonaría a Antonio, y que los dos podrían argumentar perfectamente sus rencores, describirlos en el tiempo, dar fechas y datos que los justificaran sin tener, por eso, razón.

María Fernanda se marchó vencida a las 9.35 con la hora justa para el último tren como si agotar el tiempo fuese otra forma de pedir perdón. Mamá, cuando se quedaron solas, la miró como a un amigo cuya falsedad ha quedado al descubierto.

Manuel no se alejaba. Si lo hacía en algunos momentos era sólo inconscientemente al hablar tal vez del crédito que habían contraído y que, al plazo que habían seleccionado, tardarían tres años en liquidar. Oírle, sin embargo, hablar de dinero con aquella seriedad tan poco habitual en él le producía una curiosa familiaridad en el recuerdo de la adolescencia, las comidas en las que Joaquín informaba lenta y meticulosamente de la fábrica con la precisión con que un palurdo cuenta cien veces su montón de monedas. Pensó que quizá por eso tuvo durante toda la noche la sensación de estar comprendiendo algo, de haber perdido demasiado tiempo en una pista absurda pasando a la vez sin sospecharlo continuamente junto a la verdad. La verdad era de pronto, otra vez, la fábrica, pero ahora como un ser vivo, como otro miembro más de la familia, el preferido quizá, cuya vida o muerte o memoria no fuese para Mamá distinta de la de un ser humano. Era la fábrica como un río de treinta años en su propia vida que había determinado la alegría o la tristeza de Mamá y que ni siquiera ahora, que ya no existía, había dejado de alguna forma de determinarla. Toda muerte dejaba en la memoria entre los objetos que acarició su cercanía uno o dos cuya sola presencia se hacía de pronto simbólica, como si la muerte vaciara en su último acto lo que le rodeaba llenándolo de ella, dándole otro significado. Algo parecido había debido de ocurrir en la sensibilidad de Mamá con Joaquín y Antonio después de que ardiera la fábrica. Que uno de ellos fuera su hijo debió de causarle la misma molestia que produce no poder soportar a una persona bondadosa a la que, además de con disgusto, se acaba alejando con desesperación. No es que considerara a Antonio un fracasado, sino que le consideraba el responsable de su fracaso y recuerdo, además, de la fábrica. Por eso apenas quería saber nada Mamá del dinero que conseguía Antonio alquilando el solar de Molduras Alonso y sin embargo le había exigido a ella devolverle un millón que pertenecía al recuerdo de la opulencia. No era, en realidad, sólo dinero lo que quería Mamá, sino un dinero que le recordara el antiguo despacho de la fábrica, la mesa descomunal con el juego elegante de escritorio para abrir la correspondencia, quería que le devolvieran su despreocupación económica y que escondieran los restos de su fracaso lo más dignamente posible. Por eso eran más Mamá que la misma Mamá las cortinas de la habitación del hospital, el sillón elegante para el invitado, la rosa abierta en el florero, hermosa y anónima a la vez, como la elegancia de un hotel de lujo.

El mundo era sólo olor por la mañana en la habitación del hospital y Mamá esto: una criatura que volvía a ser ella misma durante las primeras horas y que luego, al pasar la somnolencia del nolotil, comenzó a articular una queja aguda como la de un animal cuyo sonido fue incrementando hasta algo que parecía un grito sin serlo enteramente y que, al secarle tan deprisa la lengua, no le permitía hablar. A ella le daba la sensación de que Mamá, después de que se fuera María Fernanda ayer por la tarde, había atravesado una pared finísima, un límite sin posible vuelta atrás. Durante unos minutos tuvo casi la certeza de que iba a morir. Fue durante un aparente descanso, tras uno de aquellos quejidos prolongados y monocordes que terminó, en vez de en descanso, en una tensa contención de la respiración. Tuvo miedo. Ella, que no había tenido miedo hasta entonces, que no podría haber dicho con verdad de ninguno de sus sentimientos que se pareciera al del miedo, se sintió de pronto resbalar y caer hacia un abismo enorme en los ojos abiertos de Mamá. Sólo en sus ojos. El resto del cuerpo permanecía agarrotado por el dolor, sujeto aún, más que nunca, a aquella apariencia de fingimiento que tenía el dolor en Mamá, la queja en Mamá, el amor en Mamá, la preocupación, todo fingido menos sus ojos abiertos, ásperos como nudos, pidiendo quizá clemencia. Gritó la palabra «Doctor». Recordaba haber gritado la palabra «Doctor» varias veces en voz muy alta, y también la palabra «Mamá», y la palabra «Doctor» de nuevo. Recordaba haber gritado quizá no para que salvaran a Mamá, sino para que la salvaran a ella de Mamá, para que otra presencia ajena la rescatara de aquel absurdo tan verdadero, tan brutalmente real de la muerte apareciendo delante de ella. El doctor apareció corriendo y la empujó con un golpe seco. La enfermera también. Ella miraba las rodillas de Mamá, invisibles casi bajo las sábanas.

Pensó después, en las horas que sucedieron a aquello, que peor incluso que aquella aparición ruidosa, casi teatral de la muerte, era entonces ese silencio en el que ya ni siquiera importaba perdonar o no a Mamá. La vida, que parecía inmensa, era de pronto minúscula e insignificante, no merecía casi ser dicha. Aunque acaso, más que la vida, lo que no merecía ser dicho fuese la muerte, la forma en la que la muerte hacía a dos personas tan distintas como la madre de Manuel y Mamá adoptar las mismas actitudes, los mismos gestos. Si en una habían sido entrañables y en otra parecían grotescos no era, al final, por los gestos en sí mismos, sino por la forma en que ella, como espectadora, los había interpretado, lo notaba ahora al comprobar que le repugnaba en Mamá lo que en la otra la había enternecido. No, no le quedaba ya más odio («Podemos suministrarle morfina», había dicho el médico), sino algo más difícil de interpretar que el odio: María Fernanda, tal vez, con veintidós años enfrentándose a Mamá, diciéndole que se iba a trabajar a Valencia, a vivir a Valencia, «Sola», dijo Mamá, y ella: «No, con Pedro», cuando Pedro era un simple estudiante recién licenciado en Medicina, «No te vas», dijo Mamá, y ella: «Sí, mañana», «Por encima de mi cadáver», «Por encima de tu cadáver», que fue, en realidad, lo que la dejó después orgullosa de ella, aquella resolución inamovible que recibía después en las cartas contando lo feliz que era con cierto tono de condescendencia con la hermana pánfila, el hermano inútil, Mamá diciendo «Adivino de dónde ha sacado ese coraje, de vuestro padre no, eso seguro» («El ataque de esta mañana ha afectado a buena parte del sistema nervioso», había dicho el médico), y se quedaba en el comedor, con vaga resistencia a marcharse, el olor hombruno de la colonia de Joaquín, su pelo repeinado hacia atrás y su caminar provinciano, delatado más aún por el buen gusto con que Mamá le elegía los trajes. No, ya ni siquiera importaba perdonar a Mamá, y si llamó a Antonio fue porque se suponía que era lo que debía hacer después de lo que había sucedido aquella mañana, contarle que Mamá había pedido que llamaran a un sacerdote, Mamá, a un sacerdote («La morfina le aliviaría casi todo el dolor, pero es posible que caiga en un estado profundo de somnolencia, o que delire», había dicho el médico), que si decidían aliviarla con morfina quizá debería ir a verla primero, el cura iba a ir aquella misma tarde, quizá habría que decirle a María Fernanda que volviera otra vez.

El sacerdote es joven y guapo. De una hermosura casi obscena, casi morbosa. Ha llegado tarde pero se acerca a Mamá con una expresividad que demuestra su falta de recursos y que, a la vez, le salva a los ojos de ella. Cada segundo que llega es antiguo, cada sentimiento vivido. Le pregunta al doctor su nombre y él responde, antes de marcharse, que María Antonia.

«María Antonia Alonso», dice mamá.

«María Antonia, ¿está dispuesta para confesarse?», pregunta el sacerdote.

«No tengo nada de lo que confesarme, le he llamado para que me bendiga.»

«Todos tenemos algo de lo que confesarnos –dice el joven sacerdote, consiguiendo que su perplejidad no se note demasiado—. El justo peca siete veces al día, dijo el Señor.»

«No me interesa lo que haga el justo —responde Mamá—, como decía ése: he luchado el buen combate y ahora exijo mi corona.»

«El texto de San Pablo no es exactamente así, dice he luchado el buen combate, he guardado la fe, y ahora espero la corona de la justicia que me estaba reservada.»

La precisión del joven sacerdote irrita ligeramente a Mamá, que no puede evitar revolverse en la cama con desesperación.

«Eso, quiero mi corona.»

«Espero, dice San Pablo.»

«Es lo mismo.»

Hay un silencio breve en el que la vida se hace de pronto más cruel que absurda y en el que Mamá se convierte de nuevo en María Antonia Alonso volviendo de la fábrica, gritando en el teléfono a Joaquín que revisen los marcos hasta que los hayan pulido correctamente.

«No tengo nada de lo que arrepentirme —dice Mamá otra vez—, pido lo que es mío, nada más que lo que es mío, eso es lo que pido —y después, mirándola a ella como a una traidora inexcusable—, y amor, pido también amor.»

El sacerdote ha notado su repulsión a esas últimas palabras porque la ha mirado más de lo necesario. Ahora siente de nuevo el peso de Mamá, la artificiosidad con que se santigua, piensa: «No me has querido, arrepiéntete.» El sacerdote pone un corporal sobre la cama, junto a Mamá, y una hostia consagrada a la que trata con frágil, casi ridícula, dulzura. Después abre su misal y recita:

«Te recomiendo, querida hermana María Antonia, a Dios omnipotente, te entrego al mismo que te creó para que vuelvas con tu Dios, que te formó del barro de la tierra.»

Mamá la mira y retira su mirada en un solo segundo,

con el desagrado con que se contempla a un leproso. Ahora ha cerrado los ojos. Ahora es como si no tuviera manos, ni pies, como si aquel fingimiento de religiosidad fuera el máximo responsable de su ateísmo, del de María Fernanda y Antonio. Piensa que un solo movimiento de sinceridad a aquellas palabras salvaría de pronto a Mamá, la purificaría de un solo golpe y ella sería capaz de perdonarla.

«Cuando tu alma se separe del cuerpo sálganle al encuentro las espléndidas jerarquías de los ángeles, salga a recibirte el triunfante ejército de los generosos mártires; póngase en torno a ti la florida multitud de los confesores, recíbate el jubiloso coro de las vírgenes; y en el seno del feliz descanso te abracen estrechamente los patriarcas.»

Pero la luz en los ojos cerrados de Mamá permanece obsesiva, acusadora, y ella piensa de pronto que su vida no es esta contemplación de la sonrisa con que una moribunda escucha un tributo que cree merecer. Ahora la quiere como se quiere a una niña imbécil y egoísta que, aun así, ha tenido un castigo superior al que merece.

«Nada experimentes de cuanto horroriza en las tinieblas, de cuanto rechina en las llamas, ni de cuanto aflige en los tormentos. Ríndase el ferocísimo Satanás con sus ministros a tu llegada en el juicio viéndote acompañada de los ángeles, estremézcase y huya al horrible caos de la noche eterna.»

«Amén», dice Mamá, y entra absurdamente, parándose en el umbral como ante una imagen extraña, Antonio. El sacerdote se detiene marcando con el dedo la línea de su misal y le mira. Quizá piensa Antonio: «No me has querido, arrepiéntete.» Suena la vida, en forma aún más ridícula tras la ventana del hospital, a la manera de un claxon de autobús.

«Llévete Jesucristo, hijo de Dios vivo, a los vergeles siempre amenos del paraíso; como verdadero pastor reconózcate entre sus ovejas. Veas cara a cara a tu redentor y estando siempre en su presencia mires con ojos dichosos la verdad manifiesta. Goces de la dulzura de la contemplación divina por los siglos de los siglos.»

«Amén», dice Mamá.

«El cuerpo de Cristo.»

«Amén.»

La forma blanca, redonda y simple se deshace ahora en la boca de Mamá.

«Os suplicamos, Señor, que olvidéis los delitos de su juventud y sus pecados de ignorancia y que por vuestra gran misericordia os acordéis de ella en vuestra gloria.»

«A qué viene esto –dice Antonio–, a quién quiere engañar.»

«Se muere –responde ella–, se muere de verdad, Antonio.»

En el silencio con que se despide el cura se queda Mamá con los ojos cerrados, como una sucia divinidad.

Joaquín fue esa noche a su casa absurdamente, llamó al telefonillo y preguntó por ella, que estaba ya en pijama y que tuvo que volver a vestirse para bajar a la calle. Manuel se sorprendió incluso más que ella misma, que reconoció que alguna parte profunda, semiinconsciente, estaba esperando esa visita desde hacía semanas. El tiempo había sido innecesariamente cruel en el rostro de Joaquín, o al menos eso fue lo que le pareció cuando le vio esperando en el portal, fumando la misma marca de cigarrillos, adoptando el mismo gesto que cuando Mamá le llamaba a su oficina en los tiempos en los que aún existía la fábrica. Igual que una imaginaba a un hombre mayor cuando lo describían como cansado; las manos y los ojos cansados, los pantalones demasiado caídos, o demasiado altos, la camisa delatando la edad en forma de mancha de café en los puños, Joaquín había adquirido aquel desvalimiento simple de una vejez que aún puede encargarse de sí misma. Ella propuso ir a algún bar, pero él contestó que prefería sentarse por allí, en cualquier banco de la calle.

Durante los primeros minutos la invadió la sensación de extrañeza propia de quien visita, después de muchos años de ausencia, una casa que perteneció a la infancia; todo le parecía más pequeño, más acogedor; y aquel hombre, por quien nunca había sentido un afecto especial, le conmovió de alguna forma en su vejez, como si también Joaquín hubiese sido al final poco menos que otra víctima de Mamá.

«¿Cómo está tu madre?»

«Se muere, Joaquín, se está muriendo.» Dijo aquellas palabras sin lástima, sabiendo que Luisa estaba con ella en el hospital y que quizá estaba muriendo en aquel mismo instante, pero Joaquín las recogió, aunque en el fondo ya las supiese, como una noticia repentina agachando la cabeza.

«No sé si debería ir a verla», dijo.

«Yo creo que no lo merece, Joaquín.»

Lo sabía; aquél era el peor, el último castigo al que podía someter a su madre, y sin embargo la escena del sacerdote aquella tarde, la sensación de haber dado una última oportunidad a Mamá de ser sincera y haberse sentido defraudada le daban ahora la fuerza suficiente para no tener misericordia.

«Yo tampoco me comporté muy bien con ella.»

«Nadie, en opinión de mi madre, se ha comportado bien con ella.»

«No es eso..., es que realmente no me comporté bien con ella.»

De pronto tuvo casi deseo de consolarle, de cogerle la mano. Se había puesto repentina y solemnemente serio Joaquín, había dejado incluso de mirarla.

«A ver. ¿Qué hiciste tan terrible, si puede saberse?»

«Quemé la fábrica.»

«¿Qué?»

«Yo quemé la fábrica.»

Lo había dicho sin prisa Joaquín, lentamente, como un largo remordimiento asumido, y ella, que había estado a punto de consolarle, se sintió traicionada, y volvió a mirarle quizá con la desconfianza de entonces, como a un palurdo desagradecido. Pero no era sólo el rencor. La primera sorpresa dio lugar a una sensación extraña de agradable humanidad; Joaquín era el primero en aquella semana que se reconocía culpable de algo, y aquel sentimiento de culpa no sólo le salvaba a él sino también, y curiosamente, a la propia Mamá.

«¿Pero por qué lo hiciste?»

«Ahora ya no lo sé –contestó–, sé que lo hice, y sé que en aquel momento parecía lo único que podía hacer.»

Joaquín hablaba de su miedo con la condescendencia con que un viejo habla de una pasión juvenil; avergonzándose un poco, pero también perfectamente consciente del peso que tuvo en su vida cuando la vivió. Una parte de ella había perdonado inmediatamente a Joaquín, le perdonaba ahora, cuando lo intentaba explicar un poco mejor, describiendo los días que precedieron al incendio, describiendo el miedo y el remordimiento de los años que le sucedieron como se describe una vida ajena y ridícula que es, sin embargo, comprensible, otra parte le despreciaba al hacerle culpable de la infelicidad de Mamá, de Antonio sobre todo, sentía casi deseo de abofetearle allí mismo.

«¿Pero miedo por qué?»

«Cinco meses antes del incendio yo le había pedido a tu madre que se casara conmigo. No te sorprendas. Pasábamos todo el día juntos, y eso fue durante mucho tiempo. En realidad ya no sé siquiera si era sincero mi deseo de casarme, sólo sabía que quería estar con ella, pertenecerle a ella.»

«¿Y qué te respondió?»

«Me dijo que necesitaba un gerente, no un marido.»

«Mamá», susurró ella, y de pronto fue absurdo susurrar «Mamá».

«Yo quería ser de ella, supongo, como eran de ella la fábrica, o como vosotros erais de ella; lo he pensado mucho después, lo he pensado mucho porque si me hubieran preguntado por qué quemaba la fábrica cuando lo estaba haciendo no habría sabido qué responder. Los meses que pasaron después de que le pidiera casarse conmigo, aquel sentimiento se me hizo insoportable, me daba la sensación de que me habían dejado desnudo, y ella me trataba igual, íbamos a comer y a arreglar los papeles de los contratistas como siempre, pero yo ya no podía soportar pertenecerle, me asfixiaba. Tu hermano por aquel entonces empezó a gestionar muchas cosas también, lo hacía muy mal, supongo que porque tenía que sobreponerse a ser el hijo de quien era.»

Joaquín hablaba despacio, tranquilo, como si ni siquiera aquellas palabras fueran una confesión. Ella sintió que se le aceleraba el pulso, que entendía, y que aquel entendimiento la salvaba.

«Qué más, Joaquín.»

«Una de aquellas noches viajamos a Soria para arreglar unas máquinas y nos hospedamos en un hotel. Me puse como loco. Le dije que la quería. Intenté entrar en su habitación. Al día siguiente ella no quiso hablar del asunto. Yo no sé ya si la quería o no, supongo que no.»

«No la querías», dijo ella, arrepintiéndose.

«Supongo.»

De pronto hizo frío en la calle y la oscuridad se hizo un poco más densa, como si hubiesen cubierto la noche de adoquines.

«¿Tú te acuerdas de cuando yo era niña, lo que me gustaba hundir las manos en los montones de serrín?»

«Sí, lo recuerdo –contestó Joaquín, algo confuso por el cambio tan repentino de tema–, te gustaba mucho.»

Hubo un largo silencio lento y absurdo. Dejar a Joaquín que hablara con Mamá no solucionaría las cosas. Dejar que

Antonio (no podría hacer otra cosa) le llevara a juicio tampoco solucionaría las cosas. Cada pecado llevaba de alguna forma, en su mismo acto, su penitencia; la de Joaquín había durado casi diez años, la traía ahora y la ponía delante, salvándola también a ella al darle la oportunidad de redimir no su dolor de esa noche, sino su miedo de entonces.

«¿Tú te acuerdas de cuando íbamos a Cádiz en verano? ¿Te acuerdas de la casa aquella que alquilábamos siempre?»

«Claro», dijo Joaquín.

Se alejaba. Se alejaba ahora de la estupidez momentánea de aquel hombre viejo como de su propio dolor, lo miraba con el desagrado comprensible del erotismo o la debilidad ajena, y al mismo tiempo sentía la posibilidad de perdonarle como una grandeza no correspondida que alguien le estaba poniendo en bandeja.

«Iré mañana –dijo Joaquín–, mañana se lo contaré todo.»

«No.»

«¿Por qué no?»

No supo qué responder, y no lo hizo inmediatamente. Estaba la calle como si la hubieran dispuesto para una aparición.

«No irás porque yo te perdono.»

«Es tu madre la que me tiene que perdonar.»

«No lo entiendes; yo te perdono en nombre de mi madre. Esto queda entre nosotros. Que duermas bien, Joaquín», dijo levantándose del banco.

«Gracias.»

Cuando entró en el portal y se volvió, comprobó que aún estaba allí, sentado en el banco, como un culpable que no cree que hayan desdeñado condenarle.

Ya no el rencor, ni el odio, ni la rebeldía, ni Joaquín, ni la fábrica de Molduras Alonso, ni la preferencia por María

Fernanda, sino solamente una mujer que se moría, y que se moría, además, lentamente, («No hay que alarmarse; esta primera reacción es sólo por efecto de la morfina», había dicho el doctor), pensó en una niña, pensó que era de pronto como una niña, y aquel pensamiento la hizo sonreír, Antonio había bajado a la cafetería del hospital a beber un whisky, pensó que si le quitaran las sábanas, la ropa, a Mamá de pronto parecería una niña, y apestaba ahora a sudor, a vieja, pero seguía pareciendo una niña; se sentó en el borde de la cama para sumergirse mejor en aquel sentimiento que, de repente, perdonaba de pronto a Mamá sin que casi su voluntad actuara, como en un acto de perfecta compasión, en aquella felicidad acompañada de las palabras de Mamá, ahora sin sentido, «Tengo sed, dame agua», mirándose las dos como si apenas bastara, por fin, aquello para comprenderse. Había pensado otra vez en Joaquín, varias veces había pensado en Joaquín durante aquella tarde. Había imaginado su miedo al entrar en la fábrica, al quemarla, su remordimiento después, cuando Mamá ya no quiso saber de él y le abandonó como a un perro guardián que es ya inútil. Si no se lo dijo fue sólo porque no quería que la aparición de la verdad le robara a aquella mujer que de pronto comenzaba a ser Mamá, quizá inconscientemente, «Hace tanto frío aquí», pero con una sencillez que la hacía desear lavarla, peinarla, cambiarle de ropa sólo porque no parecía Mamá, sólo porque ahora el gesto de su representación se le hacía cercano y amable. Tuvo unas agradables, casi cálidas, ganas de llorar junto a ella, de tomarle la mano, («Perderá, probablemente, la mayoría de las sensaciones táctiles», había dicho el doctor), y cuando lo hizo, María Fernanda ya debía de estar de camino, sintió definitivamente la proximidad de la muerte como el viento en la cara una patinadora sobre hielo, sintió que llegaba la muerte a Mamá, «Hace tanto frío, cierra la ventana, María Fernanda».

Habría podido jurar que ni siquiera le importó que la

confundiera con su hermana. Aquello, más que realmente una confusión, parecía el último quiebro de la representación de Mamá, una representación que ahora, por primera vez le gustaba.

«Ya están cerradas.»

«No, ciérralas, ciérralas bien.»

Y ella se levantaba, caminaba hacia allí, las abría y las volvía a cerrar, para que el ruido acompañara su representación, se salvaba —pensó— de la que había sido con aquella irrealidad de gestos absurdos.

«Ya está.»

«Sigo teniendo frío.»

«No, ya no, verás, te tapo así y ya verás como no tienes más frío.»

«Tú eres la única que me quiere, María Fernanda.»

«Ya lo sé.»

Y se quedaron las dos por un momento en silencio, Mamá callada, como reconociéndola, y ella con ganas de llorar, como una condenada a la horca esperando que sonara el timbre, y no sonó, o al menos no como había esperado, sino en forma de sueño, y de coma, («Podemos mantenerla viva», dijo, dos horas más tarde, el doctor), y luego nada, Mamá sumergiéndose en un sueño blanco y sin imágenes en el que quizá estaba ella, en el que, seguro, estaría María Fernanda con veinte años y bikini bañándose en Cádiz, la fábrica, Joaquín o Papá, o la sombra de cualquier macho sustituible. Parecía que se moría en dos tiempos Mamá, y que, menos triste que la primera muerte, era esta otra de ojos cerrados, de una paz que en el fondo no le correspondía. Las mismas palabras «mantenerla viva» eran como una reclusión dentro de una reclusión, y en ella el color blanco, y más aún allá del blanco la vida volviéndose ridícula, y pequeña, y justificada, dura a la vez como una almendra pero atravesada ahora por un rayo finísimo de comprensión.

«Ha muerto.»

Las palabras «ha muerto» más reales que la muerte misma de Mamá en los labios de Antonio, en el teléfono al llamar a Manuel, a María Fernanda, la sencillez absurda de puro fácil de las palabras «ha muerto» para explicar que no existía ya Mamá, que se había dormido después de llamarla María Fernanda, de decirle que ella era la única que la quería, esperables y sin embargo absurdas las manos de Mamá, porque era también verdad que todos los muertos tenían algo en común.

La lavaron y vistieron con un cuidado que algo tenía de lejano y familiar un vestido azul que reservaba para las fiestas y que guardaba, envuelto en una bolsa de lavandería, en el margen del armario. Todo la conmovía de pronto, todo, hasta las fotografías con Joaquín junto a la colección de abanicos en el cuarto de estar de Mamá, hasta María Fernanda llegando después al tanatorio con aquella forma ridícula, casi histriónica, de llorar, Antonio y Luisa en silencio, el abrazo de Manuel y sus ganas de hacerle el amor cuando apareció en la habitación que les habían reservado para Mamá, absurdas, casi ridículas sus ganas de pronto de hacerle el amor, de irse los dos a casa y hacer el amor despacio, Mamá en el ataúd, menos que nunca ella misma, como en aquella fotografía en blanco y negro en la que aparecía junto a Joaquín sin tocar nunca del todo a Joaquín, o junto a Papá sin tocar nunca del todo a Papá, o junto a ellos, pero como si los mostrase, como si los estuviera enseñando más que sosteniéndolos, con los ti- rabuzones que puso en el cuarto de estar junto a la de la ma- dre de Manuel, algo de las mil caras o única de Mamá menos que nunca ella misma en el ataúd.

«¿Qué fue lo último que dijo?», preguntó María Fernan- da sin venir a cuento, en mitad de la conversación sobre el arreglo de espacio en la tumba en la que yacía Papá.

«¿Lo último que dijo de qué?»

«Pues lo último que dijo Mamá. ¿O no dijo nada?»

Dudó un segundo, pero luego la escandalizó la limpieza con la que mintió, ella, que habitualmente se ponía tan nerviosa:

«Dijo, bueno, decía al principio que tenía frío, durante mucho rato estuvo diciendo que tenía frío. Me hizo cerrar las ventanas, más bien, me hizo abrir y cerrar las ventanas.»

«¿Y de nosotros? –preguntó Antonio, que no había pronunciado palabra hasta entonces–. ¿No dijo nada de nosotros o qué?»

«Dijo que os quería.»

«No mientas», respondió Antonio.

«Dijo que os quería, de verdad, como era Mamá, claro, como decía las cosas Mamá, pero dijo que os quería.»

«Cómo lo dijo, a ver.»

«Bueno, ¿no te lo está diciendo? ¿Qué quieres, interrogarla? –intervino María Fernanda, y se quedaron los tres en silencio, al borde de aquella mentira que, muerta ya Mamá, de pronto les reunía inexplicablemente–. Yo creo que dijo eso Mamá. ¿Qué iba a decir si no?»

«La verdad», contestó Antonio.

«Ésa era la verdad», replicó María Fernanda.

«No, ésa era tu verdad.»

Tenía el tono de las palabras de Antonio el reproche sencillo de un niño bruto, y ella, que nunca le había tocado a Antonio, que si le besaba en las fiestas era siempre con la rapidez de quien pretendía desembarazar de significación un hecho incómodo, le acarició la espalda con la palma abierta.

«Dijo eso, Antonio.»

La muerte fue sólo real cuando la pronunció Manuel en la cama, y en el gesto de los niños fue real la muerte, y en la voz de Joaquín al otro lado del teléfono, lejana y comprensible ahora, y en el retrato de Mamá con veinte años en blanco y negro, sonriendo exageradamente, absurda y fuera de lugar, junto a la madre de Manuel.

DEBILITAMIENTO

Sara salió de la piscina como siempre salía de la piscina: procurando descabezar aquella sensación de pringosidad, de asco, que le producía su propio cuerpo mojado.

«Mira que eres, con el tipito que tienes y no ponerte bikini», dijo Teresa.

Y ella:

«Bueno.»

Luis no había dejado de mirarla desde que se quitó el pareo y se metió de cabeza, sin ducharse, porque no aguantaba más el calor. Desde que se besaron hacía una semana, no habían vuelto a hablar. Fue todo tan rápido, tan extraño, que si lo recordaba ahora le parecía que el tiempo se hacía discontinuo en la memoria: las manos de Luis, su «me gustas», ella mirando el reloj porque ya iban a llegar tarde al cumpleaños de Teresa, y el beso; absurda y casi desagradable la lengua de Luis como un gusano húmedo rozando su lengua, su propia excitación primero como un fogonazo de extrañeza y después de asco cuando sintió que le tocaba el pecho. No era que no le gustara Luis, siempre le había gustado Luis, sino la profunda sensación de rechazo que sintió ante aquella reacción inesperada y desconocida de su propio cuerpo; sensación de tensión y excrecencia, de placer, pero inarticulado, que se repetía ahora al salir de la piscina a la que la habían invitado junto a Teresa y que casi la hacía desear no haberse bañado para no tener que ir ahora, corriendo pero como si no pasase nada, hacia la toalla a salvarse de la mirada de Luis, de la mirada del amigo de Luis, de la mirada incluso de Teresa, que volvía a repetir que con su tipito, con el de ella, no uno, mil bikinis se ponía, y Luis asentía poderosamente mientras parecía, quizá, recriminarle que aún no hubieran hablado de lo que ocurrió la semana anterior.

Sintió la toalla alrededor de la cintura como un descansar agradable y ya no se la quitó durante el resto de la tarde. Las clases empezarían en una semana y el final de aquel verano tenía una lentitud cansada y rosa. Había estado un mes en la playa con su padre y en agosto en Madrid, con su madre. Aunque ya hacía tres años que se habían divorciado, su madre continuaba viviendo en un estado de precariedad afectiva que llevó a Sara a ponerse de su parte desde el principio en contra de su padre, a quien tardó más de un año en dejar de ver como a un enemigo amenazador. Ahora era distinto. Ahora ella tenía dieciséis años y había perdido un curso, pero no importaba demasiado. Había sido durante toda su infancia una niña corpulenta, por eso, aunque nunca fue demasiado locuaz y su silencio encubría la mayoría de las veces simple y llana vergüenza, encontró durante aquellos años una honda complacencia en su fortaleza física. La adolescencia, sin embargo, la trató de forma diferente. No sólo no creció más sino que, en poco menos de año y medio, se convirtió en una belleza de primera clase. Lo comprobó, más que en ella misma, en las reacciones de los demás ante ella. Por su parte a Sara le parecía que, al perder altura, al igualarse —más bien— en altura a sus compañeras, perdía también su confianza, su respetabilidad. Lo que para los demás era un perfecto dulcificarse de formas que parecía que nunca iban a perder aquel tono desmañado, ella lo comprobó como un debilitamiento. La emersión de los pechos, la acentuación de las caderas, todo parecía más bien una pringo-sidad, una licuación, por eso el placer de sentirse más fuerte quedó sustituido por el de actuar con rudeza, por el silencio.

Sentía casi como un elogio que su madre le dijera que era poco femenina y, aunque cuidada, le gustaba vestirse sin preocupación y se cortó el pelo a lo chico para ni siquiera te-ner que perder mucho tiempo peinándose.

Aquello funcionó todavía tres años. Hasta Luis. Exacta-mente hasta Luis había funcionado aquello, y no es que no le hubiera gustado besar a Luis, no se trataba de si le había o no gustado, sino de la misma sensación que se había repeti-do –casi idéntica– al salir de la piscina y que no era vergüen-za, ni debilidad, ni asco, aunque tuviera algo de las tres co-sas. Hablaban de la carrera universitaria que iban a elegir cuando terminaran aquel curso.

«Y tú, Sara, ¿qué vas a hacer tú?»

«No sé, tengo que pensarlo todavía.»

«¿Pero no hay nada, por lo menos, que te guste?»

«Me gusta pintar.»

«Pintar», dijo el amigo de Luis con tono ligeramente burlón, y ella le atravesó con una mirada de odio.

«Sí, pintar, me gusta pintar», contestó, y el chico no vol-vió a abrir la boca.

Teresa le preguntó luego, mientras se cambiaban en el vestuario, por qué había sido tan brusca con aquel chico y ella no supo qué contestar. Le asombraba el desparpajo, la casi complacencia con que se desnudaba Teresa, cuyo cuerpo estaba más desarrollado que el suyo.

«El caso es –decía– que a mí el chico ese me gusta y si le sueltas muchas como la de esta tarde me lo vas a acabar es-pantando. Parece que no, pero es tímido... ¿Qué pasa? ¿Te gusto o qué?»

«¿Por qué?»

«Porque me estabas mirando...»

«No», respondió Sara casi enrojeciendo porque era verdad; el blanco del bikini, en contraste con el moreno de todo el verano, le daba una luminosidad extraña al pecho y al pubis de Teresa que, unida a la naturalidad con que se había quitado el bañador, adquiría una contundencia de pieza única, una resolución que la había hipnotizado. Teresa no era bonita pero aquel cuerpo, a diferencia del suyo, parecía completo; hasta las curvas de la cadera y del pecho tenían una entereza arquitectónica que la hacían amable.

Luis la esperó con la intención de acompañarla en el autobús de vuelta a casa, pero ella le pidió por favor que la dejara, que tenía que pensar en sus cosas. «Pensar en mis cosas» era la expresión que utilizaba Sara cuando, más que pensar realmente en algo, lo que deseaba era sumergirse en un estado de vacuidad semiinconsciente en el que imágenes, palabras, proyectos se sucedían con la misma inconsecuencia con que lo hacen los objetos tras la ventanilla de un tren.

«Entonces no significó nada para ti», concluyó Luis.

«¿El qué?»

«Lo de la semana pasada.»

«No», contestó Sara.

«Entiendo», dijo Luis, marchándose.

Sara volvió a casa en autobús y se bajó dos paradas antes para poder cruzar el parque caminando. Una palabra le golpeaba las sienes. Era una palabra simple, redonda, blanca. Estaba en los árboles, en la respiración de los corredores, en la repentina oscuridad calurosa de aquella noche de septiembre. Casi llegó a pronunciarla en varias ocasiones. Su madre no estaba en casa cuando llegó. Desde abajo llegaba el alboroto de la terraza veraniega que estaba junto al portal. Fue al cuarto de baño y se desnudó ante el espejo. Frente a ella apareció, reflejada, la figura de una chica a la que la sombra del bañador tradicional daba un aspecto de peto blanco, de amazona dispuesta a una batalla. La palabra que había estado soñando toda la tarde emergió, como una sal de frutas, de algún lugar recóndito, profundísimo, y Sara sonrió a su imagen desnuda.

«Control», murmuró.

El mundo cuadró estático unos segundos, como una virgen que se avergüenza de un sueño. Era dos de septiembre.

El espacio que separó a la Sara que fue de la que sería a partir de entonces no pudo ser más fino. Parecía que no había habido ningún cambio en realidad, que todo se había detenido un instante para seguir desde otro lugar sin dejar de ser la misma, como una reacción impensable de una persona conocida que, tras reflexionar, no sólo deja de serlo sino que adquiere coherencia, lógica. El control era cambio, el cambio era control, y ambos un vacío de imágenes hacia ninguna parte. Y la nada era deseable. Y en la nada todo podía ser descubierto sin más. Y vio Sara que era bueno.

Se encontró a Luis cerca de casa una semana después de que hubieran empezado las clases. Estaba nervioso y a ella acabó contagiándosele su nerviosismo.

«Mira, Sara –dijo, retorciéndose las manos–, he estado pensando..., no sé, para mí sí significó algo lo de aquel día, sólo quería que lo supieras.»

«Ya.»

«¿Entonces?»

«¿Entonces qué?»

«Vale –concluyó apresuradamente Luis–, así es la vida, ¿no?»

«¿La vida de quién?», preguntó ella, y entonces fue Luis quien adquirió una solemnidad extraña.

«Adiós, Sara.»

Era tarde y subió a casa a preparar la cena. No pensaba en Luis cuando abrió la puerta, ni cuando dejó los libros en la habitación, ni cuando se puso a pelar patatas en la cocina para el guiso de carne. Su madre no había llegado aún. Trabajaba en un periódico y a veces llegaba tarde. Sara la quería como se quiere a un perro sordo, a un niño aburrido y sin recursos que mira un parque tras la ventana.

Se le ocurrió de pronto. Recordaba algunas conversaciones al respecto de las amigas de Teresa, de la misma Teresa. Recordaba también que sintió repugnancia no por ellas, sino por su complacencia. Fue al cuarto de baño y se desnudó de cintura para abajo. Sentada en el bidé, comenzó a acariciarse. El desagrado que le produjo al principio se venció en el momento en que comprobó que se repetía la misma sensación de rechazo que sintió al besar a Luis pero ahora distinto, porque algo parecía complacerse en aquello. Sara creyó que nacía un cuerpo dentro de su propio cuerpo; uno que entendía a Luis, y a su madre, y a Teresa, uno que no le gustaba. El placer fue agudo y sostenido durante unos segundos y se apagó después, lentamente. Se lavó las manos y volvió a vestirse. Había dejado la puerta de la cocina abierta y toda la casa se había inundado del olor del guiso. Era tarde y se puso el pijama después de cenar. En el diario escribió: «querido diario: hoy me he masturbado». Mamá no había llegado aún. Estaba triste. No sabía por qué.

Octubre llegó despacio, igual que siempre llegaba octubre. Como había perdido un curso, Sara no conocía demasiado bien a sus nuevos compañeros y, al no haber hecho ningún esfuerzo por acercarse a ellos durante el primer mes, había acabado en la última fila representando el papel de la autoexcluida voluntaria pero con la respetabilidad propia de su mayoría de edad. A Teresa la veía en los intermedios de clase y a la hora de comer porque tomaban juntas el autobús de vuelta a casa. Aquel día lo hicieron en silencio. Teresa había comenzado a salir desde hacía unas semanas con el amigo de Luis y aquello había hecho que se hablaran menos.

«Oye, Sara —dijo Teresa con la lentitud de una declaración que se ha demorado mucho—, estás como rara.»

Ella no contestó.

«Estás... como si no te importara nada. Siempre has sido medio callada, pero es que ahora ya casi ni siquiera hablas. A lo mejor, no sé, es que te aburrimos las demás, que no somos lo bastante listas para ti —el silencio de Sara hacía que las palabras de Teresa adquirieran, cada vez más, el tono de un reproche—, igual estás celosa de mí porque tengo novio...»

Teresa se detuvo para comprobar su reacción y ella se forzó para no sonreír.

«No —dijo—, no es eso.»

«Entonces qué es, ¿Luis?»

Le sorprendió que Teresa supiera aquello, pero no dijo nada.

«También tiene narices que me haya tenido que enterar por él y no por ti. ¿Qué pasa? ¿No confías en mí o qué? Porque las amigas están para eso, ¿sabes? El otro día me enrollé con Sara, dice Luis ayer, y yo allí, con mi cara de imbécil, haciendo que lo sabía de toda la vida, claro, digo yo, es que es así, un poco especial, yo allí defendiéndote, ni sé para qué si no me cuentas nada.»

«No tienes que defenderme, Tere», dijo para que se callara.

«Vale, haz lo que quieras», respondió ofendiéndose.

«No te enfades.»

«Yo no me enfado.»

Volvieron a quedarse en silencio. Teresa se levantó cuando llegó su parada.

«Y a Luis —dijo mientras se bajaba— deberías llamarle por lo menos, o escribirle. Tampoco se deja a la gente así, tan a lo bestia.»

«Vale», contestó.

Sara no escribió a Luis ni le llamó, y si no le llamó ni le escribió no fue porque no le pareciera justo, sino porque no habría sabido qué decirle aparte de la verdad: que no le quería. Aquello fue acumulándose las semanas que transcurrieron como una insatisfacción que, a falta de objeto al que dirigirse, se volvió contra ella misma. Primero pensó que era despreciable por no quererle, pero esa sensación duró pocos días. Luego pensó que acabaría apareciendo otro chico que le agradara, pero también aquello le pareció poco probable, por último llegó intacto, redoblado, aquel sentimiento de rechazo por su cuerpo. «Es el periodo», pensó, pero aquello continuó las semanas siguientes. A Sara le desagradaba el periodo como cualquier otro tipo de excrecencia, hasta el propio sudor. Se rociaba de agua de colonia barata dos veces al día porque no quería oler mal, pero tampoco soportaba los perfumes. Su ideal habría sido sencillamente no oler.

A veces soñaba que era invisible, que se levantaba de la cama y paseaba por el parque sin que nadie se percatara de su presencia. Al despertar, el recuerdo de aquella ingravidez la hacía sonreír y cerraba los ojos para retenerla todavía unos segundos, pero la conciencia de su cuerpo se le hacía más amarga al intentarlo y por lo general terminaba desistiendo con fastidio.

Era veintiocho de octubre y hacía viento la primera vez que Sara utilizó aquel abrecartas de su madre (tan bonito: de color dorado y con tres tortugas de bronce en relieve) para hacerse heridas en las piernas. Estaba sola en casa y su madre no volvería hasta tarde. A lo lejos, en el cuarto de estar, se oía el murmullo de la televisión. Intentaba recordar qué era lo que había ido a buscar allí cuando lo vio sobre la mesa del despacho, junto a unas cartas del banco. Aquél no era su sitio. Acarició la punta con cuidado, casi con lástima. Era martes y sin embargo podría haber sido más verosímilmente un jueves, un sábado, porque la noche estaba cargada de luces. Lo deslizó suavemente hasta que la punta reposó sobre el muslo, apretando cada vez más la empuñadura. Vio cómo atravesaba la fina tela del pijama y cómo se hundía ligeramente en la carne. El dolor fue agudo, concentrado y simple. Sara comprobó que su corazón palpitaba aceleradamente cuando una mancha de sangre coloreó el contorno de la punta del abrecartas, que aún seguía hundiéndose en la pierna. No le agradaba el dolor pero sí poder soportarlo. Tenía la impresión a la vez de que no era suya la pierna que sangraba sino la de un enemigo lejano y débil con el que no había que tener misericordia. La mancha, sin necesidad de que hundiera más la punta, se extendía en perfecta circunferencia, como un sol de sangre. Cuando dejó de apretar y puso de nuevo el abrecartas sobre el escritorio sintió un leve desvanecimiento. Después sonrió; había vencido, no sabía a quién.

Llegó el miércoles, y el jueves y el viernes y en ellos la ceremonia del abrecartas repitiéndose como un ritual antiquísimo y sencillo que debía ser ejecutado con precisión milimétrica. Sara lo aceptó como se acepta una fe milenaria. Si sabía que su madre no iba a venir lo hacía allí mismo, junto al escritorio. Si estaba en casa, cogía el abrecartas, se iba a su habitación, cerraba la puerta y ponía la música alta para que no la requiriera. Junto a la herida del primer día, un punto oscuro ligeramente amoratado en los bordes, llegaron los otros, más suaves algunos, la mayoría como el primero. Como no sabía el tiempo que se había forzado el primer día, decidió que lo haría durante diez minutos. A veces le temblaba el pulso cuando lo hacía sobre la pierna desnuda porque entonces la conciencia era mayor. Sin embargo, una vez transcurridos los primeros cinco minutos perdía la sensibilidad y le parecía estar clavando el abrecartas en un trozo de carne inanimada y blanca, en un pedazo de cera.

Igual que la mayoría de los acontecimientos de la vida no tienen significado, Sara no esperó tampoco que aquél lo tuviera. Si se sometía a él no era porque le agradara el dolor. Un dolor producido voluntariamente desembocaba en una sensación de sin sentido, de absurdo, pero si se mantenía un poco, si se esperaba a que la sensibilidad traspasara el umbral del razonamiento, entonces llegaba un agradable estado de posesión, de control.

La sensación de posesión, de endurecimiento, hicieron que aquellas semanas gozara de buen humor, sin embargo aquella alegría, como desean todas las alegrías, no podía ser contada. ¿Quién podría entenderla? ¿Su madre? ¿Su padre? ¿Luis? Una tarde, cuando volvía del instituto, estuvo a punto de contárselo a Teresa, pero al disponerse a hacerlo recordó el día que se desnudaron juntas en el vestuario de la piscina y aquello la detuvo en el acto. No, Teresa tampoco podría entenderlo, se asustaría, pensaría que estaba loca, era capaz incluso de llamar a su madre para decírselo. Sara tuvo miedo de que le robaran aquella felicidad, de que la malinterpretaran, y ese miedo fue haciéndose cada vez más profundo, más denso. La decisión de no decir nada a Teresa trajo consigo la de no decírselo a nadie, nunca, y el reconocimiento de su secreto la hizo temer que la descubrieran. Comenzó a esconderse y abrazarse a aquella felicidad con una ansiedad que no podía dejar de hacerla sentir culpable. Pero culpable por qué, ante quién, pensaba.

Su padre había estado demasiado amable todo el fin de semana. Le había preguntado demasiado por sus clases, por sus amigas, le había dado demasiados besos. Después le había dicho que había conocido a una mujer, Sandra se llamaba, que a veces en la vida uno debía recapacitar y tratar de comenzar otra vez. Estaban en la casa de campo de los abuelos, solos, y Sara había ocupado la mañana paseando. Al llegar al pueblo, que no distaba más de un par de kilómetros, había visto una escena peculiar: un perro salvaje se había introducido en la propiedad de alguien y estaba montando a una perra atada por una cadena junto a una caseta. La perra quería zafarse pero el macho la tenía aprisionada con las pezuñas. Había momentos en la vida de un hombre, decía su padre, en que no era fácil soportar la soledad, entonces, cuando menos lo pensaba uno, aparecía alguien, alguien que hacía que todo volviera a merecer la pena. Las pezuñas del perro eran negras y curvas, como su gesto de concentrada insistencia en penetrarla. A la perra le lagrimeaban los ojos. Le estaba hablando de ternura, ter-nu-ra, dijo su padre sosteniendo cada sílaba como para darle una calidez más honda a la palabra. Ella le tiró una piedra. Una negra y pesada que le ocupaba la palma abierta de la mano. El golpe fue sordo en el lomo y el macho articuló un quejido débil, al que siguió un gruñido baboso, gutural, pero no dejó de montar a la perra. También lo entendería ella, no ahora, quizá no ahora mismo, pero ya vería como pasaban los años y se acordaba un día de esta tarde y pensaba: Ahora, ahora comprendo lo que decía mi padre. Así que cogió otra piedra, una mayor, y con todas las fuerzas que pudo la arrojó al otro lado de la valla. Falló. Ella era más madura que las chicas de su edad, por eso no debía avergonzarse de aquello, ni dejar que se burlara nadie. Había tenido la suerte de conocer lo que era la vida antes de vivirla, eso era lo que había tenido, suerte. Probó con un palo largo que encontró a sus pies, y metiéndolo a través de la valla comenzó a golpearle en el hocico. El macho dejó de montar a la perra y se arrojó como una furia hacia la reja. Sara retrocedió unos pasos aterrorizada, pero cuando vio que el perro no podía hacer nada, se acercó y pegó una patada a la valla. Le palpitaba con fuerza el corazón. Siempre palpita con fuerza el corazón cuando sabes que has encontrado a esa persona que habías estado buscando, pero ojo, que se fijara bien, no sólo era una cuestión de sentimientos, también tenía que ser compatible la convivencia, porque con su madre, por mucho que se hubieran querido (porque se habían querido mucho), no le había quedado al final más remedio que reconocer que no podían vivir juntos, y eso no era triste sino la vida misma. Los ladridos hicieron que saliera el dueño de la casa y espantara al perro, que, antes de emprender la huida, se volvió hacia ella para gruñir por última vez.

«Voy a la cocina a por más café. ¿Quieres tú algo?»

«No.»

«Buena chica», dijo su padre, y le mostró una sonrisa abierta, llena de dientes.

Sara esperó esa tarde en la terraza que daba al parque hasta que el cielo apareció como lo que es: un enorme escenario azul, vacío. Le gustaba mucho aquello, especialmente al llegar noviembre. El otoño se extendía a lo largo del parque como un hermoso desvestirse. Hacía dos semanas que no veía ni hablaba con Teresa, y su espacio, que lo primeros días le había parecido tan burdo, tan sustituible, había ido adquiriendo una consistencia plomiza. La echaba de menos. Llamó tres veces aquella tarde sin encontrarla en casa y, diez minutos después de la última, Teresa le devolvió la llamada. La había decepcionado. Ella pensaba que era su amiga y la había decepcionado.

«No podemos vernos luego porque he quedado con Javier –dijo–. Bueno, ahora que lo pienso, va a haber también más gente, viene Luis...»

«Mejor nos vemos otro día.»

«Vale», contestó la voz de Teresa, fría, sin modulaciones, como si hasta la estuviera incomodando que durara tanto la conversación.

«¿No sales hoy con Teresa?», preguntó su madre cuando colgó el teléfono.

«No.»

Pensó que iba a llorar, así que se fue de la habitación, se puso el abrigo y bajó al parque. Sara siempre bajaba al parque cuando no sabía qué hacer. No era sólo que le gustara pasear por él, sino la agradable sensación de peligrosidad que le subía a la garganta cuando lo hacía tarde. Muchas cosas ocurrían allí de noche.

«Drogadictos —decía su madre—, mala gente. Les dejan las puertas abiertas y ellos se meten allí, como animales, a matarse.»

Era igual que pasear al borde de dos mundos; aquel diurno de las parejas de novios y los niños y ese otro, nocturno, que a veces aparecía en las noticias en forma de violaciones o sobredosis, o en los ojos asustados de la portera que narraba haciéndose cruces lo que sucedía allí.

Sara recordaba que una vez vio cómo sacaban un cadáver del lago. Fue una mañana de agosto hacía dos años, muy temprano, en la que había salido a pasear. No había nadie y hacía calor. Ella se acercó atraída por las luces del coche de policía. Fue sólo un segundo, pero recuerda a la perfección su cara amoratada, una camiseta que decía USA. Recuerda que tenía un pie descalzo, sólo uno, y que aquello era violento, y grotesco, y casi imposible. Recuerda que soñó muchas veces con aquel hombre, con la extraña hermosura de aquel hombre al que sacaron con cuerdas acercándole hasta la barandilla que daba al paseo y cuyo cuerpo, al tocar el bordillo, volvió la cabeza inexplicablemente hacia ella como en un movimiento perfectamente voluntario, hermoso y feo a la vez, llamándola.

En aquella tarde, como si la hubieran traído desde aquel agosto en que vio al ahogado, era doloroso el aire, los perros, las parejas de novios. Caminó despacio hasta el lago. Como era domingo, los paseos estaban llenos de payasos, guitarristas, títeres.

«¿Dónde estará la bruja?», preguntaba el muñeco.

«¡¡¡Allí!!!», respondía, desgañitándose, un coro de niños y dedos índices.

«¿Dónde?»

«¡¡¡Allí!!!»

El lago tenía una contundencia oscura y, aunque hacía frío, no faltaban parejas que alquilaran botes. Había cuatro, cinco, y a todos les cubría el rostro una nota gris de cansancio, de aburrimiento inmemorial. Sara se sentó a mirarles. Deseó llorar pero se contuvo. El descubrimiento de su propia fragilidad, de su necesidad de Teresa, la había dejado de nuevo frente a alguien que se parecía a ella sin ser ella y por quien, de nuevo, sentía repugnancia. Tuvo frío pero no cerró los botones del abrigo. El aire helado entraba por la boca de las mangas, atravesaba el jersey y la camisa, endureciéndola. Ahora era de piedra. Dura como una piedra, pensó.

Si dejó de utilizar el abrecartas para punzarse la pierna era porque ya no le costaba ningún esfuerzo hacerlo y porque, desde la conversación con Teresa, ni siquiera aquello conseguía hacer que se sintiera mejor. Iba al instituto por las mañanas y volvía sola a casa a la hora de comer. El sentimiento de dureza, de casi impermeabilidad a las cosas que sucedían a su alrededor durante el día, era sustituido por el derrumbamiento cuando llegaba a casa, entraba en su habitación y se quedaba sola. Se sentía tan frágil que pensaba que cualquiera podría haberla destruido con el simple sonido de su voz. Aquellas sensaciones, aunque intensas, no eran prolongadas en el tiempo y tras ellas sentía Sara un deseo agigantado de hacerse daño, de comprobar los límites de su aguante. Su cuerpo se levantaba entonces frente a ella como pura posibilidad de cambio, como un proyecto descomunal o un inmenso bloque de mármol en el que durmiera una escultura preciosa.

Dejó de comer un día miércoles que parecía traído de muy lejos, de la infancia quizá, porque tenía –igual que en la infancia– una felicidad irreal, inventada. Estaba sola en la cocina y había calentado unos muslos de pollo que sobraron de la cena anterior, pero cuando abrió el microondas para cogerlos y los vio humeando en aquella mucosidad brillante sintió que le sobrevenía una náusea involuntaria y rápida. Los tiró a la basura y, aunque tenía hambre, no comió nada. Le sonaron las tripas durante una media hora al cabo de la cual, y tras unos minutos de ligera molestia, dejó de tener hambre.

Aquella noche su madre llegó antes de lo habitual y anunció que iban a salir a cenar con la tía Eli. La tía Eli era la hermana de su madre y siempre se habían entendido muy bien. Sara admiraba a su tía Eli porque no se había casado nunca, y porque vivía en Barcelona, que era una ciudad tan cosmopolita, tan civilizada y limpia, con todos esos gaudís por todas partes. La tía Eli era ingeniera de caminos, canales y puertos y olía siempre a una crema para la piel que no se podía encontrar aquí en España. La tía Eli era feliz.

Su madre intentó llevarla a un restaurante que había cerca de casa pero la tía Eli se negó en redondo y dijo que, como ella invitaba, ella elegía. Tomaron un taxi y fueron a un sitio elegante, un sitio de esos a los que ella debía de ir siempre.

«Esto es carísimo», dijo su madre, pero casi no le dio tiempo a terminar la frase porque la tía, con un solo gesto primero de la mano y luego de todo el brazo, la había callado, había avisado al camarero y se había dirigido, como flotando entre la gente, hacia una mesa que había en una de las esquinas luciendo un «reservado» escrito a mano.

«Todavía llevas el colgante con el sol que te regalé», dijo.

«Sí», contestó, feliz, Sara, y se sonrieron las dos imaginando que aquella sonrisa decía tantas cosas que cualquiera hubiera intentado explicar pero que ellas preferían callar sabiamente.

La excusa era el trabajo, pero ninguna se engañaba con respecto al motivo de su viaje. Desde que su madre se había enterado de que su padre tenía una nueva novia, se estaba hundiendo en una tristeza perezosa y lánguida, alternada con pequeñas lágrimas de cuando en cuando y crisis nerviosas que se materializaban normalmente en poner en orden los armarios y los altillos más inverosímiles. La tía Eli había venido para salvar a su madre, pensó Sara.

Durante la mayor parte de la cena no se oyó más que la voz de la tía contando un viaje a Londres, contando lo maravilloso que era Londres y lo atrasadísimos que estábamos, contando lo elegante que era el inglés de Inglaterra en comparación con el de Estados Unidos, con el de New York al menos (y decía New York así, New York, como si no pasase nada) y sobre todo contando lo impresionantemente bien que la habían tratado en todas partes. Acompañaba cada anécdota con algún gesto estudiado y simple, elegantísimo e inimitable, y a Sara le parecía que si la desnudasen a la tía Eli, si la subieran encima de una mesa y le quitaran la ropa, brillaría entera, como una figurita de Lladró.

Fue al baño y cuando volvió se las encontró hablando de su padre. Su madre, mientras comentaba cómo se había enterado, cómo se sentía, tenía un gesto de contención patética que mal encubría sus evidentes ganas de llorar. La tía Eli escuchaba en silencio, las manos cruzadas bajo la barbilla, los huesos iluminados por la luz tenue. Ahora, cuando terminara de hablar su madre, por quien Sara comenzaba a sentir casi vergüenza, la tía Eli pondría las cosas en su sitio, le diría que era una débil, le enseñaría cómo sobreponerse.

Pero la tía Eli, inexplicablemente, no dijo nada. Su madre, que parecía también sorprendida por aquello, continuaba hablando.

«Deberías salir un poco más, animarte», dijo al final, casi tímidamente.

«Lo he intentado –contestó su madre–, mira que lo he intentado. Yo pensaba que ya estaba mejor de un año a esta parte, pero es que ahora no hay sitio al que vaya donde no esté pensando: Me los encuentro, ahora me los encuentro y qué hago, Sara te puede decir. Antes, cuando venía a buscarla, subía a casa, charlábamos, ahora llama siempre al telefonillo. Sube, le digo, y él: No, que voy con prisa, y así.»

«Me gustaría decirte algo que te animara, y hace un mes yo creo que lo habría hecho, pero también yo estoy más o menos como tú.»

«¿Quién? ¿Tú?», preguntó, sorprendida, su madre, respondiendo también a la sorpresa de Sara.

«¿Recuerdas –siguió– que hace un año viajaba mucho a Málaga, que os dije que teníamos allí un proyecto de un puente? Bueno, pues no era un puente. Se llamaba Ramón, estaba separado entonces, tenía tres hijas, dentista. Nos vimos durante todo el año. Me pidió que me casara con él. Le dije que no.»

Hubo un largo silencio en el que Sara deseó no haber estado allí, no haber escuchado lo que había escuchado. La incredulidad desapareció cuando descubrió, también en ella, aquel gesto de debilidad, de desvalimiento.

«¿Te arrepientes?», preguntó su madre, y ella sintió un aluvión de sangre subiéndole hasta las sienes; no, no se arrepentía, no se arrepentía.

«Fui a Málaga a verle hace un par de semanas. No estaba contento, se le notaba. Me dijo que había vuelto con su mujer. ¿Me arrepiento de no haberme casado con él? Pues mira, sí –dijo la tía Eli como si hablara consigo misma–, quizá hace diez años no me habría arrepentido, pero ahora sí me arrepiento.»

Su madre le pasó una mano lenta, acariciadora, por la espalda.

«Vaya una noche de confidencias, ¿eh?», coroló intentando sonreír, y después se volvieron las dos hacia ella como si se sonrojaran, como si de pronto les hubiera avergonzado su desnudez.

La tía Eli murió en el imaginario de Sara lo mismo que muere una orquídea que ha resistido en su belleza cerúlea durante veinte largos días y, tras ellos, se ha encogido en una sola noche para quedar reducida a una excrecencia desagradable y blanda. Así exactamente había muerto la tía Eli; sin orgullo, sin clase. Si estuvo extraña lo que quedó de velada fue porque se sentía engañada. No podía haber admirado tanto a esa mujer que de pronto reconocía aquella debilidad ridícula, y se apretaba el estómago con gesto de dolor punzante, y se tomaba una pastillita para la digestión.

Se acostó aquella noche con una extraña sensación de vacío, recordando una y otra vez las palabras de la tía Eli. Ahora estaba sola, ya definitivamente, ya sin posible vuelta atrás. Era como haber asistido a la muerte de un dios, de Dios.

Primero fueron sólo las cenas. Una semana más tarde también el desayuno. Quince días después casi la totalidad de la comida. En el plazo del primer mes adelgazó cinco kilogramos y medio. Su madre le decía con frecuencia que la veía muy delgada, que tenía que comer más. Sara respondía inmediatamente que sí y aquella reacción tan rápida, tan acorde, aniquilaba por completo la conversación. Su padre también se lo recriminaba de vez en cuando, pero sin mayores consecuencias que la de alguna comida sometida a observación permanente.

Sara, por su parte, descubrió un mundo desconocido en mitad del mundo que creía conocer. Las molestias corporales del hambre (tan fáciles de engañar, por otra parte) parecían un tributo irrisorio en comparación con el placer que obtenía del ayuno. Se despertaba cansada y se fatigaba al menor esfuerzo, pero a cambio el mundo se hizo soportable, ingrávido, casi digno. Flotaba Sara de la cama al autobús, del autobús a clase, al murmullo de clase, y otra vez, de vuelta, cruzaba el parque caminando, el frío de diciembre golpeándole la cara, como restituida. Parecía que todas las cosas le vivieran bajo la piel.

Pero no era sólo la ingravidez. La lucha contra aquella necesidad tan básica hacía que por primera vez, desde hacía ya mucho tiempo, se sintiera superior. Contra sí misma y contra todos era aquella competición en la que aguantaba hasta que el hambre se convertía, después de secreción de jugos, en un dolor concentrado en un lugar señalable del estómago. Preparaba paquetes minúsculos de comida, tomates en miniatura, la mitad de una pera, la mitad de un sándwich con la corteza recortada, y los envolvía cuidadosamente en papel de plata, como las últimas vituallas de un superviviente. Los comía solamente cuando presentía que la debilidad estaba cerca del desmayo y no experimentaba al hacerlo ninguna sensación de alivio sino de mal necesario, de molesta obligación para subsistir.

En el peso electrónico que había en el cuarto de baño de su madre podía apreciarse cada día el resultado de la batalla. 53,8 se convirtieron en 52,4, y 52,4 en 49,9. A partir de aquel número el proceso fue más lento, más difícil, pero un nueve convirtiéndose en ocho era irse a la cama con la alegría de quien por fin se ha deshecho de algo molesto, liberación y control era un nueve haciéndose ocho, y esperanza también de que aquel ocho se hiciera siete, y seis, y nada, aire, como si estuviera caminando hacia un país por inventar y a cada paso se estuviera haciendo más pequeña y más dura.

Aquella dureza tenía también ojos y manos, y color, y afectos en los que recostarse, pero en nada se parecía a los que había experimentado anteriormente. Lo que encontraba ahora cada vez que salía a la calle era un mundo claro y ordenable aunque pareciese caótico, un mundo en el que no sólo le importaba menos su soledad, sino en el que precisamente su soledad le permitía contemplarlo mejor, y juzgarlo. A veces tenía la sensación, cuando salía del parque y entraba en la gran avenida que hacía esquina con su calle, de que era ella misma quien dirigía aquel concierto absurdo de timbres, voces y autobuses. Se quedaba quieta y miraba fijamente a alguna persona, alguna cosa, ordenándole en silencio el próximo movimiento y las personas obedecían sin saberlo, sin comprender que en realidad estaban acatando una orden suya. Cuando ocurría así, tenía la sensación de que algo vacío y simple cuadraba dentro de ella, como las figuras de madera con formas geométricas cuadraban en los agujeros en la guardería, y aquel flujo de sensaciones se hacía más poderoso aún. Era también verdad que no había palabras allí. El control era silencioso como una noche de lunes, más aún, más silencioso aún, como el rozar lentísimo de los ojos con las palabras de un libro.

Una estrategia que utilizó los primeros meses para menguar la apariencia de su pérdida de peso era descoser la costura de los pantalones y volver a coserla para que no se notara la diferencia. Aquello funcionó hasta la cena de Navidad. Fueron a casa, como siempre, la tía Eli y la abuela, y las dos –hacía meses que no la habían visto– prorrumpieron en exclamaciones desde el principio. Sara las odió desde el momento en que empezaron con aquello.

«No estás más guapa por intentar parecerte a esas modelos de la televisión», dijo la tía Eli, y la abuela:

«Pero, por Dios Santo, ¿tú te has mirado al espejo, niña? Si parece que te va a llevar el viento...»

Había cordero para cenar, como único plato. Ella se dio cuenta entonces de que, desde hacía tres semanas, no había probado un solo bocado de carne. No es que no le gustara el cordero, siempre le había gustado el cordero, sino que desde que empezaron los preparativos de la cena, desde que su madre puso el cordero al horno y la cocina se inundó del aroma del asado, ella había pensado que no iba a ser capaz de comérselo. Cuando se sentaron a la mesa y su madre le pidió el plato para servirle, todavía dudó un segundo, pero volvió los ojos hacia la fuente donde humeaba el costillar despiezado, sintió náusea y dijo:

«No puedo.»

«¿Qué no puedes?», preguntó su madre.

«No puedo comer carne; soy vegetariana.»

«¿Desde cuándo, si puede saberse?»

«Un mes.»

«Eso no es sano, eso no puede ser sano», dijo la abuela.

«¿Y por qué no me lo has dicho en todo el mes?»

«No sé.»

«Margarita, la amiga de Carmen, era vegetariana, daba miedo verla», dijo la abuela.

«No, no sé no es una respuesta.»

«Estaba desmayándose siempre, y pálida como el papel», dijo la abuela.

«No te lo he dicho porque no estaba segura hasta ahora, por eso.»

«¿Lo ves? –dijo su madre a la tía Eli–. ¿Ves como lo que pasa es que ni siquiera me dice las cosas?»

«El médico de la televisión, el de después de comer, dice siempre que hay que comer carne», dijo la abuela.

«Sara —dijo la tía Eli–, no es que sea malo ser vegetariana, yo misma fui vegetariana unos años, pero...»

«Y daba miedo verte, adelgazaste una barbaridad y te daban mareos, acuérdate», dijo la abuela.

«... pero lo importante es decir las cosas.»

«Y comer carne», dijo la abuela.

«Mamá, cállate un segundo que me estás poniendo de los nervios», dijo su madre.

«Eso, que me calle, lo que queréis vosotras es que me muera ya de una vez», dijo la abuela.

«Nadie quiere que te mueras», dijo la tía Eli.

«Entonces para qué andáis siempre callándome», dijo la abuela.

«Tienes que comer, Sara», dijo su madre.

«Estábamos hablando de Sara», dijo la tía Eli.

«De Sara estaba hablando yo también, pero como ni me escucháis...», dijo la abuela.

«No importa que seas vegetariana si eso es lo que quieres, pero entonces tienes que tomar mucho hierro; lentejas, garbanzos...»

«Proteínas, carne», dijo la abuela.

«¡Mamá, por favor!», gritó su madre.

«No me levantes la voz», gritó la abuela.

«¡Callaos! –gritó Sara–. ¡Callaos de una vez! ¡Me volvéis loca!»

Se levantó y se fue corriendo a su habitación, cerró de un portazo y echó el cerrojo. Tumbada en la cama, se tapó los oídos con fuerza deseando desaparecer, deseando ser minúscula, tanto como un insecto que pudiera escabullirse bajo las puertas, tanto como una mota de polvo.

No contestó cuando su madre llamó a la puerta, ni cuando le pidió por favor que volviera a la mesa, ni cuando regresó a los diez minutos con tono suplicante diciendo que era la cena de Navidad, ni cuando le dijo que le dejaba una ensalada y fruta en la puerta, que no fuera si no quería pero que hiciera el favor de comer algo. Permaneció inmóvil, las manos apretando con fuerza los oídos, primero conscientemente, luego como si tampoco sus brazos le pertenecieran, el sonido de sus propias palpitaciones en las palmas, la respiración. Le incomodaba aquella postura pero no se movió. Había que estar así; quieta. Abriendo los ojos se veía la colcha y el póster de la bailarina de Renoir, ingrávida y blanca, como si estuviera hecha de perfume. También ella podía dormir de esa forma, con los ojos abiertos, de puntillas.

En la nevera había un menú vegetariano elaborado por su madre y la tía Eli. Junto a los alimentos, en otro color, la cantidad de proteínas. De lunes a domingo, sin necesidad de que se repitieran los platos, las lentejas sucedían a los espárragos, los huevos, los garbanzos en perfecto orden, un orden que, por el mero hecho de serlo, no podía ser aceptado.

A veces no iba a clase. Sabía de sobra las asignaturas en las que su ausencia podía pasar desapercibida y las aprovechaba para ir al parque, por el que empezó a sentir una extraña fascinación. Siempre le había gustado el parque y en él había pasado tardes enteras desde muy niña, pero ahora lo sentía de una forma distinta, como una lúgubre prolongación de sí misma. Atravesarlo de parte a parte en un día de diario (fuera del alboroto dominical o festivo) era como cruzar un vasto espacio irreal, desértico, pero al mismo tiempo cercano y reconocible, como recordar una canción que fue dolorosa. Eran Sara el aire y los papeles, la hierba y el vacío quiosco de títeres, pero sobre todo –y más que ninguna otra cosa– el lago. Si no lo supo al principio fue porque llegar a él parecía siempre una casualidad, porque si lo veía de pronto –estático y simple como una redondela de agua– le daba la sensación de que no se había dirigido conscientemente a él, sino que se lo había cruzado en el camino.

Sumergía la conciencia en él sentada sobre el césped siempre en la misma esquina. Era agradable, desde su leve-dad, la contemplación de su consistencia redonda y pesada pero al mismo tiempo desprovista de significado. Levantarse, mirarlo por última vez, volver despacio caminando a casa era rendirse a otro miedo. Desde que terminaron las vacaciones de Navidad y tuvo que volver al instituto le daba la sensa-ción de que todo el mundo la miraba con el mismo gesto de asombro cuya interpretación variaba de la conmiseración al puro y sencillo asco. En clase, donde su presencia siempre había pasado desapercibida, también empezaron las bromas. Uno de aquellos días, al sentarse en el pupitre, descubrió que alguien había pintado en él un esqueleto, y las chicas que se sentaban a su lado a veces cambiaban ligeramente de posi-ción la silla para no tener que verla.

A Sara le habría importado si le hubiesen parecido reales aquellas palabras, las personas que las pronunciaban, pero desde hacía semanas lo único real era el lago, el techo de su habitación. Incluso su madre parecía irreal. Si estaba en el cuarto de estar y la oía entrar en él al volver del trabajo tenía la sensación de que era absurdo, de que algo perfectamente incomprensible y absurdo estaba ocurriendo.

«¿Qué haces aquí?», preguntaba.

«¿Cómo que qué hago aquí? Vengo de trabajar. ¿Qué te pasa?»

«Nada, estaba pensando.»

Por parte de su madre, transcurrida la primera semana después de las vacaciones en la que todo su tiempo en casa parecía girar en torno a la obsesión de conseguir que comie-ra, había caído en una desidia quejicosa. Con frecuencia –es-pecialmente cuando estaba en la cocina preparando la cena, algo que Sara dejó hacía ya tiempo– hablaba sola, maldecía de estar siempre pendiente de lo que hacían o decían los demás y se lamentaba de que nadie se cuidara de ella. Las quejas, masticadas al principio entre dientes, repetidas luego con la inconsciencia de quien ha olvidado por qué hace lo que hace, formaban parte de la que ya era monotonía nocturna. Aquel día, sin embargo, fue distinto.

«Les he visto», dijo su madre.

«¿A quiénes?»

«A quién va a ser, a tu padre y a la tal Sandra...»

«¿Y?», preguntó Sara con indiferencia.

«¿Y? Pues que estaban cenando en el restaurante donde celebrábamos nuestro aniversario: eso.»

En silencio, Sara despreció la debilidad de aquella mujer que era su madre y que no terminó de hablar hasta que hubo descrito el último detalle del encuentro. Despreció el tono entrecortado de su voz, su palidez, sus ojeras violáceas y sus zapatos. Despreció todo lo que la rodeaba; el agradable confort del sofá en el que estaban sentadas, las plantas de interior, el discóbolo que trajo su padre de Grecia tras el que apilaban las revistas, la fotografía del abuelo, el cuadro caro sobre la televisión.

«¿Tú qué piensas?», preguntó su madre.

«Pienso que eres débil —contestó lentamente Sara— y que en realidad no sufres tanto.»

«No hablas en serio», dijo.

Iba a responder que sí.

«No», dijo.

Duró un segundo pero las dos recordarían siempre aquel silencio. Era como si se hubieran conocido en aquel momento, como si nunca se hubieran visto realmente hasta entonces.

«Me voy a la cama —dijo Sara—, estoy muy cansada.»

«Son sólo las ocho y media», contestó su madre.

No se volvió para mirarla. Salió del cuarto de estar como

93

se sale de una casa ajena e incómoda y cerró la puerta de su cuarto. Cuántas cosas sobraban allí también; qué estúpida la mirada de los muñecos, qué fácil e inútil la cortinita rosa, la colcha, la foto de Teresa en aquel campamento al que fueron juntas. Cogió una bolsa de plástico y comenzó a llenarla de las cosas que no necesitaba. Los libros eran demasiado pesados, así que los apiló junto a la puerta. Al finalizar, satisfecha, miró las paredes desnudas de la habitación. No había probado un solo bocado en todo el día y el esfuerzo físico hacía que se sintiera mareada. Oía a su madre lloriqueando en el teléfono, diciendo que ya no sabía qué hacer con ella. Caminó después hasta su puerta y se detuvo frente a ella, sin llamar. Sara oía su respiración como la de un enemigo que pretendiera robarle aquella blancura, aquella nueva sencillez agradable de la habitación sin objetos.

«Hija –dijo–, Sara...»

No contestó. Contestar habría sido la claudicación previsible.

«Vamos a hablar, ya sé que lo estás pasando mal. Déjame que te ayude.»

Había dicho su madre aquella frase con la desconfianza de alguien a quien se la hubieran dictado y no tuviera demasiada fe en su efecto. No eran suyas aquellas palabras. Cómo iban a ser suyas.

«Yo también lo estoy pasando mal; nos podemos ayudar las dos.»

Sara se miró las manos abriéndolas frente a ella y se escandalizó de su fealdad. Parecía que nunca hubieran sido suyas. Una vena azulada recorría, cruzándose hacia los dedos, el envés subiendo hacia la muñeca y se perdía al llegar allí, como abriendo una pequeña gruta azul en el antebrazo.

«Vamos a poner un poco de nuestra parte las dos, Sara.»

El codo era amorfo y recortado como un guijarro, la piel endurecida y blancuzca. Acariciándose, comprobó que podía abarcar el bíceps cerrando los dedos y los subió hasta la axila, donde la respuesta firme del hueso del hombro la detuvo.

«Sara...»

Con la punta del dedo índice recorrió la línea transversal de la clavícula hasta la garganta. Abriendo la palma de la mano rodeó el cuello y bajó hacia la espalda, donde uno, dos, tres, cuatro, cinco, seis, siete montículos indicaban la línea vertical de la columna.

«¿Te acuerdas de antes? Antes hablábamos tanto, me contabas tus cosas.»

Con las dos manos, desde la caída insensible de los pechos, Sara contó sus costillas y dejó que el curso de la distancia previsible se detuviera en las caderas. El desagrado que le produjo el contacto de los promontorios que marcaban la pelvis hizo que bajara todavía más. El final de la falda acentuaba el hueso de la rodilla, redondo, transparente, como un artilugio mecánico al que hiciera feo su simplicidad.

«Si volviéramos a hablar ahora, sería difícil sólo al principio. Todas las cosas son algo difíciles al principio. Abre, anda, verás como acabamos riéndonos de nosotras.»

Hasta llegar a los pies, que quedaban allí, tan lejos, los dedos demasiado largos, el tobillo demasiado pronunciado, como dos raíces que alguien hubiera arrancado torpemente de la tierra. Pero lo peor aquella chica que la miraba desde el espejo, las manos donde las tenía ella, el pelo cayéndole en la misma posición, el mismo jersey, la misma falda, «Sara, por favor...», pero ennegrecida como si la hubiese golpeado un siglo de cansancio en el rostro, aquella chica imbécil mirando empecinada en su fragilidad con los ojos, los labios, la nariz de ella, «¡Sara, abre la puerta de una maldita vez!», el pelo cayéndole sobre los ojos, marcándole los pómulos, la nariz ridícula, «¡Sara!», se recostó en el suelo sintiendo la dureza del parquet en cada hueso, utilizando el antebrazo como almohada. ¿Quién daba esos pasos que se alejaban por el pasillo? Esas lágrimas ¿de quién eran?

«Come», dijo su padre.

Sara pensó que no sabía cómo había llegado hasta allí. Estaban sentados a la mesa del comedor, en la casa de campo de los abuelos, su padre, ella, una mujer.

«Tú eres Sandra –dijo Sara–, tú eres la mujer que folla con mi padre.»

Su padre dio un sonoro golpe sobre la mesa que asustó más a aquella mujer que a ella misma.

«Qué quieres», dijo.

«Quiero que te comas lo que tienes en el plato y que muestres un poco de respeto», contestó su padre.

«Tranquilízate», dijo la mujer cogiéndole de la mano, y luego se volvió para mirarla. Sonreía extrañamente, como si quisiera dar a entender que la comprendía a la perfección.

En el plato había un filete cortado y patatas fritas. En la punta del tenedor un trozo de carne ensartado. Ella tenía que comerse aquello.

«Haz el favor de coger ese tenedor ahora mismo», dijo su padre con el mismo tono de rabia contenida.

«Come un poco, Sara», dijo la mujer mientras cortaba un trozo de su filete y se lo metía en la boca a modo de ejemplo. Tenía su voz un tono de forzada naturalidad que la hacía ridícula, pero parecía a la vez muy firme en su postura amistosa y no dejó de mirarla sonriendo mientras masticaba. Sara cogió el tenedor.

«Come», dijo su padre.

«No seas tan brusco», dijo la mujer.

«No soy brusco; hago lo que tendría que haber hecho su madre hace mucho tiempo. –Y luego, hacia ella–: Come, vamos.»

96

«Soy vegetariana.»

«Ni vegetariana ni hostias.»

«Por favor», dijo la mujer.

Sara introdujo aquello en la boca y comenzó a masticar con la lentitud de alguien a quien obligan a realizar un acto antinatural. Como no se sentía capaz de tragarlo lo mantenía en la boca, y la sequedad hizo que la carne se transformara en una masa áspera, intragable.

«Traga», dijo su padre.

Sara sintió con dolor bajar aquel engrudo por la garganta.

«Ahora otro trozo, vamos.»

«Déjala un segundo que respire», dijo la mujer.

«Venga», continuó su padre después de un pequeño silencio.

«Te odio.»

No fue el silencio ni la tensión de la escena anterior lo que hizo que aquellas palabras se desplomaran sobre la mesa. Si las hubiera dicho demasiado alto, si las hubiera gritado, habría parecido un estallido infantil, pero dichas así, en aquel tono informativo y simple, adquirieron una contundencia bestial, como si el odio, atravesando la barrera del apasionamiento, se hubiera instalado en su territorio más cruel, el de la absoluta indiferencia. Sara había dejado el tenedor de nuevo sobre el plato, había bebido agua, se había secado los labios y había dicho «Te odio» como si ningún acto tuviese más importancia que el anterior, como si todo perteneciera a la misma cadena de insustancialidades.

«No voy a comer más. ¿Qué piensas hacerme?»

Tampoco aquello tenía el esperable tono de la amenaza y de nuevo aquella absoluta indiferencia ante las repercusiones de su decisión dejó a su padre sin recursos. El silencio no lo hizo más fácil.

«Yo me marcho, necesitáis hablar entre vosotros», dijo la mujer.

«No, quédate por favor», dijo su padre.

«Creo que deberíais hablar a solas», dijo la mujer.

«Vete», dijo Sara con el mismo tono imperturbable.

Su padre se levantó de la silla, fue hasta ella y le dio una enorme bofetada. La mujer corrió hasta él suplicándole que lo dejara. Parecía que iba a llorar pero no lloraba, sólo repetía «por Dios» una y otra vez, como si intentara imitar una escena melodramática. Su padre se volvió hacia ella y la rodeó con el brazo intentando que se tranquilizara. Sara se llevó de nuevo el pelo a la oreja y se palpó la mejilla, en la que ya ardía definitivamente su indiferencia. No sentía ganas de llorar, ni vergüenza, ni siquiera dolor. Aquel hombre extraño abrazaba a aquella mujer extraña. Quería ser infinitamente minúscula, desaparecer. Cerró los ojos.

«¿Y por un momento –dijo al fin su padre–, ni siquiera por un momento, te has parado a pensar en lo que estás haciendo sufrir a tu madre?»

«¿Y por un momento –repitió ella abriendo los ojos– te has parado tú a pensar en lo que tú estás haciendo sufrir a mi madre?»

Se miraron como dos culpables que confesaran el mismo delito; sin acritud, comprendiéndose. Hacía tiempo que a Sara no le importaba reconocer aquello pero en su padre, por el contrario, esas palabras parecieron levantar una herida antigua y mal curada, en cuyo nerviosismo se delataba su culpabilidad.

«Coge tus cosas –dijo–, se acabó la comida.»

Viajaron en silencio durante una hora y cuando llegaron a la puerta de su casa su padre le dijo a la mujer que esperara en el coche, que no tardaría en bajar. No se miraron en el ascensor. Su padre dijo «Abre» y ella abrió. Su madre estaba en el cuarto de estar viendo la televisión. Sara les dejó solos. Escuchó cómo gritaba su padre. Escuchó cómo gritaba su madre. Escuchó cómo su padre cerraba la puerta. Escuchó cómo su madre apagaba la televisión.

Era veintiocho de febrero. El cuerpo de Sara pesaba cuarenta kilos, doscientos gramos.

La noche que se fue de casa era martes y hacía en Madrid un calor absurdo, casi primaveral. No había ido al instituto en toda la semana y su madre, si es que siquiera lo sabía, no había comentado nada al respecto. Eran las cuatro de la madrugada cuando salió de casa tratando de no hacer ruido y bajó por la escalera. Se sintió desposeída al hacerlo, como una criatura sin tiempo ni lugar, y cuando abrió el portal aspiró hondo, todo lo que le permitieron sus pulmones, llenándose de aire. Después se encaminó hacia el único lugar que podía: el parque. El aparente silencio de los paseos, de los árboles, le daba una vida extraña al parque durante la noche, y ella se sintió complacida al entrar en él como quien camina despacio, deleitándose, en un jardín de su posesión. El lago permanecía estático, esperando, y ella se sentó a contemplarlo. Cuando le pareció que le vencía el sueño se recostó sobre el césped. Al cerrar los ojos tuvo la sensación de que la tierra respiraba bajo su cuerpo, de que una fuerza casi imperceptible al principio pero a cada segundo más poderosa la atraía hacia allí, absorbiéndola primero, elevándola después sobre el aire, ingrávida, igual que si no tuviera cuerpo. Acarició la hierba sin abrir los ojos y la agarró después con fuerza para no perder aquella maravillosa sensación; como montada a la grupa de un caballo inmenso y poderosísimo, como agarrada a las crines de una bestia que la arrastrara a una velocidad increíble, Sara comenzó a reír. Parecía que aquella felicidad hubiese atravesado la tierra de parte a parte y hubiera venido a estrellarse directamente en su pecho. Sentía un escozor de lágrimas en los ojos. Gritó. Gritó sólo para no estallar de alegría. Después, sonriendo, se venció al desmayo, o sueño.

La despertó el dueño de una cafetería terraza que había junto al lago, y a ella le pareció que pocas veces había amanecido tan descansada, tan jovial como lo estaba aquella mañana. El hombre, sin embargo, la miraba asustado.

«¿Te encuentras bien, chiquilla?», preguntó.

«¿Quién eres?»

«Soy... –El hombre señaló la cafetería que había junto al lago, pero debió de parecerle ridículo terminar la explicación–. ¿Dónde vives? ¿Has dormido aquí?»

Sara no contestó, se limitó a mirar al lago y después el césped sobre el que había pasado la noche. Hacía frío.

«¿Te encuentras bien?»

Aunque preocupado, era palpable que algo le daba miedo a aquel hombre y que en el fondo de su temor brillaba una chispa de repugnancia que le hacía fruncir el ceño.

«Claro que me encuentro bien.»

«¿Y tus padres dónde están? ¿Dónde vives?»

Sara no contestó, sólo quería que se fuera aquel hombre, que la dejara tranquila, que se callara de una vez y le permitiera quedarse mirando el lago, no haría ruido, no molestaría a nadie.

«Chica.»

«¿Qué?»

«Que dónde vives.»

«No sé», contestó por contestar algo, pensando que así conseguiría que se marchara antes, pero no sólo no se marchó sino que la cogió de la muñeca y la llevó hasta la cafetería, descolgó el teléfono y marcó un número.

«¿La policía, por favor?... Sí, espero.»

A Sara le comenzó a quemar la sangre cuando oyó aquello.

«¿La policía? ¿Por qué la policía? ¿Qué le he hecho yo?»

100

«Nada, hijita, no me has hecho nada, es sólo para que vengan a buscarte y te lleven a casa.»

«Yo no quiero ir a casa.»

El hombre iba a contestarle algo pero debieron de hablarle al otro lado de la línea.

«Sí –dijo–, verá, trabajo en el parque y esta mañana...»

Sara mordió la mano de aquel hombre con tanta fuerza que sintió cómo los dientes abrían la carne del pulgar. Cuando se vio liberada comenzó a correr.

«¡Coja a esa niña!», gritó el hombre, pero la única persona que podía haberlo hecho, una mujer de unos cuarenta años que cruzaba el paseo, se quedó congelada en un gesto de miedo, casi apartándose.

Sara abandonó el paseo y se dirigió hacia los árboles escuchando el sonido seco de sus zapatos corriendo a toda velocidad. Tenía la boca seca y le costaba mantener el ritmo de la respiración, por lo que aspiraba el aire en jadeos grandes y discontinuos. Ahora ya lo sabía con seguridad: tenía que irse lejos y después esconderse. Le dolía el estómago y no tenía fuerzas, pero corrió hasta que una neblina blancuzca le anunció que estaba pronta a desmayarse. Se acercó a un arbusto enorme y se introdujo dentro de él. Había allí un intenso olor a orines y restos de algo que parecía una merienda antigua: papeles y un paquete de cigarrillos vacío. Se sentó. Nadie la vería allí. Se secó el sudor frío que le empapaba las sienes con la manga de la camisa. Oía los latidos de su propio corazón, como golpes firmes de un tambor ensordecido con una tela. La saliva tenía un sabor metálico. Pensó que iba a desmayarse. Se tumbó.

Durante todavía una hora tuvo miedo de que apareciera aquel hombre y la obligara a volver a casa. Lo sentía en cada sonido de pasos junto al arbusto, en cada ruido que no pertenecía al parque. Luego el miedo se hizo vacío y pensó en su madre, en Teresa, en la tía Eli, pero como si no tuvieran consistencia, como si fueran puras imágenes almacenadas sin más repercusiones que las de estar allí, en la memoria, ingrávidas. «Me he ido de casa –pensó–, me he escapado», pero tampoco aquello produjo ningún movimiento de tristeza ni de júbilo. Todo emergía y finalizaba en aquel vacío en el que sólo tenía realidad y consistencia lo palpable; el césped, las paredes de hojas del arbusto en el que se había escondido, las manos acariciando aquellas cosas, la cajetilla de tabaco vacía, la lata de Coca-Cola vacía, el papel de caramelo. «Y ahora me buscarán –pensaba como si la asombrara su indiferencia, como si no quisiera tampoco dejar de asombrarse–, vendrán y me buscarán por todas partes», pero sin creer que aquellas imágenes tuvieran entidad suficiente para hacerlo. Luego era, otra vez, el miedo cuando oía unos pasos y se encogía de piernas procurando no hacer ruido, aguantando casi la respiración. En el reloj rosa con el minutero en forma de gusanito pasó una hora y después otra, y otra, y en cada hora el miedo haciéndose denso y vacío, y denso de nuevo, y la imagen de Teresa, y la imagen de la tía Eli, y sus pies.

Cuando eran las 5.18 miró el reloj porque tenía sed. No había bebido una sola gota de agua desde que se despertó y lo pensó de pronto, aunque lo hubiera sentido durante todo el día. Decidió aguantar porque todavía había luz y podían verla, pero al mismo tiempo que lo decidía sentía con más fuerza la ansiedad por el agua. Asomó la cabeza entre las ramas y vio a lo lejos a un hombre paseando a un perro. Ese hombre también la cogería del brazo, también llamaría a la policía; no podía salir. Pero tenía sed. A medio metro del arbusto había una boca de riego, pero no veía ningún grifo y estaba completamente seca. Podía salir corriendo, pero no sabía tampoco hacia dónde correr. La fuente que ella conocía estaba demasiado lejos y en el lago habría gente con toda seguridad. Arrancó un puñado de hojas y las masticó hasta que elaboró una pequeña masa. Después las empujó con la lengua contra el paladar. Repitió la operación cuatro o cinco veces y acabó comiéndoselo por pura ansiedad de apagar la sed. Aunque el sabor no era agradable, sintió que aquello la tranquilizaba.

Dos horas después comenzó a atardecer y una hora más tarde ya era noche cerrada. Si aguardó todavía escondida en aquel arbusto fue porque quiso asegurarse de que nadie la encontrara. En el reloj rosa eran la 12.30 cuando Sara salió al paseo. Haber estado todo el día sentada le había entumecido las piernas, y el frío de las últimas horas –al estar inmóvil– hacía que el pecho le tiritara en escalofríos súbitos y espaciados. Mientras caminaba hacia el lago comprobó con agrado cómo su cuerpo recuperaba el calor. Las farolas iluminaban el paseo desierto como un pasillo preparado para una celebridad que esperara al gran público tras la cortina, sólo que allí no había público, ni testigos de la felicidad, ni nadie ante quien fuera necesario fingir. Sara abandonó el paseo y se adentró entre los árboles. El silencio tenía allí otra textura: una natural, cotidiana. Parecía mentira incluso pensar que nadie hubiera pasado nunca por allí. La luna iluminaba ligeramente el lago y las farolas del paseo que recorría el lado contrario se dibujaban en el agua como arañazos de luz. Ella se inclinó sobre él y bebió despacio, sin ansiedad, igual que si lo hiciera por primera vez. Satisfecha, cruzó las piernas y respiró hondo. No tenía sueño, ni recuerdos.

La mañana llegó de lejos, aclarándose en un punto del cielo y dando al parque una luz mate de película antigua. Sara descubrió que estaba cansada y que había permanecido toda la noche sin moverse. Había un barrendero al otro lado del lago. Bebió agua apresuradamente y se alejó hacia los árboles. La luz, de pronto, le había devuelto la vergüenza, el miedo, y aunque no hubiera visto más que a aquel barrendero y supiera que él ni siquiera se había percatado de su presencia, Sara sintió un brutal movimiento de vergüenza por su fealdad. Era repugnante, por eso tenía que esconderse. Los pantalones estaban manchados por la tierra y el verdín del césped, y en la camisa había un roto inexplicable con forma de siete que dejaba ver la piel a la altura de las costillas. El pelo también estaba sucio; lo notó al pasarse la mano por él y descubrir que se le quedaba enmarañado entre los dedos. Debía de oler mal. Se dio cuenta de esto último casi con escándalo. Ella, que siempre se había preocupado tanto por no oler a nada, tenía que estar ahora apestando. No recordaba el rostro pero sí el olor de un mendigo que una vez la asaltó cerca de casa para pedirle dinero. Así, con aquella intensidad de orines y putrefacción, con aquel aliento ácido a vino tenían que estar viéndola a ella ahora.

El reloj rosa con el minutero en forma de gusanito decía que eran las 7.30 y que era miércoles, pero ninguna de las dos cosas importaba tanto como volver a esconderse. Con estupefacción, casi con pánico descubrió que se había orinado encima. Debía de haber sido durante la noche, mientras contemplaba el lago. Ni siquiera se había dado cuenta entonces, pero ahora una marca amarillenta lo delataba en los pantalones claros como una exclamación de vergüenza.

Hacía esa mañana un calor agradable y ella tuvo miedo de que aquello atrajera a la gente. Se escondió, igual que si lo hubiera buscado conscientemente, en el mismo arbusto del día anterior. Estaba exhausta, así que se acurrucó semitumbada, cubriéndose con hojas para que nadie pudiera encontrarla. Llevaba casi treinta horas sin dormir y cuando cerró los párpados le dio la impresión de que todo daba vueltas. No le molestaba la luz, pero si escuchaba algún ruido extraño abría inmediatamente los ojos e, inmóvil, esperaba a que pasase el peligro. Aunque las ocasiones se repitieron a lo largo de la mañana, Sara no perdía el descanso al hacerlo, dormía pero nunca enteramente, como un animal cuya supervivencia dependiera de aquella tensión continua. Los periodos en los que descansaba eran, sin embargo, plomizos y oscuros como cavernas y ella podía sentir, consciente de una forma extraña de cada parte de su cuerpo, cómo se relajaban estos o aquellos músculos, manteniendo siempre la tensión en algún lugar, igual que si unas partes dieran paso a las otras, en un concierto dirigido quizá por ella misma, pero inconscientemente.

No había allí imágenes ni voces. El placer del descanso (siempre le había gustado dormir largamente los fines de semana) quedó sustituido por la obligación del descanso, por su necesidad. Ella sentía con auténtica delectación aquel endurecimiento. Sin reconocerse ya culpable por haberse escapado de casa, sin pensar ya en nadie, se dejaba llevar por aquella fascinación que le producía comprobar que controlaba hasta la última fibra de su sensibilidad. Cualquier sentimiento, cualquier reacción corporal era en última instancia una ficción controlable. El hambre, aquel dolor agudo en el estómago, desaparecía pensando en él, descomponiéndolo en dolores más simples hasta dejarlo en una reacción única cuya existencia era tan fácil de suprimir como su deseo. Y lo mismo ocurría con la soledad. Hacía falta apenas pensar en ella, aislarla de los demás sentimientos, las demás reacciones, y verla apagarse después lentamente, casi con vergüenza, como una mentira recién desenmascarada, para volver a aquel estado en el que se reconocía tal vez como nunca lo había hecho hasta entonces.

La tarde estaba en su calor más agradable cuando despertó. Escuchaba voces a su alrededor, por eso procuró no moverse. Cuando se alejaron se incorporó sentándose, mientras se sacudía las hojas con las que se había cubierto. Les vio a través de las ramas del arbusto. Era un grupo de chicos que, después de haber estado un momento sentados, charlando, se habían levantado y se disponían a marcharse. Sara les odió y les temió en un solo movimiento de su voluntad. Bromeaban y reían como gigantes. Uno de ellos, mientras los demás se alejaban, se separó del grupo y volvió caminando hacia el arbusto. Era muy guapo. Tenía unos pantalones vaqueros y unos enormes ojos verdes. Intentó no moverse pero el miedo la hizo apartar las hojas y produjo un ruido que, aunque en realidad fue leve, a ella le pareció infernalmente violento y delatador.

«¿Qué haces?», le gritaron los otros, desde lejos.

«Buscar el mechero, creo que lo he dejado por aquí», respondió.

Sara se quedó hipnotizada en la contundencia de sus brazos, de sus hombros.

«¡Venga, hombre!», le gritaron.

«¡Espera!... Lo había dejado por aquí, estoy seguro...», terminó, casi susurrando. De rodillas el chico buscó, tanteando la hierba.

«¡Nosotros nos vamos!», le gritaron.

«¡Joder!», dijo, y de un salto se puso de pie y se fue tras ellos corriendo.

Cuando se hizo de noche y salió del arbusto, todavía pensaba en aquel chico. Ni siquiera el lago consiguió tranquilizarla esa vez. Había sentido el peligro como una sombra desde que salió de su escondite y tomó el paseo iluminado al que el calor de la noche, sin ser excesivo, daba una lentitud especial. Si no se volvió cuando oyó los ruidos, primero lejanos, luego más próximos pero deteniéndose, como si quisieran guardar aún la distancia, fue porque una parte extraña dentro de ella había aceptado también el miedo, y lo había descompuesto hasta que de él quedó sólo esa ansiedad que la perseguía rompiendo ramas tras ella, pisando en falso de cuando en cuando. No fue a sentarse donde las otras noches porque de pronto prefirió encararse con él lo antes posible. Esperó de pie, cerca del lago, a que la alcanzara. El ruido se detuvo unos instantes, a unos veinte pasos, y permaneció sin dar muestras hasta que hubieron pasado unos minutos. Ella se dio la vuelta deprisa hacia donde había creído escucharlo por última vez y gritó. Se encogió despacio y hacia atrás aquella sombra cuando volvió a darle la espalda y ella supo que se había marchado definitivamente porque el aire volvía a ser pesado, y lento, y difícil. Caminó hasta la esquina en la que solía sentarse a contemplar el lago. Bebió agua inclinándose sobre él, mojándose toda la cara. Si le hubiera dicho «Muévete de ahí, apártate y arrójate al mar», lo habría hecho.

Se despertó por la mañana apretando los dientes, escondida de nuevo tras las paredes del arbusto. El reloj rosa con el minutero en forma de gusanito decía que era jueves y que eran las 8.20. Sara apretó aún más los dientes durante un largo espacio de tiempo, hasta que empezaron a dolerle las mandíbulas. Descubrió, por los huecos de las ramas, que el cielo tenía un gris plomizo que prometía lluvia. Pesada y fortísima, como aquel cielo, se sentía ella, dura y áspera como un animal, le parecía que siempre había vivido allí, entre aquellas paredes de arbusto, que la luz que había visto toda su vida era la que se filtraba entonces entre las ramas. Sin embargo, cuanto más agradable le resultaban las cosas que la rodeaban, más le desagradaba su propio cuerpo entre ellas. Cogió una rama y, remangándose la pernera del pantalón, se arañó el muslo hasta hacerse sangre, luego, como asustada de su propio gesto, se quedó hipnotizada mirando el gordo goterón granate resbalar por la blancura de la piel hacia el suelo, igual que una bandera recién inventada.

La tarde era el momento más triste y en aquélla además llovió durante una media hora. Le hubiera gustado moverse, pero volvió a detenerla el miedo a que la descubrieran. Ya no temía que la llevaran de vuelta a casa. A decir verdad, el pensamiento de poder volver a casa era algo que no la había importunado desde la primera mañana. No, tenía miedo de que la vieran y aquel miedo, como el aire, como la luz, cambiaba a cada instante; desde el matizado por el desprecio hasta aquel pánico irresoluble que la atenazaba, ahora que ya había cesado la lluvia, empapada y abrazándose las rodillas, mientras se esforzaba por no perder un solo ruido que pudiera ser sospechoso, reconociéndose repugnante pero al mismo tiempo como si aquella repugnancia fuera la pieza clave de su dureza, de su control.

Era casi de noche cuando un perro comenzó a husmear en el arbusto. Se dio cuenta entonces de que debía de llevar mucho tiempo mirando aquella hoja. Para olvidarse del frío y la humedad, se había puesto a contemplar una de las ramas y fue disminuyendo el objeto de atención hasta que se concentró en una sola hoja que caía hacia ella, como una diminuta lengua verde. Al principio con indiferencia, luego con curiosidad, se había acercado a ella. Una hora después, cuando aquel perro comenzó a husmear en torno al arbusto, Sara estaba absolutamente escandalizada de su belleza simplísima. De aspecto carnoso, quedaba dividida en el envés por una vena abierta en manos asimétricas. El agua le daba al haz un brillo extraño y oscuro. Pero no era, aquella belleza, el resultado de la suma de sus elementos, sino que la superaba de tal manera que la hacía contundente e incontestable, como una catedral.

Cuando el perro introdujo el hocico entre las ramas y asomó los ojos acristalados hacia donde estaba ella, se sintió como si hubiera sido sorprendida en un acto íntimo. Aquella mirada estúpida duró todavía unos segundos, embobado el animal por el objeto extraño. Sara le golpeó en el hocico con fuerza y se oyó un gemido al que siguieron un par de ladridos secos.

«¡Indi!», gritó una voz de mujer que parecía llamar al perro.

El animal introdujo la cabeza desde otra posición y se la quedó mirando en un gruñido sostenido, gutural, al que ella respondió de la misma forma, como una igual a la que pretendieran robar su territorio.

«¡Indi! –repitió la voz acercándose–. ¿Qué? ¿Has encontrado algo? ¿Hay un perrito aquí?»

Sara vio unas manos abriendo las ramas y una cara redonda, sonrosada, asomarse. Gritó con todas sus fuerzas. El gesto de la mujer se congeló en una imagen de pánico y ella salió corriendo. No había nadie en el paseo pero el miedo la hizo correr hacia los árboles. Respiraba jadeando y tenía la sensación de que se le iba a salir el corazón por la boca. El arbusto que eligió para esconderse era más pequeño que el anterior y tuvo que amoldarse a un espacio estrecho en el que además se le clavaban las ramas.

La noche llegó despacio y ella no se atrevió a salir hasta varias horas después de oscurecer. Cuando lo hizo le parecía que adoptaba de forma natural caminares y gestos de bestia. El ritmo era similar al de un trote y llevaba la cabeza ligeramente inclinada hacia adelante, como si siguiera el rastro dejado por alguien. No fue aquella noche directamente hacia el lago, sino que lo rodeó y sintió, mientras lo hacía, la satisfacción dominante de quien comprueba su territorio en orden. Tenía ganas de gritar, de arrastrarse por el suelo, de sudar, de comer carne.

Sara no recordaría nunca cómo llegó hasta allí, ni qué fue exactamente lo que hizo aquella noche. Recuerda, sí, que cuando despertó por la mañana estaba escondida en un arbusto, casi en los límites del parque. Hacía un hermoso día y en el reloj rosa era viernes. Le dolía la cabeza y tenía la ropa húmeda. La piel, sin embargo, estaba reseca y blancuzca y el contacto de la tela mojada le producía un desagrado visceral. Se quitó la camisa y los pantalones y se acurrucó bajo el haz de luz que entraba desde el techo del arbusto. Aunque el cuerpo recogió con agrado aquel calor, la sensibilidad permanecía completamente tensa. Una voz de hombre dijo:

«Mira, aquí no hay nadie.»

Una de mujer:

«Sí.»

A través de las ramas se veían dos cuerpos recostados el uno junto al otro besándose, en el césped.

De todo, a partir de aquel momento, le quedaban a Sara recuerdos extremadamente vagos y absurdos; la punta de sus pies, una jeringuilla usada, la luz, el olor a podrido proveniente de la ropa. El hombre decía:

«Pero si no hay nadie.»

Y la mujer:

«Ya.»

Con la rodilla el hombre abrió las piernas de la mujer y empujó el muslo hacia su entrepierna mientras le lamía el cuello. Sara se sintió resbalar como si toda su sensibilidad hubiese llegado al límite de lo soportable. No sólo aquella pareja, todo, hasta los objetos más insignificantes parecían producir un chirrido infernal, un sonido que se incrementó en progresión geométrica hasta quedarse detenido en una nota agudísima, insufrible. Se retorció las manos. La mujer pronunció un gemido patético.

«No, vamos a tu casa», dijo, pero el hombre continuó lamiéndole el cuello.

Hacía demasiado calor, o demasiado frío, y los colores le hacían daño en los ojos. Aquel pitido permanecía ensordecedor pero, al mismo tiempo, oía con perfecta nitidez el rozarse de aquellos cuerpos.

«Vamos a tu casa...», repitió la mujer, pero con un vencimiento en la voz que significaba todo lo contrario, abriendo ya definitivamente las piernas para que el hombre se pusiera sobre ella.

Si le preguntaran qué sintió entonces respondería que de pronto hubo un gran silencio, y que luego fue como si las cosas se resquebrajaran en cada una de sus partes, y cada una de esas partes en otras más pequeñas y así hasta un punto que parecía imposible pero en el que todo seguía descomponiéndose en elementos cada vez más simples y que en ese proceso todo perdía, al mismo tiempo que su unidad, su sentido. Saltó sobre el hombre. Saltó sobre él como si después de destruirle todo fuera a quedar nuevamente restituido. La mujer gritó. Sara recuerda su gesto, los ojos desmesuradamente abiertos, el rímel. Le mordió en un brazo, pero el hombre la apartó de un empujón dejándola tendida en el césped. Era como enfrentarse a un coloso buscando la muerte. Volvió a saltar intentando morderle el cuello. Recuerda la densidad plomiza del aire y que el hombre acabó agarrándola fuertemente por los hombros. Mientras le daba patadas, intentaba volverse para morderle en alguna parte. Consiguió que la soltara y se volvió contra él. Después nada.

Debió de ser un golpe porque ahora, en esta habitación en la que abre los ojos, Sara descubre que no puede moverse y que una molestia en forma de picor le rodea el pómulo derecho. La habitación es blanca, como la de un hospital. Hay una silla junto a su cama. Alzando la cabeza puede ver sus pies, ridículamente pequeños, una puerta tras la que se adivina un cuarto de baño. Entra una mujer. Sonríe. Se sienta en la silla que hay junto a ella.

«Hola», dice.

«Hola.»

«¿Te encuentras mejor?»

«Sí», responde, sin saber por qué le preguntan aquello pero suponiendo que es «sí» lo que debe responder. Se siente débil.

«¿Cómo te llamas?»

«Sara.»

«Tiene que haber alguien muy preocupado buscándote ahí fuera, ¿sabes?» La mujer sonríe. El carmín le ha manchado un diente.

«¿Puedes decirme algún número de teléfono? ¿Alguien con quien podamos contactar para decirle que estás aquí?»

Sara pronuncia un número, un nombre. Parecen los dos llegados de muy lejos, pero los recuerda con nitidez, simples y descontextualizados, como dos objetos extraños.

«¿Qué hacías en el parque, Sara?»

«Nada.»

«¿Por qué intentaste pegar a ese hombre?»

«No sé.»

La mujer vuelve a sonreír.

«Descansa –dice poniéndole una mano en la frente–, llamaremos a tu madre.»

Sara siente ganas de llorar. La mujer del diente manchado de carmín se levanta y se marcha. Hay después un silencio muy largo y muy blanco, un silencio poblado de sonidos metálicos tras la puerta y de voces lejanísimas. Una enfermera entra con un carrito, lo acerca a la cama y lo destapa. Dice algo que ella no termina de entender.

«No nos dejan que te desatemos.»

Inclina la cama con una manivela hasta que Sara se queda frente a una bandeja en la que humea una taza de caldo, un poco de jamón de york y un yogur. Sara quiere que se vaya esa mujer pero la mujer no se va. Toma una cucharada de caldo y se la mete en la boca. Después otra, y otra. El líquido caliente le abrasa las tripas, como ácido.

«Ya», dice Sara.

«No, tienes que tomarlo todo, ha dicho el doctor.»

Una cucharada de caldo, otra más.

«Ya, por favor», dice Sara.

«No», contesta cariñosamente la vacuna enfermera.

Sara mira el jamón, siente náusea y vomita sobre la bandeja. La enfermera se aparta para no mancharse y, sin decir nada, retira la bandeja y la sábana sucia como un perro acostumbrado a que lo apaleen.

«¿Qué me han hecho?», pregunta.

«Nada, niñita, qué te van a hacer, intentar curarte, eso es lo que están haciendo.»

Sara comienza a llorar. Es un llanto lento y difícil. Trata de detenerlo pero no puede, ya no. Siempre había estado tan orgullosa de aquella capacidad de aguantar las lágrimas. Ahora es como si, roto el cascarón de su aparente fortaleza, se licuara en aquella debilidad pringosa de mucosidad y vagidos.

«Pobre –dice la enfermera, aproximándose a ella con un pañito con el que le limpia la cara, y que le acerca a la nariz para que se suene–. Pobre.»

Sara desprecia de esta mujer:

Su olor a perfume.

Su mirada lánguida.

Sus pechos de matrona.

Pero se siente impotente para mostrar su desprecio. Es necesaria demasiada fuerza para despreciar. Ella es demasiado pequeña y su enemigo es, sin embargo, enorme. Podría abrazarla y partirle todos los huesos, podría ahogarla con el simple peso de su cuerpo.

«Hablaré con el doctor, no te preocupes. Llora todo lo que quieras, no es malo.»

Cuando deja de llorar, Sara apenas siente ya aquella mano rolliza que la peina hacia atrás. El blanco de la habitación se oscurece, se hace negro y plomizo y más tarde transparente, y negro otra vez, y en aquella confusión ella cayendo hacia ninguna parte, en una oscuridad debilitada y frágil, deseando ser minúscula, más todavía, una mota de polvo, un insecto invisible que pudiera escapar bajo la puerta, aire, pero no como antes, no con ganas de gritar, sino como si el mundo entero reposase sobre sus hombros y pareciera que fuese a sucumbir sin terminar de hacerlo nunca.

«Descansa un poco», dice la enfermera, marchándose con el carrito.

El silencio. El silencio después inundando la habitación, como una extraña parte de sí misma.

Es casi de noche cuando se abre la puerta y la mujer del diente manchado de carmín, sin terminar de entrar en la habitación, dice:

«Sara..., está bien, sólo quería comprobar que estabas despierta. Mira quién está aquí, mira quién te ha venido a ver.»

Entra una mujer que parece su madre, que como su madre tiene un vestido azul, y una cadenita de oro, y zapatos, pero ésta trae además una palidez excesiva. Ha adelgazado visiblemente y un tono violeta le subraya los ojos. Trae también unas flores rojas que deja en la mesilla procurando sonreír. No sabe qué hacer.

«Hija», dice.

Sara comprende que ahora ella debe dar una explicación, avergonzarse, llorar, sentirse culpable; pero no consigue que ninguno de esos sentimientos afloren con naturalidad a los gestos.

«¿Es necesario que esté así, atada?», pregunta su madre volviéndose hacia la mujer.

«No lo creo, voy a hablar con el médico.»

«Dios mío, cómo tienes el ojo. ¿Te duele?»

Dos hombres vienen y la desatan de un complicado mecanismo de hebillas y correas. Su madre la besa. Llora. Moquea.

«Hija, di algo», dice.

Ella no sabe qué decir y no dice nada.

«Mañana te van a llevar a otro edificio. Hay allí un programa para chicas como tú. ¿Verdad, doctor?»

El doctor, un hombre de unos cuarenta años, con una bata blanca cargada de bolígrafos de cuya presencia no se había percatado hasta el momento dice «Sí» en un movimiento reposado y lento, papal.

«Allí te van a ayudar mucho, ya verás, y en una semana ya podrás volver a casa.»

«Eso depende de su evolución», matiza el doctor.

«Sí, ya verás, ya verás como en una semana estás en casa.»

Vuelve a besarla. Sara siente con asco el humedecimiento de las lágrimas en su mejilla.

«Tu padre está ahí en la puerta. ¿Quieres que pase?»

«No.»

«Me ha pedido que te pida perdón de su parte. Tú sabes que no pretendía pegarte aquella tarde.»

Unos segundos después el doctor ha echado a todo el mundo de la habitación. Le ha tendido después una cápsula blanca y un vaso de agua.

«Toma esto, te ayudará a dormir.»

Es de noche cuando cierran la puerta. Una franja amarillenta de luz brilla en las baldosas. Cuántos ojos hay allí.

Son las 10.30 en el reloj rosa con el minutero en forma de gusanito y Sara está en otra habitación. Sentada en una silla de ruedas la han llevado a lo largo de un interminable pasillo blanco, la han subido en un ascensor. Como único sonido el claquetear de los zapatos de enfermero, como único olor aquella indeterminación esterilizada. Estomatología. Trastornos del comer. La habitación es más pequeña que la anterior, pero ésta, en cambio, tiene una ventana a algo que parece un jardín. Se ha metido en una cama fría y una enfermera le ha puesto, clavándole una jeringuilla en el brazo, un tubo transparente conectándolo a una bolsa de suero.

«Si se atasca, si ves que no cae la gotita, si se te suelta la aguja, me llamas. Intenta no mover mucho el brazo, no te lo toques», ha dicho, como la estrofa de una canción aprendida de memoria. Luego ha venido otra mujer.

«Vas a tener una compañera –ha comentado apartando ligeramente su cama para abrir un espacio–. Así charláis las dos, verás qué bien.»

Ana. Se abrió la puerta y Ana. Se abrió la puerta y los enormes ojos marrones de Ana, y la nariz de Ana, y el lunar en la mejilla izquierda, y las manos y los pies de Ana como las manos suyas y los pies suyos, y también incluso el tubito del suero como el de ella subiendo hasta un accesorio que le habían adosado a la cama, y que llevaba la enfermera en la mano como con miedo de que se cayera al suelo.

«Hola», dijo la enfermera.

Pero Ana no dijo nada, no acompañó con ningún sonido las palabras de la mujer, ni con los brazos. Lo que hizo fue, en aquella confusión de vueltas para conseguir pasar, no dejar de mirarla un segundo. Se notaba que la habían bañado, que incluso el pelo se lo habían debido de limpiar porque le llegó a Sara un leve olor a champú. Y tenía también una orquilla roja en un lado que le apartaba el flequillo hacia la oreja, y en las manos un anillo de oro falso con una piedra enorme y violeta que parecía un diamante, y ojos.

116

«Ya veréis las dos, qué bien –dijo la enfermera–. Mira Ana, ésta es Sara; Sara, Ana.»

Iban a decir «hola» las dos pero no dijeron «hola». Decir «hola» habría sido decir lo que todo el mundo, y ellas no eran como las demás. Esperaron a que se marchara la enfermera y se quedaron mirándose. Las dos tenían ganas de hablar, incluso Ana llegó a hacer un amago arrepentido que terminó en algo parecido a una tos.

«¿Qué te ha pasado en el ojo?», preguntó al final.

«Le pegué a un hombre.»

«Ah.»

Ana inclinó ligeramente los ojos sobre la sábana. Le dio un par de vueltas a su anillo y de pronto la miró bruscamente.

«¿Te has fijado que las dos tenemos los nombres con todo "a"? Ana, Sara.»

Había empezado la observación casi con entusiasmo, pero a mitad de la frase parecía haberse arrepentido y los nombres, pronunciados al final, los había dicho casi susurrando.

«Sí –contestó Sara–. Yo tengo diecisiete años.»

«Yo tengo dieciséis.»

«Eres muy guapa.»

Ana se la quedó mirando muy seriamente cuando dijo aquello. Estuvieron calladas otro momento más.

«No es verdad –dijo–, no soy guapa.»

«Yo no quiero ser guapa», contestó Sara.

«Yo tampoco, yo tampoco quiero ser guapa», se apresuró a responder Ana, como si serlo la excluyera de algún grupo al que quisiera pertenecer.

«Me gusta tu lunar ahí.»

«Gracias.»

Se quedaron calladas otra vez, mirándose, no es que no tuvieran nada que decir, era que había tanto, que ninguna de las dos sabía por dónde empezar. A Sara le habría gustado, ya desde entonces, hablarle a Ana del parque, del lago, de la luz de las farolas reflejándose en el agua por la noche. La diferencia de edad la había dejado en un puesto de preeminencia y aquello le había restituido su fuerza de pronto. Ana la miró con admiración cuando le dijo que había pegado a aquel hombre y Sara desde aquel momento había querido mirarse al espejo. Hacía mucho tiempo que no se miraba al espejo.

«¿Y no hay un espejo aquí, o algo?», preguntó.

«A lo mejor en el cuarto de baño, pero no te puedes levantar», dijo Ana.

«¿Por qué no?»

«No sé.»

Aparentemente no había nada malo en la imagen de la persona que estaba reflejada. Vestía una bata de hospital con pequeños lunares y llevaba el pelo corto. Sin ser pálida, la piel tenía una claridad medio enfermiza que quedaba resaltada por los labios de un color oscuro, casi marrón. Alrededor del ojo derecho, que estaba completamente amoratado, la inflamación adquiría un vago tono amarillento. Tras la espalda de la persona aparecieron de pronto los enormes ojos marrones y silenciosos de Ana, que, imitándola, se había levantado de la cama transportando con ella la bolsa del suero.

«Hacía mucho que no me veía», explicó sin moverse.

Ana esperó todavía un momento en el umbral y luego se acercó hasta ella, ocupando la parte del espejo que quedaba vacía, como si pretendiera completar un retrato inacabado, asombrándose también de la chica que estaba reflejada en él.

«Yo antes me miraba mucho –dijo Ana–. Me miraba tanto que no lo podía soportar, pero tampoco podía dejar de mirarme. ¿No soy tonta?»

«No, no eres tonta», respondió, firme, Sara sin dejar de mirar al espejo, sin moverse.

Algo sucedió entonces. Tal vez fueran esas palabras. Quizá que Ana dijo aquello bromeando y ella no bromeó al responder. A lo mejor la luz, tibia, del baño, y en el espejo las dos, inmóviles de pronto, como si esperaran que alguien tomara una instantánea, como si las hubieran ordenado no hablar y mirarse hasta que no quedara nada por comprender.

Las reunieron a todas por primera vez esa tarde. La mayor tenía diecinueve años, pelo rubio teñido y se llamaba Maite. La siguiente tenía dieciocho, una sonrisa caballuna que desplegaba cuando no sabía qué hacer o decir y se llamaba Nuria. La tercera tenía también dieciocho años y un nombre difícil que Sara nunca conseguía recordar, llevaba siempre unas zapatillas de andar por casa rosas que le había traído su madre. Después estaba Ana, y ella. Una mujer les dijo que estaban enfermas y que el primer paso para poder volver a ser normales era que reconocieran su enfermedad. Más tarde habló de las grasas y de su función imprescindible en el cuerpo de la mujer. Terminó explicando las reglas, que básicamente se reducían a una hora de charla con una psicóloga, y una estricta vigilancia (subrayó aquella palabra) de las comidas que se premiaría o castigaría convenientemente. Nadie quería hablar al principio, todas miraban al suelo cuando la mujer dijo que se presentaran ellas mismas. Cuando le tocó el turno, Sara dijo cómo se llamaba y que tenía diecisiete años, y que no tenía hermanos, y que le gustaba pintar, algo que pareció agradarle mucho a aquella mujer.

«Mi madre es pintora, pinta retratos al pastel. ¿Cómo pintas tú?»

Se sintió como si la hubieran descubierto en una mentira. Siempre había dicho que le gustaba pintar porque una vez, hacía ya muchos años, el profesor enseñó su dibujo a toda la clase como ejemplo. Desde entonces siempre había dicho que le gustaba pintar, y que sería pintora, pero nunca había pintado. ¿Qué era eso de «al pastel»? ¿Cómo iba a decir que no pintaba en realidad, pero que le gustaba? ¿Quién iba a creerse aquello? La odió de pronto. Ella, que había llegado a sentirse casi cómoda, que casi había aceptado la sonrisa de Nuria, el pelo de Maite, las zapatillas de esa otra al principio, ahora se le volvían inexorablemente enemigas. Y es que todas menos Ana la miraban con aquel gesto de expectación estúpida. Era un payaso. El dibujo que el profesor enseñó a la clase era un payaso. Estaban pintando con ceras de colores y el profesor se acercó a su dibujo y lo arregló, dijo: «Mira, si pones esto aquí, ¿has visto qué bien queda?», y, con tres trazos, transformó su dibujo anodino en una payaso increíble, uno que parecía que reía pero sin terminar de reír, uno que parecía triste sonriendo, y ella, por miedo a estropearlo, no lo tocó. Dibujó unos globos al fondo y firmó «Sara», y una raya debajo, como Picasso.

«Di, Sara, ¿cómo pintas tú?»

«Con ceras.»

«Pero si nadie pinta con ceras —dijo Maite—. Los pintores pintan con óleos, o con acrílicos, o con pastel, o acuarela, o carboncillo, pero yo nunca he oído...»

«Con esas cosas pinto yo también —respondió ella deprisa—, pero más que nada con ceras.»

Ahora ya sabían todos que mentía. Sí, el profesor enseñó aquel dibujó sólo porque no recordaba que lo había hecho él en realidad.

«Y mirad éste qué bueno de Sara.»

Y todos la miraron con asombro, hasta Teresa la miró con asombro, como si le reconociera con el silencio el mérito de haber mantenido oculto aquel talento sin mostrarlo ni ufanarse ante los demás, y era mentira. Mentira.

«Pero con ceras cómo», preguntó Maite sin darse por satisfecha.

Sara las odió y se odió. Despreciaba especialmente de aquella situación su vergüenza ante el sentimiento de vejación pública porque la hacía débil de nuevo, como antes, como con Teresa y con Luis, y ella ya no quería ser así nunca.

«Con ceras al pastel.»

«¡Ja! Con ceras al pastel, ¡Eso no existe!»

«Claro que existe, es con lo que pinto yo.»

«Bueno, ya está bien», dijo la mujer.

«Pero está mintiendo –insistió Maite–, y la primera regla de todas era no mentir...»

«Da igual, ya está bien.»

«Yo no miento, hija de puta», exclamó Sara.

«¡Sara!»

Ana, que había estado jugando con su anillo violeta durante toda la conversación la miró de pronto con miedo, con admiración, y aquel reconocimiento hizo que de pronto se sintiera invencible.

«Como digas otra vez que miento, te mato.»

«¡Sara!»

Maite no había respondido y aquello era una victoria. La sintió también en los ojos de Ana, abiertos hacia ella y brillantes como una medalla al orgullo.

«Bueno, que sirva para todas de ejemplo. Sara, estás castigada a no ver ninguna película durante cuatro días.»

«No me importa.»

«Te importará, no te preocupes.»

Le importó. Le importó desde aquella misma noche. Cuando terminaron de cenar –algo que hicieron en silencio bajo la mirada de dos enfermeras con la lentitud de un pesado ritual–, todas menos ella fueron a ver la película, que era habitualmente en una salita junto al comedor. Como no podían ir al cuarto de baño hasta que hubiera pasado una hora desde la comida y ni siquiera entonces les estaba permitido tirar de la cadena, Sara se tuvo que quedar allí escuchando cómo se reían las demás. Al final la enfermera le dijo que si quería podía marcharse a su habitación. Todo el día había estado deseando ir a la habitación y entonces hubiera preferido quedarse.

«¿No puedo estar aquí?»

«No, estás castigada, ya lo sabes.»

En el cuarto vecino estallaron todas en una carcajada, Ana también. La esperó en la habitación metida en la cama y cuando se abrió por fin la puerta se revolvió perezosamente, intentando imitar la molestia de quien lleva ya mucho tiempo durmiendo. Ana se acercó a su cama y se introdujo despacio en ella, intentando no hacer ruido.

«¿Era divertida la película?», preguntó.

«Sí, ¿te la cuento?»

«Sí.»

La contó muy rápido Ana, atropellándose, yendo de atrás adelante para explicar cosas que se le habían olvidado. No tenía mucha gracia así, pero Sara se sintió conmovida, e incluso intentó reír un poco en voz alta las veces que pensó que Ana lo estaba esperando.

«Las cuento muy mal, las películas», dijo al final, como justificándose.

«A mí me gusta cómo las cuentas», respondió Sara.

Parecían aquellas palabras rumiadas de muy lejos y Sara se volvió hacia su cama cuando las pronunció, sin responder nada. La luz del parque permitía ver la silueta de Ana, tumbada boca arriba, mirando fijamente al techo.

«Es una imbécil Maite. En la película se reía la que más fuerte para llamar la atención. Yo no soy tan valiente como tú; estaba ahí sentada y no le dije nada.»

«¿Tú también piensas que he mentido en la reunión?»

«No», contestó muy rápido.

«Gracias.»

«Son todas unas imbéciles, ¿verdad?»

«Sí.»

Y hubiera querido seguir «menos nosotras, son todas unas imbéciles menos nosotras», pero no lo hizo porque Ana se volvió hacia ella y se quedaron mirándose en silencio. Sara no recuerda cuándo se quedó dormida, cuándo los ojos que veía dejaron de ser los ojos reales de Ana y se convirtieron en aquellos, más grandes, con los que estuvo soñando toda la noche, pero los contempló con la misma agradable vacuidad con que recordaba haberse sentado frente a un lago estático y redondo, haber sentido resbalar la noche como una seda negra, liviana, fragilísima.

Comer era lo peor. Peor que la sesión personal con la psicóloga. Peor incluso que las reuniones del grupo. Cuando se acercaba la hora caían todas sin remedio en un silencio desvalido, un silencio que significaba que quedaban veinte minutos, catorce, dos, para que la enfermera llegara a la sala común y dijera: «A comer», consciente de que en ningún lugar como en ése aquellas palabras que parecían tan cotidianas abrían un abismo en el límite justo de lo soportable. Los sueros, las medicinas, el ejercicio (las obligaban a pasear por la mañana) hacían que inevitablemente sintieran hambre y aquello lo hacía más duro aún. Habría sido más fácil comer sin hambre, más humano. Hacerlo de aquella forma no sólo se parecía a un acto antinatural, sino a uno para el que además, y sin que desapareciera la repugnancia, las hubieran preparado.

Comían, pues, con hambre, atentando contra ellas mismas de la forma más brutal y descarada posible. El silencio era sólo una manera de expresar la solidaridad, de algo que, en forma de solidaridad, las superaba convirtiéndolas a todas en un solo estómago, una sola voluntad vencida. A veces lloraba alguien, pero ninguna levantaba la cabeza de su plato, entonces se daban cuenta de que sonaba música, de que habían puesto el hilo musical para que se tranquilizaran y de que la enfermera estaba tarareando la canción, y de que después del primer plato habría un segundo, y postre, y era necesario comerlo todo y estar quietas después una hora; ellas viendo la película, Sara fuera, esperando que la enfermera no comenzara una conversación absurda, comprobando cómo lentamente cada minúscula brizna de alimento atravesaba las paredes del estómago, empujaba la sangre, se transformaba en grasa, de nuevo la recuperada sensación de vergüenza, de pringosidad, de asco golpeando en las sienes cada vez que la psicóloga la hacía hablar de sus padres, de su padre sobre todo, preguntándole otra vez por qué tiró una piedra a aquel perro, por qué no volvió a llamar a Luis, por qué su madre era una débil.

Si no hubiese sido por Ana la habrían vencido a la segunda tarde lo mismo que vencieron a Maite, y a Nuria, y a la chica aquella de quien nunca conseguía recordar el nombre pero a quien todas llamaban familiarmente «Rosi» por sus zapatillas. Habría, como ellas, caminado en silencio del comedor a la película, de la película a la charla con la psicóloga, de la charla con la psicóloga a la reunión con el grupo, sin hablar, odiándose. Con Ana era distinto. Se sentaban juntas en el comedor y cuando una de las dos pensaba que no lo iba a poder soportar acercaba la rodilla a la otra, tocándola, y la otra la acariciaba con el pie, o se unía ligeramente hasta que las caderas se rozaban, y era suficiente así, soportable. La imposición de aquellos acontecimientos tenía también un componente de autoaceptación. Ana lo explicó muy bien una vez; dijo que era como si ellas tuvieran pelo en un país de calvos y los calvos, por envidia, quisieran raparles la cabeza pero no sin convencerlas de lo felices que serían calvas y de lo antinatural que era tener pelo. A Sara le gustó tanto el ejemplo que se lo contó a Nuria y Nuria lo utilizó, como si fuese suyo, en la reunión. Ante la pregunta habitual de cómo se sentían, Nuria levantó la mano para responder la primera.

«Es como tener pelo en un país de calvos» dijo, y después, palabra por palabra, cómo los calvos la intentaban convencer para que se rapase.

Ana miró a Sara y luego, las dos, a Nuria, acusándola, pero ella, en vez de darse por aludida, dijo que aquello, lo de los calvos, era un sueño que ella tenía muchas veces.

Esa misma noche, después de que Ana le contara la película, lo hablaron durante mucho rato. De ese momento en adelante ya no contarían nada a nadie, eran ellas dos, y sólo ellas dos contra todas.

«Como hermanas», dijo Ana.

Y ella:

«No, más, más que hermanas.»

Y para subrayar las palabras se quedaron mirando muy serias, sin tocarse, Ana con su lunar en la mejilla izquierda y su anillo con un diamante violeta, ella con la herida del pómulo ya casi curada y su reloj rosa con el minutero en forma de gusanito.

«Ahora tenemos que hacer un juramento», dijo Sara.

«Un juramento cómo.»

«Un juramento de que nunca seremos como ellas.»

«Vale.»

«Yo, Sara, juro que nunca seré como las demás.»

«Yo, Ana, juro que nunca seré como las demás.»

«Cuando tú seas débil yo seré fuerte», continuó Sara despacio, hipnotizada en los ojos marrones, enormes, de Ana.

«Cuando tú seas débil yo seré fuerte.»

«Y te ayudaré.»

«Y te ayudaré.»

«Siempre.»

«Siempre.»

«Ahora ya no podemos separarnos», dijo Sara solemnemente.

«Nunca», contestó Ana.

La noche era negra y áspera, como una piedra volcánica.

Todo cambió entonces, desde la lentitud de los diálogos de la película en el cuarto vecino hasta la conversación con la psicóloga. La debilidad de los primeros días, el asco con el que había contemplado la renovación de su cuerpo, se inmovilizaron. Ver a Ana, sentirla respirar cerca de ella, le devolvía la dureza, el control de la semana que pasó en el parque. Hacía sólo dos días había estado a punto de contarle a la psicóloga lo que pasó en el parque con aquella pareja que se besaba en el césped, ahora hasta ese recuerdo se había inmovilizado, hecho minúsculo, y ella tenía la sensación de que incluso podría haberlo suprimido definitivamente con un ligero movimiento de su voluntad.

Ana era más débil. Lo notaba Sara en que, cuando no estaba con ella, se dejaba vencer por el dominio de Maite, quien, por ser la mayor, había instaurado una especie de autoridad de respeto que se manifestaba en que nadie cuestionaba su palabra y en el puesto de prevalencia que ocupaba en la mesa del comedor. Si Sara odiaba a Maite no era por su autoridad, sino por su control sobre Ana cuando ella no podía ayudarla.

«Maite me ha dicho que mientes más que hablas», le dijo Ana la noche después de su juramento, cuando se disponían a caminar hacia el comedor para cenar.

«¿Y te lo has creído tú?»

«No», respondió ella, pero a Sara le pareció por el tono de la respuesta que Ana no le estaba diciendo todo. Algo en aquella frágil estructura de ojos marrones en la que Sara pensaba sin descanso se había desmoronado, o estaba a punto de desmoronarse.

Se sentaron como siempre, en los sitios de la primera vez, sin mirarse. El día era importante porque oficialmente, tras aquella cena, terminaba su castigo y podría entrar con las demás a ver la película. Llevaba toda la tarde pensándolo y aquello la había mantenido de buen humor hasta que Ana le comentó lo que había dicho Maite. Había verdura y pescado, y puré de patata.

La comida, como todas las comidas, siguió punto por punto el ritual que había adoptado desde el principio. Nadie levantaba la cabeza de su puesto pero todas sabían a la perfección cuál era el estado de las bandejas de las demás. Nadie comía más rápido ni más lento que nadie. Si alguna parecía adelantarse ligeramente al resto, demoraba alguna otra parte para no terminar primero. Nadie hablaba con nadie. Si necesitaban algo se lo pedían directamente a la enfermera.

Sara rompió aquella noche las reglas. Al entrar en la sala casi había tropezado con Maite y le había dirigido una mirada provocadora. La rabia contra ella se concentró en su pelo rubio teñido, en el tono de su voz, en sus manos. Luego descendió hasta su plato. No había tocado el puré de patata.

«No voy a comerme el puré», dijo Maite en voz alta, cuando ya casi todas habían terminado.

«Claro que vas a tomártelo», contestó la enfermera, sin darle ninguna importancia.

«Nunca lo he tomado. En casa tampoco lo tomaba; mi madre me lo perdonaba siempre.»

«Mi madre me lo perdonaba siempre», dijo Sara, ridiculizando su voz.

Fue como si hubiesen desplomado una bomba de silencio sobre la mesa. Maite la atravesó con una mirada de odio.

«¡Sara!», gritó la enfermera.

El resto levantó la cabeza del plato, como una manada de ciervos que espera un combate entre los machos dominantes.

«Vomitaré si me lo como», dijo Maite, escabulléndose, a la enfermera.

«No, no vomitarás porque ya sabes que si vomitas te espera ración doble.»

«Pero esto no es justo», respondió Maite.

«Lo que no sería justo es que te lo perdonáramos a ti cuando tantas veces las otras se han comido cosas que no les gustaban –explicó, salomónica, la enfermera–. Ya sabes la regla; a no ser que seas alérgica no hay excusa.»

Sara sintió el pie de Ana en su pie como un reconocimiento a su valor. Podía tocar sus ojos en la mejilla, acariciándola. La había elegido a ella, Ana la había elegido a ella, lo confirmó la caricia de aquel pie pequeño en el suyo primero despacio, luego presionándolo. Sara se sintió invencible.

«Vomitaré si me lo como», repitió Maite, muy bajo, como si hablara consigo misma.

«¡Eh, Maite! –gritó Sara–. ¡Maite, mira esto!»

Cogió su puré de patata con la mano y se lo metió en la boca de un golpe, como una bestia. El gesto de Maite se congeló en una mueca de repugnancia.

«¡Sara!», gritó la enfermera.

«¡Mira!», repitió, tomó lo que le quedaba en el plato y se lo restregó por la cara. Maite vomitó sobre la bandeja y a ella la cogieron de un brazo y la sacaron a rastras del comedor.

«Esto significa que no hay más cine en una semana.»

«En una semana ya me habré ido.»

«No, hijita, no al paso que llevas», contestó la enfermera encerrándola en la habitación.

En el pequeño parque, tras la ventana, la tarde estaba enrojecida y caliente, pero no era lo mismo sin Ana porque sin Ana, en vez de sentarse tranquilamente a contemplarla, aquellos tonos anaranjados y granate de los árboles la enfebrecían aún más. Estaba nerviosa. Quería romper algo, gritar. Cuando llegó Ana, ya se había tranquilizado.

«¿Qué tal la película?»

«Bah, ya la había visto. Una de indios y vaqueros.»

«No me gustan ésas.»

«A mí tampoco.»

No hablar de lo que había pasado en el comedor era la última demostración de la idolatría que Ana sentía ya por ella.

«¿Quieres que te cuente lo que pasó la semana antes de que me trajeran a aquí?»

«Sí.»

No lo sabía Ana, aunque alguna vez se hubiese referido a aquellos días, y si ella misma lo había retrasado era porque desde el principio había querido que el momento en que se lo contara fuera exactamente como era aquél: silencioso, nocturno y sin ninguna posibilidad de que las interrumpieran. Habló despacio, casi susurrando, describiéndolo todo lo mejor que podía. A veces tenía la sensación de que lo estaba haciendo muy mal. De que no la estaba entendiendo, y entonces repetía muchas veces «pero no es así» o «no se puede explicar». Otras, como si alguien estuviese dictándole lo que debía decir, le parecía que sus palabras se podían oler y tocar, que las mismas palabras eran las hojas y el lago, la noche descansando sobre los árboles. Ana, aunque la miró durante unos minutos de frente, volvió luego la cabeza hacia el parque, dándole la mejilla del lunar. En aquella postura Sara tenía la sensación de que sus palabras abrían una brecha honda y clara en Ana, las manos dando vueltas al anillo del diamante violeta, los ojos perdidos en el parque, en algo que, sin ser el parque, estaba detrás de él, más lejos, más adentro quizá.

Al día siguiente, en el desayuno, les dijeron que esa tarde vendrían las familias y que iban a tener, después de la comida, media hora para arreglarse. Ropa. Todas comentaban lo que echaban de menos su ropa. A Sara aquel anonimato uniformador de las batas del hospital le había agradado desde el principio, pero comprobó cómo a Ana se le encendían los ojos pensando que iba a ponerse otra vez sus pantalones, su jersey azul. A ella le dieron unos pantalones y una camisa verde que debía de haber traído su madre de casa.

Cuando Ana salió del cuarto de baño vestida con su ropa, Sara tuvo un primer movimiento de tristeza. Parecía que iba a marcharse. Parecía que se iba a ir con aquel jersey, con aquella horquilla y aquellos zapatos de charol y aquel lunar y ya no iba a volver nunca.

«¿Qué tal estoy?»

«Muy guapa», contestó Sara.

«¿Tú quieres ver a tus padres?»

«Yo no, ¿tú?»

«No sé –dijo Ana–, un poco sí.»

«Yo quiero que se mueran mis padres.»

«Yo también.»

«¿Entonces por qué dices que les quieres ver?»

«Un poco, he dicho sólo un poco.»

«Yo no quiero ni un poco siquiera. Yo lo que quiero es que todo el mundo nos deje en paz y las dos nos vayamos a un parque a estar escondidas de día y a salir por la noche.»

Aquellas palabras, o el recuerdo de las de la noche anterior, le hicieron aflorar a Ana una sonrisa casi inconsciente a los labios.

«Sí», dijo.

«Y que se mueran los padres, y las madres, y las enfermeras.»

«Sí.»

«¿Te imaginas las dos allí, sin comer nada, sin nadie que te diga que tienes que comer, las dos sentadas en el lago?»

«¿Tú crees que lo podremos hacer? –preguntó Ana con un punto de incredulidad–. Ya sabes que los médicos no dejan que nos veamos después, en la calle.»

«Claro, nos vamos a escapar.»

«No podemos», dijo Ana, muy seria.

«No, aquí no, cuando nos manden a casa nos escapamos y después nos reunimos en el lago, por la noche.»

El silencio de Ana era la forma más profunda y solemne de decir «sí». Cada una tenía una reunión de media hora con sus padres y después, todas juntas con las familias, una reunión general.

A Sara la estaban esperando sus padres en la segunda habitación. Fue todo muy lento y difícil. Su madre no paraba de retorcerse las manos, su padre llevaba corbata. Nunca su madre se había retorcido de esa forma las manos, su padre odiaba ponerse corbata. Hacía frío en la habitación. Su madre habló mucho tiempo, su padre casi no pronunció palabra, ella no habló en absoluto.

«Esto es ridículo», dijo, casi molesto, su padre al final. Su madre habló aún algo más. No recuerda Sara las palabras, recuerda el olor de la colonia, el estómago de su padre, la camisa, recuerda la lámpara de pie y los sillones de hospital. Antes de que terminara la media hora su madre dijo:

«Ah, mira también quién ha venido con nosotros.»

Se abrió la puerta de la habitación y apareció Teresa.

«Sara», dijo.

Ella se sintió como si le hubiesen preparado una encerrona. Rodeada, estaba rodeada. Un poco más y habría dicho «hola» a Teresa, pero se quedó en silencio, esperando su siguiente reacción, que no fue más que repetir su nombre.

«Sara, es Teresa», dijo su madre.

«No te conozco.»

«No me lo puedo creer», dijo su padre.

Teresa iba a decir algo pero no contestó al final, como si

hubiera comprendido que la Sara que estaba allí se estaba rebelando a su manera contra la que sufrió su indiferencia en el teléfono y le pareciera, a la vez, justo. No reconocerla era descabezarse también aquel sentimiento de derrota que la volvía, sentada en la salita del hospital, frente a la resolución arquitectónica del cuerpo de su amiga, incontestable como siempre, con las manos en las caderas.

«Sara», dijo Teresa por última vez, cambiando el tono de su nombre, dándole a entender que comprendía lo que quería hacer, que ya era suficiente.

«No te conozco. No sé quién eres.»

A Teresa le bailó la barbilla en un gesto patético.

«Vete.»

Teresa se fue de la habitación, casi corriendo.

«Hija —comentó su padre con el asombro de un descubrimiento—, no sólo estás enferma, sino que además eres cruel.»

«Por favor», respondió su madre.

«¿Pero tú has visto lo mismo que yo?»

«Por favor.»

La reunión general no cambió las cosas por mucho que la psicóloga se deshiciera en elogios cada vez que alguien comentaba su opinión. Los pocos que lo hacían adquirían de forma casi inconsciente una afectación teatral que aniquilaba su credibilidad y Sara no se preocupó durante toda aquella hora de otra cosa que de las manos de Ana. Cuando se fueron los padres todas cayeron en un silencio serio pero relajante, como el de alguien que cierra una puerta tras la que puede dejar de fingir y pone un gesto de desprecio casi por comodidad.

Ana estaba perfectamente seria y la miraba fijamente desde el otro lado de la sala común. Sara podría haber ido hacia ella, haber comentado, por ejemplo, la aparición de Teresa. Si no lo hizo fue porque de pronto tuvo la sensación de que la sensibilidad de Ana estaba sometida a una pelea brutal consigo misma. Nunca Ana la había mirado de aquella forma. Cuando entornó los ojos, alguien que la hubiese visto por primera vez podría haber asegurado que la estaba odiando. Desde el momento mismo en que se fueron sus padres había adoptado aquella mirada, aquella seriedad, y a Sara le parecía que Ana estuviera forzándose para llegar, también por la otra parte, al límite del desprecio.

Por su parte ella tenía la sensación de que se hubieran invertido los papeles que había venido jugando desde que dejó de comer, porque ahora era ella misma quien se había convertido en objeto de observación y estaba siendo analizada con la misma severidad con la que ella lo había hecho antes. Redonda y plomiza era la mirada de Ana al otro lado de la habitación. A su alrededor había voces, sombras, pero todo, hasta aquella aparente vaguedad del marco que las rodeaba, parecía también dispuesto para el desprecio.

A aquello sobrevino una extraña complacencia. Sin que ninguna de las dos abandonara su gesto de repugnancia, se dulcificó el aire. Lo comprobó Sara cuando Ana esbozó algo que parecía una sonrisa. Si le hubieran preguntado no habría sabido explicar aquella felicidad. Habría, quizá, respondido que se parecía al descanso de un dolor que, sin desaparecer, de pronto queda justificado y que casi se esfuma después en su justificación. Entonces fue ella quien miró a Ana de la misma forma, cerrando aquel acto de amor. Nunca como en aquel momento había sentido Sara la conciencia de vivir en otra persona. Parecía que, sin dejar de mirarse, aquel silencio las hubiera cambiado de cuerpo y, desde los ojos de la otra, se estuvieran destruyendo con lentitud. Era el mismo acto pero repetido ahora desde la otra, con más fuerza, con más intensidad. Sara se levantó y se fue hasta ella.

«Ven, Ana, vamos a la habitación», dijo.

Caminó detrás de ella sin saber qué iban a hacer, qué se

iban a decir allí, y mientras lo hacía, viendo la espalda, las nalgas, los pies de Ana, comenzó a sentir una fascinación desbordada por aquel cuerpo pequeño y frágil en apariencia, vestido aún con la ropa de calle que le habían traído, el pelo corto pero recogido tras la oreja con la horquilla. Era la misma fascinación del primer día, cuando la vio entrar en la camilla, pero ahora la sentía hasta en la garganta empujando como una contracción que le subía desde las plantas mismas de los pies. Cuando cerró la puerta no sabía qué iba a decir, qué iba a pasar. Los pechos de Ana bajo el jersey azul parecían más grandes que cuando vestía la bata.

«Tenemos que vernos desnudas», dijo Ana, todavía seria con un punto de solemnidad en la voz, y ella sintió una contracción rápida en el estómago.

«¿Ahora?»

«Ahora.»

Nunca se habían visto desnudas. Parte del ritual que todavía las hacía extrañas era precisamente aquella conciencia de la fealdad de su desnudez. Hasta ese momento, y sin que hubiese sido necesario que lo comentaran, habían utilizado la una detrás de la otra el cuarto de baño para cambiarse. Si la puerta estaba cerrada la otra no se atrevía a entrar, a llamar siquiera, y aquello acrecentaba la solemnidad de la desnudez que era un acto cuyo íntimo desagrado aniquilaba la posibilidad de contemplarse. Pero ahora Ana había dicho que se tenían que ver desnudas, Ana, que nunca decía nada, había dicho que se tenían que ver desnudas y aquellas palabras le habían suavizado inexplicablemente la garganta y, al mismo tiempo, bajado hasta el estómago como una palpitación rápida. Ana se quitó el jersey. Sara la camisa.

«Un momento», dijo Sara, y fue a cerrar la persiana hasta la mitad para evitar que las vieran. La habitación se vació de luz adquiriendo una penumbra tenue, casi mate. Se quitaron los pantalones a la vez, y las bragas, y los calcetines.

Ahora ya estaban desnudas. Ana dejó caer los brazos junto a las caderas y ella también. Los pechos tenían una simplicidad redonda y asimétrica en la que el pezón parecía desdibujado casi, de un color cercano al de la piel. El vello del pubis era negro y contundente y Sara se quedó hipnotizada en él, como si aquel punto de fragilidad pudiera desmoronar el cuerpo completo de Ana. Sentía la mirada de Ana sobre ella de la misma forma; amándola y destruyéndola a la vez, deteniéndose sin piedad en la delgadez de sus piernas, deteniéndose lenta en la ingle, escalando las costillas, y hubiera querido entonces saltar sobre ella, arañarla, morderle la cara, pero no, había que estar así, quietas, las dos de pie separadas a un metro de distancia como dos estatuas de sal, los ojos subiendo y bajando, devorándose.

Ana avanzó un poco hacia ella y extendió la mano, como para ir a tocarle el pecho.

«No –dijo Sara, y la mano de Ana se detuvo y la miró después, por primera vez, a los ojos–, no nos podemos tocar», terminó.

«Claro –contestó Ana despacio, como si aquello hubiera sido lo último que le faltaba por comprender–, ahora ya no tenemos secretos.»

Aquel día se marchó Nuria. Cuando lo anunció en el comedor todas la miraron como si fuese imposible que ella, en quien nadie se había fijado realmente hasta entonces, fuera a ser de verdad la primera.

«¿Cómo que te vas?», preguntó Maite, cuya autoridad desde el suceso de la cena estaba en entredicho.

«Pues lo que habéis oído –comentó la enfermera–, que se va, y si seguís todas su ejemplo os podréis marchar también pronto a casa.»

Nuria había sido una presencia invisible hasta aquel día.

Hablaba, pero nunca demasiado alto ni con demasiada convicción. Comía, pero jamás terminó la primera. Era, en definitiva, sustituible.

Todas, menos Ana y Sara, parecieron comprender aquello de una forma rápida, intuitiva, porque desde esa misma tarde cayeron en una especie de emulación de aquella invisibilidad. Nadie quería hablar, ni comer, ni reír más que nadie. El silencio era también peligroso, porque delataba, por lo tanto nadie quería tampoco estar en silencio. Lo que ocurrió entonces fue algo que se parecía bastante a la vida; aquella representación, hecha de forma consciente al principio, tomó en el plazo de un día la cotidianeidad de lo irreflexivo y ellas mismas, quizá sin darse cuenta, empezaron a describirse en las reuniones no como quienes eran sino como quienes fingían y, tal vez, como quienes realmente creían ser.

Para Sara el descanso a aquella situación cada vez más irritante era ir con Ana a la habitación. Se desnudaban como la primera vez pero ya no eran necesarias las palabras. Sara la miraba a ella, o Ana hacía un gesto con los ojos y se ponían las dos en marcha hacia allí. Calladas, desnudas cada vez la una más cerca de la otra, casi a punto de rozarse pero sin llegar a hacerlo nunca, el olor corporal de Ana subiendo hacia arriba en aquella mezcla de jabón y champú, y frío en los pies por las baldosas, y sudor en las manos, y ruidos metálicos de carritos que cruzaban tras la puerta. Todo exacto, todo repetido con la misma lentitud de ritual que iba creando, en su hacerse, sus propias reglas.

Aquella tarde llovía con desesperación. Hacía ya dos días que se había marchado Nuria y todas esperaban su turno con ansiedad, como si cada gesto, cada actitud pudiera ser la que les salvara definitivamente. Sara, aunque sumergida en su fascinación por Ana, no dejaba de darse cuenta de que en

Maite el rencor comenzaba a pudrirse. En las reuniones buscaba provocarla deliberadamente y cuestionaba siempre en alta voz las cosas que ella decía. Ante aquel enfrentamiento abierto Sara reaccionaba, gracias a Ana, con la indiferencia y el silencio y eso la irritaba aún más, hasta el punto de que aquella tarde, a la que la lluvia daba un calor húmedo, asfixiante, estaban sentadas las cuatro en la sala común sin hablarse pero inquietas hasta la histeria.

Sara y Ana se fueron a la habitación decidiéndolo casi sin mirarse, como amantes antiguos que fueran capaces hasta de anticipar el deseo. Cuando ya estaban desnudas se abrió la puerta y aparecieron bajo el dintel los ojos felinos de Maite, su pelo rubio teñido.

«¡Ja! –gritó–. ¡Lo que he visto!»

Sara se volvió para mirar a Ana y la encontró avergonzada, cubriéndose los pechos con las manos.

«Cómo la odio», susurró.

Se vistieron deprisa y, cuando estaban en la puerta disponiéndose a salir, apareció la psicóloga.

«Ana –dijo–, ven, vamos a charlar un segundo.»

Ana se volvió hacia Sara deprisa, como buscando desesperadamente ayuda.

«No te preocupes –contestó Sara–, nos vemos después, en la cena.»

«Claro», respondió Ana suavizando ligeramente en las mejillas aquel gesto de preocupación. Sara se quedó todavía en la puerta viéndolas alejarse por el pasillo. La psicóloga con su bata blanca, con su repiquetear de zuecos, Ana con el pijama del hospital, minúscula y silenciosa, las pequeñas manos junto a las caderas asexuadas, caderas casi de chico, avanzando por el pasillo hasta la puerta del despacho de la psicóloga que abrió con llave y dejó abierto esperando a que Ana entrara primero.

«Pasa», la oyó decir.

Ana se volvió todavía antes de entrar. Los enormes ojos marrones de Ana por última vez, mirándola.

Supo que se había ido aquella misma noche, cuando no la vio en la cena, y lo confirmó al llegar de vuelta a la habitación y comprobar que habían desaparecido sus cosas. Todavía tardó en acostarse. Le habría resultado imposible dormir cuando hasta las paredes de la habitación conservaban aún el olor de Ana, el aire de su presencia pequeña mirándola desde la cama de al lado, la que daba al parque. Cuando lo hizo fue sólo por no entristecerse más. Bajo la almohada encontró el anillo violeta de Ana. Se lo puso.

Se fue Maite. Y Rosi. Un día después la cambiaron de habitación. Vino una mujer que parecía su madre a visitarla y le dijo que la quería y que la echaba de menos. Eso fue antes de que la llevaran a la misma sala común y la misma doctora repitiera las mismas palabras sobre la importancia de las grasas en el cuerpo de la mujer. Y también antes de que le presentaran a otras cinco chicas cuyos nombres no quiso aprender. Ella dijo que se llamaba Sara y que le gustaba pintar. Le preguntaron cómo. Respondió que con ceras al pastel. Nadie dijo nada al respecto. Hacía calor. Debió de decir algo malo mientras comían porque la enfermera la castigó sin ver la película. Ella dijo que le daba igual. Era verdad.

Había deseado mucho salir de allí. Ahora ya no deseaba nada. Si le hubieran preguntado no habría dicho que era infeliz. Todos los días eran el mismo, único día repetido ya sin dolor, pero tampoco con gracia. La psicóloga le pedía que hablara de su padre y ella lo hacía como quien inventa una novela que debería haber leído.

Se fueron aquellas chicas y llegaron otras que también le dijeron sus nombres. La misma doctora repitió las mismas palabras sobre la importancia de las grasas en el cuerpo de la mujer. Ella dijo que se llamaba Sara y que le gustaba pintar. Nadie preguntó más. Una mujer que parecía su madre traía flores y decía que la echaba de menos, pero ya no había convicción en su voz. A veces, por la tarde, se asomaba a la ventana de la sala común y respiraba hondo mientras miraba el parque. Ya no deseaba bajar a él. Debía de ser verano.

Vinieron más chicas y dijeron más nombres. Las veía llegar y marcharse lo mismo que la luz llegaba y se marchaba tras las ventanas de la habitación, lo mismo que llegaban y se marchaban las enfermeras con su blancura pequeña y tímida, casi dulce, lo mismo que llegó y se marchó Ana. Los primeros días después de su partida la había echado mucho de menos, tanto que llegó a creer que había basado su fuerza en ella y que no volvería a ser fuerte hasta que la viera de nuevo. Excitaba continuamente la memoria para no olvidar un solo gesto, una sola conversación, y cada vez que la psicóloga la llamaba se imaginaba que le diría que Ana se había escapado de casa y que ella, que era tan amiga suya, debía de saber dónde podían encontrarla. Imaginaba a todo aquellos médicos torturándola físicamente, preguntándole por Ana, haciéndole sangre y ella, en mitad de todo, callada como una tumba, sin decir que Ana la esperaba en el lago. Pero nada de aquello ocurrió, como tampoco ocurrió que fuera a visitarla ni una sola vez.

Primero se sintió traicionada, pero no dejaba de dar últimas oportunidades. Pensaba, por ejemplo «hasta el miércoles, si no sé nada de ella antes del miércoles, entonces ya no quiero saberlo nunca». Pero llegaba el miércoles y daba otra oportunidad, pensando hasta en las más inverosímiles dificultades que Ana podía haber tenido.

Cuando se cumplió un mes desde su partida se sintió ya incapaz de continuar con aquel juego y, tras unos días en los que el odio siguió pareciéndose demasiado al amor, comenzó a intentar convencerse de lo poco que le importaba aquello.

Ana, sin embargo, estaba aún en demasiados sitios; en el comedor, mirándola desde el otro lado de la sala común, desnuda delante de ella como una estatua de sal, ahora ya sí definitivamente inamovible.

Un viernes, cuando iban a comer, se dio cuenta de pronto de que no había pensado en Ana en todo el día y aquello hizo que se sintiera mejor. Otro día le costó recordar sus manos. Otro día tiró el anillo al retrete.

Vinieron más chicas. Una de ellas se le parecía. Tenía también los pies pequeños y unos ojos de japonesa con el mismo marrón brillante y duro. Ella le dijo que se llamaba Sara y que le gustaría saber pintar.

«¿Pero no pintas bien?»

«No –dijo–, así, así.»

«Yo te puedo enseñar, si quieres.»

No recordaría nunca su nombre pero sí la luz de la tarde cuando se sentaron las dos a la mesa de la sala común.

«¿Qué te gustaría dibujar?»

«Payasos», dijo, y aprendió entonces (no era tan difícil) a pintar unos payasos muy divertidos con apenas cuatro círculos y dos equis en lugar de los ojos, y otros subidos a un balón, e incluso unos como los que dibujó el profesor que no se sabía si estaban alegres o tristes, como tampoco ella sabía ya si estaba alegre o triste, ni delgados ni gordos, como tampoco ella sabía si estaba delgada o gorda, sin nada alrededor más que aquel recuerdo cada vez mas fino de Ana, sin voz ya, porque no conseguía recordar su voz aunque recordara las palabras, y en medio de todo ella buscando el «hilo», como decía la psicóloga que tenía que buscar, no era un hilo, claro, pero se parecía, para entenderse, a un hilo, algo que estaba mal, un recuerdo sin explicación, algo de lo que poder empezar a tirar para desenvolver la maraña que tenía dentro, una maraña tenía, que comenzó a sentir de esta forma: como un aluvión de palabras, de estas palabras, diciendo Ana, diciendo «eres muy guapa», diciendo «cuando tú seas débil yo seré fuerte», pero ya no como antes, ya no como un empujón de la sangre que bajaba hacia el estómago como una palpitación rápida, nerviosa, sino igual que si algo de la que fue cuando dijo aquello le diera ahora un poco de vergüenza, no las palabras sino ella pronunciando aquellas palabras, porque era también verdad, y una verdad muy difícil, que sin haber abierto la boca, sin hablar más en las reuniones, desde que la chica aquella la enseñó a dibujar payasos algo se había roto en ella en forma de palabras que, sin ser pronunciadas todavía, fluían de muy lejos, tanto como cuando tenía siete años y la madre de Teresa se murió de un paro cardiaco y estuvo una semana sin verla, y cómo ella no supo reaccionar cuando volvió a encontrársela, pálida en clase, quería decirle cosas agradables y lo mucho que lo sentía pero de pronto se endureció, irritada por su debilidad, y le sacó la lengua, y aquella misma dureza volvía ahora disuelta en palabras que la acercaban de nuevo a Ana, al pubis negrísimo de Ana, y a sus pies, y a su lunar en la mejilla, mientras la misma doctora repetía las mismas palabras sobre la importancia de las grasas en el cuerpo de la mujer y ella misma repetía, y entendía, y aceptaba que aquello era verdad, pero con el mismo punto de asco en la garganta cuando el espejo le devolvía su imagen blanda, desnuda, los pechitos, el culito, las piernecitas, con ganas de vomitar ante aquel cuerpo blando y seboso, inarticulado, por eso dijo aquella tarde cuando se sentó en la habitual reunión personal con la psicóloga que sentía repugnancia, y la psicóloga preguntó por qué, y ella contestó que no sabía, y la psicóloga preguntó por qué de nuevo, y ella contestó que no sabía, y la psicóloga dijo que sí lo sabía, muy seria, casi gritando, y de pronto apareció Luis, la lengua de Luis en aquel beso que le dio la tarde del cumpleaños de Teresa, y la pringosidad y el asco de la piscina, y el abrecartas, y el perro que vio en casa de los abuelos, y su padre, saliendo todo por la boca como un vómito, a borbotones, calientes las palabras disolviéndose en los labios, «Qué más», preguntó la psicóloga, y ella contestó que nada, «Qué más», repitió la psicóloga como si con aquel gesto afirmativo, autoritario, irrumpiera como una furia en la cripta que su memoria reservaba a los días del parque, al lago, a aquello duro como un quiste que no podía pronunciarse, «Claro que puedes», dijo la psicóloga, aquello como un quiste durísimo, el tiempo haciéndose lento otra vez, el silencio, no la ausencia de sonidos, el silencio absoluto resquebrajando las cosas en partes cada vez más pequeñas, cada vez más absurdas, el hombre lamiendo el cuello de la mujer sobre el césped del parque y ella queriendo destruir todo aquello; al hombre, a la mujer, el rozarse molestísimo de sus cuerpos, las piernas abiertas y el descanso inarticulado de aquel placer grotesco, feo, dañando la suavidad de las hojas, dañando el color del cielo y su delgadez, su fealdad, por eso se lanzó contra él, para acabar, no para destruir sino para que la destruyeran, como algo destruyó al hombre que se ahogó en el lago hacía tantos años, la camiseta que decía USA, un pie descalzo, en el otro un zapato, como algo debió de destruirle a él y dejarle, feo y hermoso a la vez, flotando sobre el agua quieta del lago, indescodificable a la posteridad, un payaso que ríe y llora al mismo tiempo, por eso se puso también ella a llorar, y cuando la psicóloga la abrazó y le acarició despacio la cabeza, ella pensó en algo que parecía aún más lejano, más difícil, «¿Por eso obligaste a Ana a que se desnudara delante de ti?», preguntó la psicóloga, «¿Qué?», «Por eso obligaste a Ana a que se desnudara delante de ti, ¿verdad, Sara? Lo sé todo, hablé con ella la última vez, ella me dijo que tú la obligabas», «¿Qué sabe?», «Todo, lo hiciste por eso, ¿verdad?», el mundo entonces cuadró estático, como la imagen detenida de una película, Ana, los pies pequeños de Ana, y sus manos, y su lunar en la mejilla izquierda, y la hermosura asimétrica de sus pechos, y sus ojos sobre todo, sus ojos durísimos cuando se miraron por primera vez juntas en el espejo, disolviéndose ahora en otra cosa que parecía luz, «Di, la obligaste por eso, ¿verdad, Sara?», y era fácil decir que «Sí» porque decir que sí era decir «eres muy guapa», y decir también «cuando tú seas débil yo seré fuerte» y decir, más que nada, «ya no te quiero», pero con el recuerdo ahora de sus manos pequeñas sin hacer ya más daño, quietas en la memoria la manos de Ana, como la nostalgia de un lago imposible.

NOCTURNO

El anuncio de la sección «chico busca chico» decía:
Estoy tan solo. Roberto. 923077670.
entre previsibles obscenidades y requerimientos orales en serie. Página 43. Arriba. Sobre un bisexual llamado Ángel suplicando un trío y bajo la fotografía de un hombre de edad y tristeza indefinidas con un antifaz que le daba un aire patético de terrorista saliendo de la ducha, decía *tan solo* como quien dice nada en la lentitud de la tarde empujando tras la ventana del cuarto de estar, la que daba al parque, casi lo mismo que se aceptaba el ritual del aburrimiento en la tarde dominical, sin acritud.

Estoy tan solo.

Si hubiera acudido a la invitación de Marta, ahora tendría una excusa para vestirse, salir; la mesa del portero estaría vacía, la calle estaría vacía, el perro volvería a quedarse mirándole, los ojos acuosos, la lengua jadeante, el rabo al compás del deseo de ir a la calle, «platz. patita. sit» repetidos como se repetía la luz, una conversación anónima bajo la ventana del dormitorio, la que daba al patio, los coches.

La compró ayer por la noche y lo primero que miró fue la edad de los anunciantes (casi nunca explícita, lo cual era peor porque indicaba que la mayoría debían de ser jóvenes).

145

Los que se atrevían a mandar fotografías lo hacían aceptando otra opción, la de ser reconocidos. Fue a comprar cigarrillos y acabó comprando la revista. Cuando llegó a casa comenzó a masturbarse con uno de aquellos anunciantes pero terminó haciéndolo con un catálogo de retratos eróticos que había comprado hacía un mes. Al terminar se lavó las manos, preparó un caldo y dio de comer al perro. No ponían ninguna película en la televisión. Marta le llamó para invitarle a comer en casa el domingo con Ramón y los niños y él le contestó que no, que tenía otros planes. Pero no tenía otros planes. Las películas del cine no le apetecían lo suficiente como para bajar a la calle, soportar la algarabía de la cola y los refrescos y volver a casa sin poder alabar o comentar lo que había visto. Hacía años que no iba a ninguna exposición. Se durmió pensando que el día siguiente lo emplearía en descansar en casa y no le disgustó la idea. De vez en cuando le agradaba quedarse, perder el tiempo con la televisión después de comer, escuchar a Chopin tumbado en el sofá hojeando algún libro. La revista descansaba sobre uno de los sillones como un fracaso largo y asumido. Después de usarla la noche anterior pensó en tirarla, pero la había dejado allí y cuando terminó de ver la película de sobremesa se había quedado mirándole diciendo *Madrid Contactos* en la portada, con letras rojas, y *muera la hipocresía* más pequeño, bajo el titular y sobre la fotografía de una mujer que se parecía a la hermana de su cuñado Ramón porque, como ella, tenía medio kilo de rímel en cada párpado, y unos labios finos pintados más allá de sus contornos. Volvió a abrirla por la sección «chico busca chico» y volvió a leer todos los anuncios. Volvió a detenerse en las fotografías y volvió a excitarse.

Estoy tan solo. Roberto. 913077670.

Entonces comprendió que hacía ya muchos años de aquello. De una forma simple, casi indolora, se había resignado a no exigir lo que pedían aquellos anuncios, y aunque

146

un par de veces había contratado a un chapero y le había invitado a subir a su apartamento, el hecho de tener que pagar, el acto de la cartera, la pregunta, el cambio le aniquilaban la excitación de tal forma que le incomodaba después su tardanza y en alguna ocasión acabó despidiéndole de puro desagrado.

El perro ladró y él buscó los zapatos para bajar a pasearlo. Dejó la luz encendida y se puso el abrigo.

El lunes todo era lo mismo desde la ventana de la oficina del banco. Un cartel de Coca-Cola se apagaba y se encendía, igual que se apagaban y se encendían las luces recién puestas que preparaban el advenimiento inminente de la Navidad. Le habían comentado algo sobre una cena de empleados y, aunque había dicho que asistiría –decir que no hubiera sido entrar en una desesperante búsqueda de excusas–, ellos sabían, como él, que hacía ya años que dejaron de gustarle los chistes de Alberto (siempre iguales y al oído de la nueva secretaria o de la empleadita recién salida de la facultad), los brindis de Andrés y las conversaciones sobre los hijos de Sandra. El hecho de ser el empleado más antiguo de la oficina le permitía rechazar aquellas invitaciones, omitirlas sin tener que preocuparse de subsiguientes odios nunca pronunciados. Aquello le resultaba agradable como le resultaba agradable su soledad, la colección de consuelos y pequeños excesos (el coñac Napoleon, los cigarrillos caros, la cena semanal en el restaurante de lujo) a los que se había acostumbrado y que hacían que se confesara un hombre razonablemente feliz. Las bromas de cuchicheo sobre su homosexualidad en la oficina entraban en el territorio en el que su indiferencia a los demás le hacía invulnerable, y aunque aquella aparente frialdad fue al principio por pura supervivencia, ahora era cierto que se sentía cómodo en ella, como quien por fin ha encontrado un lugar tibio para refugiarse y se conforma en él, sin envidiar nada mejor.

Pero el anuncio de aquella revista decía:

Estoy tan solo. Roberto. 913077670.

y aquellas cuatro palabras habían comenzado, desde que las leyó la noche del sábado, a desbaratarlo todo. Cuando terminó la jornada el lunes estaba nervioso y no sabía por qué. O sí lo sabía, pero no quería reconocerlo. Aceptar que deseaba llamar a aquel número hubiese sido aceptar el desorden donde, desde hacía ya muchos años, habitaba la paz, o algo que, sin ser la paz, se le parecía; el coñac Napoleon, la comida en casa de Marta una vez cada dos semanas, el paseo al perro, la película por la noche hasta que le vencía el cansancio, quizá un chapero al que traía en coche y de cuya presencia procuraba luego borrar los restos lo más pronto posible arreglando de nuevo los cojines del sofá (no la cama, la cama nunca), abriendo las ventanas, arrepintiéndose.

Aquella noche sacó a pasear al perro antes que de costumbre y aquello hizo evidente la consumación. Algo se había quebrado. Algo finísimo y frágil se había quebrado. Siempre cenaba primero, fumaba un cigarrillo viendo la televisión y después lo bajaba. ¿Por qué no lo había hecho hoy? El perro ni siquiera agitó el rabo cuando le vio acercarse a él con la correa y, al bajar en el ascensor, lo miró con un gesto bovino de extrañeza.

«Patita», le dijo: «Patita», y el perro le dio la pata sacando la lengua y levantando las cejas, como si su dueño estuviera enseñándole las reglas de un juego desconocido.

Al volver a casa buscó la revista. La había dejado encima de la mesa, estaba seguro, y ahora no la encontraba allí. Miró en el cuarto de baño, y en la cocina. Revolvió los cajones del escritorio. Cualquier día a esa hora ya habría cenado y estaría fumando un cigarrillo preparándose para bajar al perro, y sin embargo aquella noche no sólo no lo había hecho sino que además estaba nervioso, buscando desesperadamente aquella revista con la que ni siquiera habría conseguido masturbarse si no hubiese sido por la ayuda del catálogo de retratos eróticos que compró hacía un mes. Descubrirse así aumentó su desesperación, pero no desistió hasta encontrarla. Estaba en el suelo, junto al sofá. Volvió a abrirla y volvió a excitarse leyendo los anuncios, pero había algo que comenzaba a ser distinto. No la televisión, ni el coñac, ni el perro, sino él entre todas aquellas cosas. Leer todos los anuncios fue un juego al que se rindió sin dejar de engañarse aunque sabiendo qué era exactamente lo que buscaba. Página 43. Arriba. Sobre un bisexual llamado Ángel suplicando un trío y bajo la fotografía del hombre desnudo con el antifaz.

Estoy tan solo. Roberto. 913077670.

Encontrarlo fue como fingir sorpresa ante una visita esperada, sólo que esta vez la sorpresa era real; parecía que nunca había estado allí, que lo había inventado desde el banco. Nunca había conocido a nadie llamado Roberto, por eso –aunque fuera un nombre común– se le quedó en el aire de la página 43 igual que un acertijo dispuesto a ser descifrado. No era un nombre feo. Roberto. La ansiedad le hizo comerse unos filetes que tenía preparados para el fin de semana. Ahora tendría que hacer otra vez la compra porque los restos de arroz que iba a cenar aquella noche al día siguiente ya tendrían mal aspecto. Aquello no estaba bien. No es que fuera malo comerse algo que tenía reservado para otra ocasión; hacerlo formaba parte de aquel tipo de lujos que le hacía razonablemente feliz, sino haberlo hecho así, de aquella forma, sin ningún motivo. ¿Pero es que lo había hecho otras veces con algún motivo?

Media hora más tarde no podía dormirse. Siempre se dormía pronto, aprovechando el cansancio producido por la televisión, y aquella noche no podía dormirse. Había llevado la revista, con él, hasta la cama y la había dejado sobre la mesilla. La cogió y volvió a abrirla pero aquella vez se sintió ridículo. Era aquel Roberto quien tenía la culpa de todo. El espejo le devolvió, desde la puerta abierta del armario, su imagen de cincuenta y seis años oscurecida y tenue por la luz de la televisión, cansado y con una obesidad que, sin ser exagerada, nunca había hecho nada por batallar. Se pareció patético al haber entrado en aquel juego que le proponía Roberto. ¿Cómo –después de tantos años de razonable felicidad, de paz– se había dejado vencer por un mecanismo tan burdo? La llevó, arrugándola, hasta la cocina y la tiró a la basura. Después cerró la bolsa y la dejó en la puerta, con la esperanza de que el portero no hubiese hecho su ronda. El sueño llegó aquella noche como un descanso plácido sobre un pecho invisible. Se sintió orgulloso de sí mismo.

Por la mañana la bolsa de basura había desaparecido. Podría haberlo comprobado a través de la mirilla, pero abrió la puerta. En el banco le preguntaron si se encontraba bien cuando llegó.

«Me duele un poco la cabeza», dijo.

«Es esta gripe. Está todo el mundo cayendo como moscas.»

Pero no era la gripe. El cartel de Coca-Cola se apagaba y se encendía igual que se apagaban y se encendían las luces de Navidad. Era la Navidad. Cómo no lo había pensado antes. Hacía dos años también sufrió durante las fiestas una tristeza lánguida que no consiguió descabezar hasta que quitaron las luces. Pero tampoco era tristeza lo que sentía entonces. Estaba nervioso. Se equivocó al teclear unos números de cuenta y estuvo discutiendo durante casi treinta minutos con un cliente al que no le cuadraban los ingresos. A mediodía fue al botiquín a ponerse el termómetro. Pero no era fiebre. Se tomó una aspirina. Pero no le dolía la cabeza. El anuncio decía:

Estoy tan solo. Roberto, y después había un número de teléfono. No conseguía recordar aquel número. Él, que siempre se había sentido orgulloso de su memoria numérica, no podía recordarlo. Empezaba por 307. Empezaba por 307 y después era algo parecido a 46 80. No era 46 80 pero se parecía a 46 80. 56 90. 36 80.

Estoy tan solo. Roberto, y después 307...

Cuando salió del banco no fue a casa sino al quiosco donde compró aquella tarde la revista de contactos.

«Busque por esa parte», le dijo el quiosquero.

No estaba.

«¿No tiene más números?»

«¿No está ahí?»

«No la encuentro.»

«Entonces es que se ha agotado.»

En el sex shop que había tres manzanas más abajo tampoco la encontró y el dependiente ni siquiera sabía de la existencia de semejante publicación. Pensó en poner una reclamación, pero le pareció ridículo. Cuando entró en casa el perro estaba inquieto por su ausencia. Tenía hambre y agitaba el rabo. Cualquier otro día se habría sentido descansado al llegar a casa, pero aquella vez no sabía qué hacer, no sabía si sentarse o ver la televisión. Ni siquiera había cenado. Había que bajar al perro. De pronto todas aquellas cosas que había seguido durante años como un ritual de lenta felicidad le parecieron odiosas obligaciones. Puso la correa al perro y bajó a la calle a pasearle pero no hizo el camino habitual. Al volver a casa cenó sin apetito y se tomó dos somníferos. Soñó con alguien a quien amó durante tres largos años hacía ya mucho tiempo, pero no vio su cara; tan sólo la familiar presencia de aquel cuerpo cerca del suyo, de su olor, su saliva.

El martes y el miércoles y el jueves fue con fiebre al banco. Se sentía débil pero al mismo tiempo tenía ganas de gritar. Le parecía imposible haber aguantado tantos años así. Durante su descanso salía a la calle hacia el bar de siempre a tomar su bocadillo y su café pero tenía la sensación de estar excluido por todo cuanto le rodeaba. Mirara donde mirara, no veía más que parejas, besos, muestras de afecto. La fría condescendencia con que solía mirarles se volvió aquellas mañanas contra él para estrellarse en su cara con envidia y ansiedad redobladas. Tenía que encontrar aquella revista y tenía que encontrarla ahora.

Estoy tan solo, decía Roberto. Él también estaba solo. Él también quería besarse como aquellas parejas, ir de la mano de alguien, comprar regalos. La ironía era ya un juego al que no podía jugar más tiempo.

Todo fue tan fácil. Ni siquiera tuvo que andar –como había supuesto– más de una manzana. Se acercó al primer puesto que encontró, dijo: «Madrid contactos», y el quiosquero extendió una mano con la revista.

«Trescientas cincuenta pesetas.»

La alegría hizo que casi se mofara del gesto de escándalo con que la anciana que compraba el diario se le quedó mirando; ahí estaba la mujer que se parecía a la hermana de su cuñado Ramón, los brazos cruzados para ahuecar los pechos, los labios finos pintados más allá de su contorno como un arreglo rápido del desagrado habitual por el propio cuerpo, y allí estaría también, en la página 43, arriba, Roberto, sobre aquel bisexual llamado Ángel y bajo la fotografía del hombre del antifaz. Pidió una bolsa, guardó la revista en ella y caminó hacia el banco casi de buen humor, pero durante las horas que restaron para acabar la jornada nació otro miedo. ¿Qué iba a hacer ahora? ¿Es que de verdad pensaba llamar a aquel número? ¿Y si no pensaba llamar, por qué había hecho todo aquello? Tomó un taxi para volver a casa. Entró sin saludar al portero y cuando cerró la puerta de casa buscó la página 43.

913077670.

Cómo había podido olvidar aquel número tan fácil. Pero ésa no era la cuestión.

El perro le miró lagrimeando el olvido de su paseo y él le dijo:

«Patita.»

El animal ofreció una pata cansada, como un niño al que le piden por vigésima vez que repita la ocurrencia espontánea que una vez fue graciosa, y él decidió que pensaría sobre el asunto mientras lo paseaba. Pero no había nada que pensar. Desde que bajó a la calle le golpeaba en las sienes el número de Roberto, ahora claro y recordable como una cantinela propagandística, 913077670, llamaría sólo para escuchar la voz, eso era todo, llamaría y después colgaría el teléfono, se bebería una buena copa de coñac, vería alguna película, sí, aquella noche ponían una buena película, lo había visto en el periódico, no le costaría dormirse.

Esperó hasta las 10.30 para hacerlo. Las 10.00 le pareció pronto y él nunca llamaba a nadie más tarde de las 11.00. Las 10.30 era una buena hora. Sonaron tres llamadas sin que contestara nadie.

«¿Sí?», dijo la voz de Roberto.

Parecía joven, más de lo que había pensado cuando leyó el anuncio. Era fácil suponer un apartamento pequeño, quizá compartido, un pasillo estrecho, la ropa tirada sobre la cama, la televisión de fondo, la cena barata.

«¿Dígame?»

Pensó en alguien a quien había amado hacía ya mucho tiempo durante tres largos años. No sabía por qué, pero aquella voz tenía algo del muchacho tímido e impresionable que fue cuando le quisieron. Roberto colgó el teléfono y él se quedó, mientras escuchaba aquel sonido intermitente, recordando una noche en que alguien le adornó el pelo con flores, y le pintó los labios, y se duchó con él. No recordaba su cara, pero sí su contacto. Recordó las manos, las caricias de su lengua, el desorden del apartamento, la extraña sensación de haber tomado posesión el uno del otro que llenaba las conversaciones de una agradable placidez, de bromas, de silencio, el mundo levantándose azul y aceptable, la palabra felicidad, amor, entre los labios con la naturalidad de lo que parecía universal y simple.

Se puso a llover, como si hasta el cielo pretendiera hacer la consumación más evidente, y él marcó de nuevo el número de teléfono.

«¿Sí?»

«Hola, llamaba por…, he leído tu anuncio.»

«¿Eras tú el que ha llamado hace un momento?»

«Sí.»

«¿Por qué no contestabas?»

«Porque tenía miedo.»

Se despertó aquella mañana y fue al cuarto de estar. Ahí estaba la copa en la que había bebido Roberto, las colillas de los cigarrillos que había fumado, la huella del peso de su cuerpo en el sofá. Sonrió recordando su entusiasmo al probar aquel viejo coñac que reservaba para los acontecimientos, su asombro cuando le dijo lo que costaba la botella.

«Eso es más de lo que cobro yo por cuatro días enteros de trabajo», comentó mientras miraba a trasluz el líquido ocre, y lo volvía a oler, y a probar mojándose apenas los labios, y a sonreír con aquella mezcla entre nerviosismo y extraña felicidad que le brilló en los ojos toda la noche.

154

Durante la conversación telefónica, después del reconocimiento del miedo, Roberto le había preguntado cuántos años tenía y él había contestado que cincuenta. Podía aparentar cincuenta. Siempre le habían dicho que parecía más joven.

«Yo tengo veintiuno», había contestado él, como arrepintiéndose.

El silencio que sucedió a aquello le hizo casi colgar porque supuso que a Roberto le había decepcionado su edad, que estaba buscando a un chico más joven, y que no tardaría en encontrar una excusa para rechazarle. Pero Roberto no le rechazó.

«¿Todavía quieres que nos veamos?»

«Claro —contestó él—. Pero... ¿ahora?»

«¿Por qué no?»

Se citaron en una plaza que, según Roberto, estaba cerca de su casa. Él fue en coche antes de la hora y esperó dentro, con las luces apagadas. Le vio llegar, encender un cigarrillo, abrocharse el cuello de la cazadora cuando comenzó a llover de nuevo, resguardarse en uno de los soportales. Tenía una extraña belleza su delgadez, su pelo lacio cayéndole sobre las orejas. No era guapo, pero decididamente sí era atractivo y él pensó que le gustaría ir vestido como Roberto, tener veinte años y acercarse hasta donde estaba aprovechando la espalda para darle un susto, caminar de su mano por la calle. Las pocas personas que todavía pasaban a aquella hora de la noche tenían algo en común en sus abrigos, sus zapatos, su color de ojos. El único que parecía distinto era él. Por su forma de vestir se podría haber jurado que no tenía ni casa, y sin embargo a él le daba la sensación de que todo le pertenecía; la avenida, los coches, incluso la gente que pasaba a su alrededor. Bajó del coche y se dirigió hacia él. Roberto había estado mirándole desde que cerró la puerta.

«Hola», dijo con algo que parecía una sonrisa.

«Hola... ¿Decepcionado?», contestó él.

«No. ¿Y tú?»

«No.»

Durante el camino en coche hacia su apartamento Roberto le miraba de frente, sentado en el asiento del copiloto, sin dejar de sonreír. Se contagiaron el uno al otro de una excitación que no les permitía estar quietos. Roberto bajó la ventanilla y él hizo lo mismo. Sintió el aire frío en el rostro, como un despertar agradable. ¿Qué vendría ahora? ¿Qué había en aquella avenida, dentro de ella, que le daba una vida extraña y diferente de su simple estar allí, llevar a alguna parte? La noche se llenó de árboles cuando se dieron la mano al salir del coche, y cuando subieron en el ascensor, y cuando entraron en el apartamento.

«Me encanta tu casa», dijo Roberto.

«Gracias.»

A Roberto pareció animarle su buen humor y sus risas que eran, en realidad, por puro nerviosismo. ¿Qué tenía que hacer ahora? ¿Besarle? ¿Invitarle a tomar algo? Mientras buscaba el coñac, Roberto le explicó que trabajaba en una lavandería por las mañanas y en un bar por las tardes, hasta las diez. El sueldo no era gran cosa, pero le alcanzaba para no tener que compartir apartamento. Él le sirvió el coñac, se sentó a su lado en el sofá y le acarició el pelo. Roberto inclinó los ojos, cogió la copa y volvió a mojarse los labios. A él le sedujo tanto aquella inquietud sin recursos que esperó sin impaciencia a que volviera a mirarle mientras jugaba con su pelo, acariciándoselo detrás de la oreja. Cuando lo hizo, los ojos de Roberto tenían ya una seriedad absorta, concentrada en no perder un solo movimiento de sus pupilas. Se acercó lentamente hasta él. Se besaron. Los labios de Roberto eran finos y tenían un ligero sabor a coñac. Había cerrado los ojos y le había puesto la mano en la espalda en un simulacro de abrazo que no terminaba de atreverse a la caricia. Él no recordaba haber besado a nadie con tanto cuidado. Cuando le miró de nuevo, había vuelto a inclinar los ojos, sonreía. La mano que había estado en su espalda ahora buscaba otra vez la copa, se la llevaba a los labios. Él se la quitó de la mano, la puso sobre la mesa y volvió a besarle. Roberto entreabrió los labios y probó una caricia tímida con la lengua y él le abrazó y le acarició el pelo mientras lo hacía. El siguiente paso parecía el lógico: buscó la cremallera de su pantalón para bajársela y comprobó, al hacerlo, que estaba excitado. Roberto le detuvo en el acto.

«No tan pronto..., nos hemos conocido esta noche, ¿recuerdas?»

Él no supo qué decir.

«Si lo hacemos esta noche voy a sentirme muy mal mañana por la mañana... Tú no quieres que yo me sienta mal, ¿verdad?»

La pregunta tenía un tono infantil, casi virgen.

«No», contestó.

«Seguro que tú lo entiendes».

«Claro que lo entiendo, está bien, perdona», repitió él, apartándose un poco de Roberto.

«Una vez lo hice con uno la primera noche y nunca más me volvió a llamar.»

El cuerpo de aquel chico de veintiún años, sin haber sido visto, cobró una intensidad aún más poderosa y, lo que apenas hacía cinco minutos había parecido un ridículo pudor juvenil, cuadró en su entendimiento con la claridad y la limpieza de un teorema; era necesaria la espera, y agradable, y justa.

«Pero me gusta mucho cómo me acaricias.»

Roberto se acurrucó bajo su brazo, encogiendo las piernas sobre el sofá, y apoyó la cabeza en su hombro. Aún tenía el pelo mojado por la lluvia; la delgadez, la nariz pequeña, los brazos agarrándole la cintura le daban el aspecto de un pequeño gato empapado y tembloroso. Él se sintió extrañamente justificado al protegerle.

El cartel de Coca-Cola se apagaba y se encendía, lo mismo que se apagaban y se encendían las luces de Navidad, pero a las doce de la mañana, cuando salió hacia el bar de siempre, la luz le daba al recuerdo de Roberto la irrealidad propia de lo nocturno. Cuando se había levantado aquella mañana, sin embargo, la copa en la que había bebido Roberto seguía encima de la mesilla, junto a un paquete de tabaco que había olvidado y un mechero que decía «Laundromat», la señal de su cuerpo entre los almohadones no se había borrado aún.

Se volvieron a ver aquella noche, y la que sucedió a aquélla, y la siguiente. La tercera vez que fue le dio una copia de la llave del apartamento. Se sentaban y hablaban de cualquier cosa. Había comprado un disco de música moderna que pensó que podría gustarle a Roberto y lo puso cuando llegó él, fingiendo que aquélla era la música que escuchaba habitualmente.

«No te gusta esta música», dijo Roberto, cuando apenas habían escuchado tres canciones.

«¿Cómo lo sabes?»

«No hay más que verte la cara.»

«¿Pero a ti te gusta?»

«A mí sí, pero a ti no tiene por qué gustarte todo lo que a mí me gusta.»

Sin decir nada, él se avergonzó de algunas conversaciones que habían tenido aquellos días. El miedo a desagradar a Roberto le había llevado en un par de ocasiones a fingir entusiasmo por cosas juveniles y, al hacerlo, le había atemorizado siempre que Roberto notara su falsedad.

«Pon la música que escuchas cuando estás solo», propuso Roberto.

«Cuando estoy solo escucho a Chopin.»

«Pon eso.»

Los nocturnos inundaron la casa como una hermosa mentira durante la cena.

«¿No es bonito?»

«Mucho, nunca había escuchado a Chopin. ¿Cómo se llama esto?»

«Son los nocturnos.»

No era difícil impresionar a Roberto hablándole del banco y de la bolsa, pero él desistió pronto de hacerlo porque le atemorizaba que la admiración convirtiera aquello en una autoalabanza perpetua. Si algo amaba de aquellas tardes era la forma en la que se plegaba al silencio, la manera en la que se acercaba a él y le besaba en mitad de una conversación, su carácter casi doméstico, silencioso y delgado, caminando hacia el cuarto de baño o volviendo de la cocina con otra cerveza abierta. No tenía iniciativa a la hora del juego amoroso y, sin embargo, siempre ganaría queriendo a quien le quisiera. Toda la sensibilidad afectiva de Roberto esperaba agazapada a su actividad, así, cuando le acariciaba ligeramente la mano, o la barbilla, o el pelo, él tenía la impresión de que un latigazo instintivo, espontáneo, le obligaba a devolverle dobladas las caricias o los besos. No era un movimiento nervioso, sino una visceral necesidad de agradecimiento. Cuando languidecía la conversación, Roberto se acercaba a él y apoyaba la cabeza en su hombro mientras jugaba con los dedos de su mano. Tampoco había nerviosismo en aquello, sólo formas de ternura que buscaban, tanteando, el camino correcto. Su vida, como todas las vidas de personas compasivas, empáticas, tomaba los dolores y las alegrías de los demás y los hacía suyos; se multiplicaba.

«Ayer soñé que ya no me querías ver más, que venía a tu casa y estaba llena de gente y tú me tratabas como si no me conocieras.»

Él comprobó durante aquellas tardes que el mecanismo que producía aquellas pesadillas en Roberto no era muy distinto del que hacía que él no quisiera dejarle marchar de su apartamento por la noche. La rapidez con la que había ocurrido todo, la extraña forma que habían tenido de conocerse, les dejaba ahora a los dos desnudos frente a un espacio que necesitaba ser inventado, cuyas leyes eran fruto no de la deliberación –que no existía– ni de la norma habitual, sino de la pura actuación; acariciar el pelo de Roberto, darle la mano, besarle, no respondía a una conveniencia, ni siquiera a un deseo, aunque el deseo fuera lo que les moviera con más fuerza, sino a la ansiedad de crear un espacio habitable, un lenguaje hermético que no pudiera ser entendido por nadie. Aquella sensación, unida al silencio habitual de Roberto, revistió aquellas tardes de una solemne lentitud.

La cuarta noche que fue a su apartamento apenas hablaron. Roberto se sentó junto a él sin quitarse siquiera el abrigo, le desabrochó el botón y la cremallera de los pantalones y comenzó a acariciarle. Él no dijo nada. Roberto actuaba con lentitud, sin dejar de mirarle directamente a los ojos. A él le pareció que había algo definitivamente triste en la figura de aquel muchacho al que empezaba a amar como a una extraña y lejana parte de sí mismo, y tuvo miedo de dejar de quererle, pero también de que Roberto dejara de quererle a él. Le acarició la mejilla y Roberto cerró los ojos sin dejar de masturbarle. Tras los párpados debía de estar brillándole el placer de quien se ha decidido a conciencia a hacer feliz a alguien. Cuando terminó hizo lo mismo con él, con la diferencia de que Roberto se puso algo tenso cuando consiguió desabrocharle el cinturón.

«¿Quieres?»

«Sí.»

Roberto tuvo un par de convulsiones en las que se le contrajo el estómago casi imperceptiblemente y se corrió deprisa, apenas sin estímulo. Después escondió la cara en su hombro y él sintió un humedecimiento repentino.

«¿Estás llorando?»

Le alzó la cara, poniéndole el dedo en la barbilla para mirarle de frente.

«¿Por qué lloras?»

«No sé», respondió, y se abrazó a su cuello, todavía temblando, como una criatura dichosa, indescifrable.

Le gustaba que le contara episodios de su vida y sentía, cuando le veía disponerse a hacerlo (cruzar las piernas sobre el sofá, dar un sorbo ligero a su copa, abrir los dedos de la mano en gesto explicativo), el placer de quien se prepara a dejarse seducir por una historia que normalmente no era más que una caída de bicicleta, o un momento de vergüenza cómica, o una anécdota familiar inventada, como todas las anécdotas familiares. Al final de la primera semana descubrió con asombro que, exceptuando un par de fingimientos juveniles, no había mentido ni una sola vez, y si no lo había hecho era porque todo le parecía ya mentira; desde las manos de Roberto hasta la caída del pelo, desde sus pantalones hasta los recuerdos de su madre; una mentira a la que las paredes del apartamento, la clausura, daban una vigencia posible.

«Me encanta tu casa», había dicho Roberto la primera vez que cruzó el umbral de la puerta.

Como en un escenario, alineados, los recuerdos habían ido acumulándose entre aquellas paredes, y lo que al principio no era más que el desvalimiento de una casa antigua sin muebles, había ido dejando paso, desde que la compró hacía veinte años, primero a lo funcional y luego a lo confortable. La percepción que sentía como nueva no era la de encontrarse cómodo entre aquellas cosas, sino la de sentirse orgulloso de ellas porque Roberto las había alabado. Por eso, parte del juego de las primeras tardes que pasaron juntos consistió en que Roberto le preguntara por el origen de todo lo que le rodeaba. El cuidado con que se acercaba a las cosas, con que las acariciaba al cogerlas y al preguntar «¿Y esto?», formaba parte del ritual que los dos comprendieron desde el principio como necesario. Roberto estaba nombrando los elementos del paraíso, dándoles límite, forma, y era dichoso en su ejercicio adánico mientras él, a quien aquel chico de veintiún años le empezaba a dañar lentamente pero sin descanso, comprendía que tras la euforia del descubrimiento Roberto no tardaría en darse cuenta de que aquel Edén, como todos los edenes, era un lugar cerrado, y que terminaría asfixiándole lo que ahora le parecía luminoso.

Aquellas noches soñó repetidamente con lagos e inmensas extensiones de césped, con muchachos desnudos tumbados en la hierba besándose despacio. Eran sueños sin sonido, lentos, y los chicos que aparecían en ellos no hacían más que acariciarse y reír. Había algo en ellos definitivamente cálido y simple, anciano aunque fueran jóvenes, y él se recordaba en el sueño parapetado tras unos juncos. Le resultó extraño, a él, cuya imaginería erótica en lo referente a aquellas visiones solía ser de carácter violento, comprobar que se levantaba complacido y, al recordar la escena, el hecho de que no se acercara a ellos, sino que se contentara con contemplarles.

Cuando se marchaba Roberto las cosas tomaban otro cariz. Mientras le parecía razonable que alguien como él perdiera la cabeza por un chico de veintiún años, el ejercicio inverso se le presentaba como grotesco. Para querer a un viejo como él (pero él no era viejo, no todavía), para querer a un viejo de la forma en la que Roberto le quería a él, sólo se podía ser un mentiroso o un malvado. Quizá Roberto estuviera mintiendo, quizá sólo pretendiera sacarle dinero (pero qué dinero), tal vez era simple y puro morbo, quizá estaba ahora riéndose de él (pero por qué iba a reírse) rodeado de otros muchachos de su edad; eso sería más natural, más razonable (pero qué significaban aquellas palabras, «natural, «razonable»), diciendo: «El viejo está solo y triste, me da lástima», (pero por qué iba a decir aquello), quizá ya estaba desengañado y por eso guardaba silencio, o era –sencillamente– estúpido (pero Roberto no era estúpido), o mentía (pero alguien que miente no habría escrito ese anuncio) o estaba solo.

El sonido de sus pasos al llegar, el timbre del ascensor, el frotar de los zapatos en el felpudo –esperaba en el sofá, por eso le oía siempre– y después la llave que abría la puerta y que tintineaba junto a otras llaves para otras puertas que él no conocía, que quizá nunca conocería, un resoplido sonriente al entrar.

«No sabes el frío que hace ahí fuera.»

Y, de nuevo, él buscándose al fondo del miedo, esperando que se acercara cuando no quería esperarle sino correr hacia él para darle un beso, como una simple empleadita de tienda recién casada, Roberto que se quitaba el abrigo y lo tiraba en el sofá y se aproximaba a él sonriendo: «En serio, no sabes el frío que hace», los labios húmedos de Roberto, el pelo, la cara ligeramente enrojecida por la calefacción.

«¿Qué pasa, no me crees? Tócame las manos, mira cómo las tengo.»

Aquel chico al que no sorprendería más porque apenas había necesitado una semana para perder su primer asombro admirativo de la casa, las anécdotas del banco, el coñac.

Decidieron ver una película de vídeo esa noche. La había alquilado él aquella misma tarde y Roberto reconoció, al ver la carátula, que ni siquiera había oído hablar de ella. Nunca conseguirá recordar el título pero sí recuerda que el argumento giraba en torno a la figura de un chico de catorce años traumatizado por la muerte de su padre. El chico vacilaba entre el dolor y el cinismo; el accidente que había acabado de forma repentina con la vida de su padre le había sacudido de tal forma que había engendrado, en el límite de lo soportable, un «yo» distinto, uno diferente que contemplaba el sufrimiento de los demás, e incluso el suyo propio, con una ironía mefistofélica. Así, en el entierro, al ver a su madre llorar y agitar grotescamente los brazos, el niño pensaba con una frialdad que le acongojaba a sí mismo: «Buena actuación, mamá, quedaría bien sobre un escenario.»

Reconoció algo de sí mismo en aquella película. También él se había burlado de los dolores de los demás, del suyo propio, con aquella frialdad, y si lo había hecho era porque la mayoría de las veces no encontraba razones de peso que le hicieran amar a las personas que le rodeaban. Cualquier acto de amor lo consideraba un movimiento de voluntaria ceguera que, si se hacía, era sólo por necesidades físicas de protección, o afecto, y siempre en espera de una respuesta, si no inmediata, al menos cercana. Con Roberto era distinto. Mientras los demás eran juzgados y sentenciados casi de antemano, Roberto conseguía caminar sobre las aguas. Los demás pretendían salvarse, ser aceptados, parecer agradables; Roberto se mostraba silenciosamente, desnudo, completo. ¿Cómo ser cínico con él?

Cuando se volvió para mirarle comprobó que llevaba abrazado a sus rodillas desde que apagó la televisión.

«Roberto.»

«¿Sí?»

«¿Te ha gustado la película?»

«No.»

«¿Por qué?»

«No sé...»

«¿Qué piensas?»

«Pienso que el mundo es feo y que la gente es triste.»

Se acercó a él para besarle.

«¿Yo también?», preguntó.

164

«No, tú no.»

«¿Te gustaría dormir aquí esta noche?»

Roberto le miró de pronto, como si acabase de pronunciar un deseo largamente anhelado.

«Sí», dijo.

Fueron a la habitación. Roberto se había sentado en la cama para quitarse los zapatos y los calcetines.

«Ponte de pie», le dijo, y Roberto obedeció con prontitud, sonriendo. Le desabrochó la camisa despacio. Le ayudó a quitarse la camiseta. Hiciese el gesto que hiciese, tenía una reacción idéntica e inmediata en Roberto, y aunque le gustaba aquello, pensó por primera vez que quizá el amor de aquel chico no podría salir más allá de esas cuatro paredes de su apartamento, que todo lo que allí resultaba enternecedor, fuera resultaría ridículo, sucio o pervertido. En poco tiempo estuvieron desnudos y Roberto se metió de un salto entre las sábanas mientras reía escapando de su abrazo. Estaba feliz. Radiante. Le miraba tapándose con la sábana hasta la nariz con unos ojos que delataban una sonrisa abierta y simple. Él se plegó al juego de la persecución de buena gana, olvidando sin demasiado esfuerzo sus dudas.

Abrazar el cuerpo desnudo de Roberto le producía un sentimiento de vacío. Hacía años había tenido experiencias parecidas pero aquéllas le habían resultado desagradables y en ésta hallaba una curiosa placidez. No había encontrado jamás un cuerpo que fuera tan consciente de su desnudez como el de Roberto y que, al mismo tiempo, se mostrara con tanta alegría. La desnudez no era, por tanto, lo que solía ser habitualmente; una presencia que se agotaba en su mostrarse, en la que la mente no podía hacer progresar el conocimiento, sino el vacío que se abría en caída libre a un mundo en el que Roberto era el único maestro, el de la pura y simple percepción. Debía de estar rendido porque se durmió enseguida con una mano abrazando la almohada y la otra en su cintura. Él envidió aquella inmediatez con la que la juventud de Roberto conseguía lo que deseaba y recordó los años en los que, para dormir, también a él apenas le bastaba con cerrar los ojos. Apartó la mano de Roberto y encendió la luz de la mesilla. Se volvió para ver si despertaba, pero Roberto apenas entreabrió los párpados. En el blanco del ojo apareció y desapareció la pupila como una cuchara hundiéndose en un vaso de leche. En el silencio de la habitación podía escucharse su respiración larga y cansada. El mundo rugía en los cristales a golpes de viento.

Pero la tristeza seguía allí. La semana y media de relación con Roberto la había ocultado momentáneamente pero dejándola sin resolver. Las cuestiones más elementales y de la forma más sencilla, más descarnada posible, irrumpían en la habitación, en el cuarto de estar, en el baño cuando se quedaba solo. ¿Qué iba a hacer ahora? Contemplar el futuro era igual que asomar la cabeza a la oscuridad de una gruta en la que se presiente la respiración jadeante de una bestia. Era como si tuviera miedo de vivir, como si de pronto hubiese olvidado todos los mecanismos, los recursos, las mentiras que hacían la vida habitable. ¿Cómo iba a enseñar a nadie el amor que sentía por aquel chico si ni siquiera él mismo llegaba a creerlo? Si Roberto llamaba por teléfono y le decía que iba a llegar más tarde, ya empezaba a sufrir, pensaba que no quería verle en realidad, o que había conocido a otra persona y aquel pensamiento, por muy ridículo que fuera, por muy ridículo incluso que él mismo lo estuviera entendiendo, se cerraba en espiral, le mantenía inquieto y, a la vez, incapacitado para hacer nada que no fuera imaginarle en otra parte, con otras personas, riéndose.

Llegaba Roberto y el aire se hacía respirable, poco a poco sentía que tomaba de nuevo las riendas de la situación.

La sola presencia de aquella criatura silenciosa apagaba otra vez el desasosiego.

«¿Has pensado mucho en mí hoy?», le preguntaba.

«Sí, he pensado mucho.»

«¿De verdad?»

«Estabas en todas partes.»

El silencio que constituía el habitual ritmo de aquellas tardes le daba conciencia otra vez de su estar en el mundo al mismo tiempo que le permitía observar a Roberto. Una de aquellas noches pensó que jamás le conocería más de lo que ya lo hacía en ese momento. Lo único que le quedaba a partir de entonces era coleccionar sus gustos, sus reacciones, formas de sonreír o de entornar los ojos y, aunque aquél fuera el camino habitual para conocer a una persona, en Roberto no eran más que detalles que definían un poco más la impresión inicial, que era la verdadera, la justa. De esa forma, la coquetería que había intuido de una manera espontánea la primera vez, se materializó esas noches en una colección de frascos de colores con los que Roberto se decoraba cuidadosamente las uñas de los pies y que él contemplaba en silencio, haciendo que de nuevo la vida adquiriese una resolución simple, carente de más problemática que la que se desprecia por ser inabarcable o por ser ínfima. ¿Qué había de malo en ello? Necesitaba aquella presencia de veintiún años, pelo oscuro cayéndole sobre los ojos, de sonrisa incierta –entre dolorida y simple–, necesitaba el amor y los secretos del corazón de aquella criatura extraña llamada Roberto para escapar de la sensación de que la vida iba a resquebrajarse por cada doblez.

El día de Navidad fue de buen humor a cenar a casa de Marta. Ramón había cocinado lubina y la cena fue agradable, aunque los niños no dejaron de alborotar. Marta le comentó que le veía muy bien, algo que también confirmó la hermana de Ramón, que aquella noche cenaba con ellos y en quien cada año se incrementaba, más que el cansancio o la laxitud, la cantidad de maquillaje. Todo le pareció bien. Incluso las bromas de Ramón le parecieron bien. Había algo distinto que no comprobó hasta casi el final de la cena. Siempre se había sentado a aquella mesa sintiéndose alejado de Marta. Ella, por lo menos, tenía a Ramón. Para él, durante todos aquellos años, lo más cercano que recordaba haber vivido fue aquel verano en Florencia, un pozo en un cortile de Pisa, junto a una fuente, un chico desnudo que le miró en una playa de Génova, el olor a ostras en un restaurante sintiendo una mano sobre el muslo, su rostro en el espejo con los labios pintados, pero no como recuerdos de un ser concreto, individual, que se añora, sino como pasajes de una novela que se recuerdan al mismo tiempo que se recomponen y embellecen casi involuntariamente y que adquieren, por tanto, carácter de ficción. Después de aquello, los años en el banco idénticos, repetidos en la memoria como un solo y único día de costumbres y movimientos inamovibles, y ahora Roberto. Qué hacer. Qué decir. Y sobre todo por qué hacer y decir.

Se rompió como se rompe un cristal finísimo, un hilo del que pende un botón. Estaba en casa esperando a que llegara Roberto el día después de Navidad y sonó el teléfono. No era Marta, era José Luis, del banco. Le decía que tenía que viajar a Barcelona. Desde hacía tres años, y copiando los esquemas de empresas americanas, el grupo al que pertenecía su banco había tomado como costumbre que, al abrir una sucursal en otra ciudad, alguno de los empleados más experimentados viajara a ella y tuviera varias reuniones en las que les hiciera partícipes de su experiencia. Con frecuencia había hecho él aquellos viajes, y además por petición personal. Siempre le agradaba la idea de abandonar Madrid por unos días y vivir, con los gastos de viaje y alojamiento pagados, en otra ciudad. Pero ahora estaba Roberto. No podía marcharse ahora.

«No puedo», dijo.

«No te estoy preguntando si puedes; te estoy diciendo que vas.»

Y él sintió, al escuchar aquello, que algo se quebraba. Entendía abandonar Madrid como una claudicación impuesta. Se marcharía y, a la vuelta, ya nada sería lo mismo. Roberto habría cambiado, no le querría ya (pero por qué no iba a hacerlo), le diría que había conocido a alguien en su ausencia, o se habría cansado sencillamente, los jóvenes se cansaban deprisa, cambiaban de pareja con facilidad.

Cuando llegó se lo dijo casi con miedo y a Roberto le encantó la idea.

«Qué suerte tienes», comentó.

«Entonces, ¿no te importa que me vaya?»

«Claro que no, ¿por qué me iba a importar?»

Hablaron de sus respectivas cenas de Navidad. La de Roberto había sido previsible teniendo en cuenta las pocas cosas que sabía de su familia, de la que casi nunca hablaba. Fueron a cenar sus dos hermanas con sus correspondientes maridos y una de ellas anunció lo que delataba el vestido desde hacía un mes, que estaba embarazada. Roberto comentó que le hacía ilusión ser tío. Pero aquélla no era la conversación que quería tener.

«¿De verdad quieres que vaya a Barcelona?»

«Claro.»

Las respuestas de Roberto siempre eran así, entusiastas y sencillas, como cañonazos.

«Eh, ¿qué haces?»

«Quiero pintarte las uñas de los pies.»

«Oh, no, eso sí que no.»

«Vamos, déjame...»

Él dejó de resistirse pronto y Roberto sacó los frascos de colores. Mientras los ordenaba sobre la mesa él le acariciaba el pelo.

«¿Cuántos días vas a estar allí?»

«Cinco.»

«O sea, que el día de fin de año estarás de vuelta.»

«¿Por qué lo preguntas?»

«Nada, porque hay una fiesta a la que podemos ir.»

«¿No nos podemos quedar aquí, en casa, esa noche?»

«¿Para qué?»

«Pues para estar juntos, yo no quiero ir a ninguna fiesta. Podemos hacer una cena aquí. Beber un poco de champagne, ducharnos...»

«Pero a mí me apetece esa fiesta. Las otras cosas podemos hacerlas cualquier día.»

«Sí.»

Roberto tuvo, de pronto, veintiún años. Cómo no iba a querer ir a una fiesta de fin de año un chico de veintiún años. Si olvidaba a veces su edad era porque le parecía mayor, porque entrecerraba los ojos con una lentitud de persona adulta, y callaba como una persona adulta, y escuchaba. Pero tenía veintiún años. Se había hecho, de nuevo, evidente, y cuando se hacía evidente a él le daba la sensación de estar corrompiéndole, de que si tantas veces tenía miedo de mostrar a los demás aquella relación era, en el fondo, porque hasta él mismo se avergonzaba de ella. Pero no se avergonzaba de ella, era sólo que tenía miedo. Miedo a dejar de quererle, a que dejaran de quererle. Roberto estaba inclinado sobre sus pies. Le caía el flequillo sobre los ojos y tenía en los labios la contracción propia de quien se dedica a algo a conciencia y mantiene un gesto ridículo sin percatarse. Ahora estaba feo. Ahora no era más que un niño que trabajaba en un bar y en una lavandería, y que no entendía nada, porque Roberto no le entendía, cómo iba a entenderle un chico de veintiún años. Intentó recordarse a sí mismo con esa edad pero apenas tuvo varias imágenes fugaces de Marta, de un amigo que le gustaba cuando estudiaba en la universidad y con el que iba a beber cervezas de vez en cuando, de su madre. Roberto había puesto el disco de Chopin. Siempre, desde que le dijo que le gustaba, ponía aquel disco. Y ahora le estaba cansando Chopin, lo mismo que le estaba cansando el gesto de Roberto, su obstinación con aquella estúpida fiesta, e incluso el hecho de que no le hubiera importado su viaje a Barcelona. Y es que ¿no había, en aquella falta de preocupación por su viaje, un rescoldo de indiferencia? Si no le importaba que viajara a Barcelona era, en el fondo, porque aquel chico no tenía tanto interés en él como había pensado.

«Ya está. ¿Te gusta?»

Las uñas de los dedos de sus pies le miraban de color amarillo, y azul, y rojo.

«Ahora hay que soplar, así, para que se sequen bien».

Roberto sonreía mientras soplaba y él sintió un súbito movimiento de rabia. Pero no era rabia, era dolor. Tampoco era dolor. Le alzó la cabeza y le besó con violencia. A Roberto, aunque siguió el juego al principio, se le notaba un poco confuso con aquella reacción. Comenzó a desnudarle deprisa y, tras aquel movimiento de duda por parte de Roberto, él también pareció plegarse al juego de hacerlo allí mismo, en el sofá, sin ninguna razón aparente. Era distinto. Ya sin ninguna duda posible. Le bajó los pantalones y se la chupó. Pero no como siempre, no deteniéndose, ni sintiéndose reconocido como se había sentido reconocido las otras noches. Estaba, simplemente, chupándole la polla a Roberto, y el hecho de descubrirlo le hizo sentirse momentáneamente cómodo porque sí sabía lo que era aquello. El sexo era sencillo, lo que le atormentaba era lo que había detrás del sexo, por eso se sintió cómodo. Chupársela a Roberto era un acto simple y sin consecuencias siempre que se terminara allí, era lo otro lo que le hacía sufrir, lo otro: Chopin detenido en la misma melodía, el perro en la otra habitación, la vida que no conocía de Roberto. Le dejaría, sí, antes o después terminaría cansándose, llegaría cualquier tarde e inventaría una excusa absurda para dejarle y él tendría que volver igual al banco, como si no hubiese pasado nada, como si nunca hubiese pasado nada. Por eso era mejor así, cada vez más fuerte, sacudiéndole como a una marioneta hinchable.

Estaba tan preocupado en pensar aquello que ni siquiera se había dado cuenta de que Roberto había dejado de acompañarle en el juego. Desde hacía ya tiempo no le acariciaba y, cuando comprobó que él también se detenía un poco, le alzó la cabeza. Estaba de rodillas frente a él y Roberto le miraba con algo que parecía compasión desde una altura imposible.

«¿Qué te pasa?», le preguntó.

No había tono de recriminación en su voz sino de lástima, de algo que, como la lástima, era lento y difícil.

«¿No te das cuenta de que soy un viejo?»

«Vamos, tú no eres un viejo, sólo tienes cincuenta años.»

«Tengo cincuenta y seis años.»

Hubo un largo silencio, como si aquellos seis años, no la mentira, hubiesen abierto una brecha imposible de salvar, como si en verdad cincuenta y seis años fuera la máxima expresión de la vejez.

«Dentro de veinte años –continuó él–, cuando tú seas un guapísimo señor de cuarenta, un hombre maduro y fuerte, a mí tendrán que ayudarme a comer y a vestirme porque ni siquiera podré hacerlo solo. ¿Lo habías pensado?»

«No.»

«Pues así será.»

«Yo te ayudaré a vestirte y a comer –replicó, después de un pequeño silencio, Roberto, y él no pudo evitar sonreír–, No, no hagas eso, no te sonrías así. No me hagas sentirme mal.»

«No te quiero hacer sentirme mal, sino decirte lo que acabará ocurriendo.»

«Pero tú me quieres, ¿verdad?», preguntó.

«Claro.»

El viaje a Barcelona fue un continuo rememorar aquella conversación. ¿Por qué había respondido «claro» cuando Roberto le preguntó si le quería? ¿Por qué no había dicho sencillamente «sí», o «te quiero»? Al desagrado de tener que estar alejado de Roberto se unió el del tedio de las reuniones. Casi no salía del hotel por temor a que le llamara y no pudiera cogerlo enseguida. Si no lo hacía Roberto durante la tarde, desde el bar, le llamaba él por la noche. Para Roberto la conversación perfecta era aquella en la que repetía hasta el cansancio lo mucho que le quería y lo mucho que le echaba de menos. Él solía preguntarle cómo iba vestido. Roberto besaba el auricular del teléfono.

«Ayer soñé que estabas aquí, conmigo, y que no teníamos que ir a ninguna parte, y que te pintaba las uñas.»

«Pero si todavía las tengo pintadas...»

«Ya.»

No es que no fuera cierto que le echaba de menos, pero sí comprendía que lo hacía de una forma distinta. Desde la conversación en la que le dijo su verdadera edad, desde el gesto de sorpresa y la pregunta del «te quiero», unas veces tenía el pensamiento de que aquella relación iba a tener un final inminente y aquello parecía lógico, casi aceptable, otras, especialmente por la noche, el mundo volvía a convertirse en una maquinaria complejísima en la que sería imposible sobrevivir sin su ayuda.

En la madrugada del tercer día le despertó el teléfono. Era Roberto. Llamaba desde una cabina. Tenía la voz entrecortada y a él le pareció que se estaba reteniendo para no llorar. Un grupo de chicos le había esperado a la salida del bar. Conocía a uno de ellos de vista. Cuando salió le escupieron y le llamaron marica. Él procuró no detenerse pero la escena se prolongó todavía algún tiempo; el que tardó en llegar a una avenida más grande. Los chicos se fueron cuando vieron el coche de la policía y Roberto se quedó allí, detenido y patético como un árbol sin hojas, se quitó el abrigo y se limpió con rabia los salivazos de la cara y del pelo. Él, que no era violento, lo contaba con violencia, con rabia, sólo para sobrevivir.

«¿Pero te han pegado?»

«No, eso habría sido más soportable, me querían humillar y lo han conseguido.»

«No, no lo han conseguido.»

Hubo un largo silencio en el que pudo escuchar el acelerar de un autobús, el sonido de un claxon.

«Los muy hijos de puta», dijo algo que parecía la voz de Roberto.

«Me gustaría estar allí para abrazarte.»

«A mí me gustaría que estuvieras aquí para que me abrazaras.»

«Roberto.»

«Qué.»

«Te quiero.»

Había dicho aquellas palabras sin reflexionar, como resultado de una progresión lógica, necesaria, pero en cuanto terminó de pronunciarlas sintió miedo. Roberto no contestó y su silencio hizo palpable su solemnidad. Él repasó con la mirada los objetos de la habitación; las toallas tiradas sobre el sofá, el televisor, el mueble-bar, la noche empujando contra los cristales.

«¿De verdad?»

«Sí.»

Otra vez las toallas, el televisor, la noche, otra vez el miedo.

«Yo te quiero también.»

El día que sucedió a aquél, que era el último de su viaje, no volvieron a repetirse aquellas palabras, aunque hablaron por teléfono. El silencio de Roberto al final de la conversación esperó su repetición sin demasiada insistencia aunque con la suficiente como para hacer palpable su necesidad de ellas. Por su parte, él sentía como si aquellas palabras, su recuerdo de ellas, hubiesen horadado un muro de un golpe que ya sería imposible recomponer y si sentía tanto miedo cuando aterrizó el avión en Madrid era porque reconocía que ahora, y ya definitivamente, era vulnerable.

Roberto estaba esperándole en su apartamento. Había pedido la tarde libre para darle la sorpresa, y aseguraba que no había sido nada fácil, porque era día 31 de diciembre y en el local donde trabajaba estaban preparando una fiesta para aquella noche. Cuando le abrazó sintió con cierta novedad el cuerpo de Roberto, sus brazos, su pelo. Su boca sabía a tabaco y a chicle de menta y parecía, también, distinta, más gruesa.

«Qué guapo estás.»

«Gracias.»

Se había peinado y llevaba una camisa nueva, recién planchada, y unos zapatos.

«Quería estar guapo para cuando llegaras.»

Realmente Roberto tuvo una belleza esplendorosa aquella tarde. Hablaron de todo menos del desagradable suceso de la pandilla de adolescentes y cada vez que comentaba algo divertido él se sentía envuelto en su risa, formando parte de ella, al mismo tiempo que contemplaba hasta qué punto su vida había sido vivida también por Roberto, desde lejos. Recordaba hasta el más mínimo detalle del anecdotario de las reuniones que le había ido haciendo durante las llamadas, los nombres de las personas y hasta las bromas como si las hubiera vivido él.

Se amaron despacio aquella noche y bebieron coñac desnudos sobre la cama deshecha. Su cuerpo olía a sudor y a agua de colonia. Comprobó que Roberto había limpiado el apartamento y había puesto un ramo de margaritas junto al espejo y otro de girasoles en el cuarto de baño.

«¿Y las flores?»

«¡Vaya, por fin! ¡Pensaba que nunca te ibas a dar cuenta! –Él sonrió con aquel estallido de indignación contenida–. Las compré ayer, en el mercado. Me encantan las margaritas y los girasoles... ¿Tú has visto los girasoles de Van Gogh? ¿No son impresionantes?»

De nuevo, el niño. Lo había traído Van Gogh y se lo había dejado sobre las sábanas, haciendo remolinos en el aire para imitar la noche estrellada. No es que no le gustara Van Gogh, pero le guardaba el indulgente cariño de una pasión juvenil, tosca e impresionable. Y ahí estaba Roberto, inmerso hasta los tuétanos en aquella alabanza de colores fuertes y trazos apasionados, como no podía ser de otra forma, alejándose otra vez de él. ¿Cómo iba a presentarse ante nadie con aquel niño? ¿A qué estaba jugando? Dejó que se agotara aquella conversación previsible de orejas cortadas, de histerismos y cuando acabó, Roberto volvió a convertirse en la criatura con la que había soñado aquellos cinco días tan largos. Volvió a envidiar su juventud, su agilidad cuando le vio saltar de la cama e ir desnudo hacia el baño. También él había sido como Roberto.

«Bueno, dentro de poco nos vamos a tener que cambiar», dijo al volver, deteniéndose en la puerta de la habitación.

«Cambiar para qué.»

«Para la fiesta, ¿no te acuerdas de que te hablé de una fiesta para esta noche?»

«Yo no quiero ir a ninguna fiesta, yo lo que quiero es que nos quedemos aquí.»

«¿Pero no te acuerdas de que lo hablamos? Además ya te he comprado la entrada...»

«Y a ver, la fiesta esa cómo es.»

No quería ir, por eso todo lo que dijo Roberto sobre el local, los amigos que le estaban esperando, la barra libre le parecieron, más que alicientes, razones que apoyaban su deseo de no salir. ¿Qué iba a hacer él entre todos aquellos chicos? ¿No iba a parecer ridículo? ¿No iban a reírse de él? Siempre había sentido un desprecio casi visceral por aquellas personas adultas que se aferraban a una adolescencia absurda y vestían como jóvenes, o iban a bares de jóvenes, o bromeaban como ellos, y aquel desprecio, que había sentido desde sus años universitarios y que en muchas ocasiones le había impulsado a vestirse y actuar como si tuviera más edad, le imposibilitaba ahora incluso plantearse la posibilidad de acompañar a Roberto.

«Pero quién va a esa fiesta, vamos a ver, que yo conozca.»

«Nadie, pero son chicos muy majos.»

«¿No ves que ése es el problema, que son *chicos* muy majos?»

«Yo también soy un *chico*», respondió Roberto imitando el acento despreciativo que le había dado a aquella palabra.

«Contigo es diferente.»

«A ver, por qué.»

No quería tener aquella conversación y sin embargo comprendía que Roberto le estaba llevando, quizá sin quererlo, al fondo del callejón de su miedo.

«Contigo es diferente porque en realidad eres mayor.»

«Yo no soy mayor, ni más maduro que ninguno de ellos, y además son mis amigos y les quiero mucho.»

«No estoy diciendo que no les quieras, ni que no sean buenos chicos, seguro que lo son...»

«¿Pero...?»

«No sé, Roberto.»

«Mira, yo lo único que sé es que desde que has llegado de Barcelona estás raro conmigo. No sabes lo que me ha costado que me dieran la tarde libre y no me lo agradeces nada, te pongo flores y ni siquiera te das cuenta...»

Hubo un silencio en el que Roberto pareció esperar su aprobación, pero él no se la dio. Aunque la reconocía justa, se le quedó mirando en silencio, suplicando interiormente que no siguiera por aquel camino.

«Además las entradas me han costado ocho mil cada una», terminó Roberto, casi en voz baja.

«Si lo que te preocupa es eso puedes cogerlas de mi cartera.»

«Pero qué imbécil eres.»

Roberto comenzó a vestirse, sin mirarle, apresuradamente.

«¿Qué vas a hacer?»

«Me voy.»

«Pues no vuelvas, ¿me oyes? Si te vas, mejor no vuelvas.»

«Desde luego eres gilipollas.»

«Sí, ¿verdad?»

¿Por qué estaba haciendo aquello? ¿Por qué se quedaba quieto viéndole vestirse, con aquel estúpido gesto de suficiencia, como si no le importara que se fuera? ¿Qué iba a hacer ahora? Roberto se puso los zapatos y salió de la habitación. Le oyó ponerse el abrigo en la entrada. Dio un portazo al salir. Él miró la cama deshecha, la copa en la que había bebido Roberto, el cenicero con los restos de cigarrillos, las flores.

«No te vayas», dijo.

Transcurrió un segundo, y después otro, y otro, y en cada segundo un espacio de nada acumulándose, haciéndose un minuto, y treinta, y una hora en la que el cielo adquirió una oscuridad plomiza, sin rostros pero llena de voces que se llamaban por la calle, que reían yendo hacia alguna fiesta en la que quizá estaría Roberto. Las doce fueron sólo un minuto más en el que se oyó la algarabía de un grupo de chicos al que el año nuevo había sorprendido bajo su ventana. Después sonó el teléfono y él sintió que se le congelaba la sangre. Tropezó con un mueble al correr hacia el cuarto de estar. Era Marta. Que feliz año nuevo, que si quería pasarse más tarde por allí, estaba Ramón y los niños todavía no se habían acostado. No, no quería, le dolía mucho la cabeza. Desde el avión, desde el avión le dolía horriblemente la cabeza. Colgó. Pensó en Roberto, pero ahora como si nunca le hubiese pertenecido, y tuvo miedo, otra vez, a dejar de quererle, a que dejaran de quererle. Se vistió deprisa, sin saber demasiado qué era lo que quería hacer, y salió a la calle. Recordaba que alguna vez le había comentado Roberto que por la noche le gustaba salir por los bares del barrio de Chueca y se dirigió hacia allí. Había demasiada gente y todos gritaban. La molesta presencia de la felicidad le rechazaba como a un cuerpo extraño y él se sintió, de pronto, envejecido entre todos aquellos adolescentes borrachos.

«¡Feliz año! –gritó un chico a su lado, mirándole–. ¡Y anímese un poco, hombre, que es año nuevo!»

No estaba Roberto. O, mejor dicho, estaba en todas partes. Una espalda, un abrigo parecido, una voz. Cada vez que creía verle se le aceleraba el pulso. Le diría que lo sentía mucho, que se había comportado como un imbécil, que tenía toda la razón, no era que se avergonzara de él, ni de sus amigos, era sólo que tenía miedo, ¿podría comprenderlo? Claro que podría comprenderlo, iría a aquella maldita fiesta, se emborracharían los dos, y volverían a casa juntos. No lo volvería a hacer, ya vería como no lo volvía a hacer.

Roberto no apareció. En su lugar, la noche adquirió una frialdad gélida, cortante. Todos los coches hacían sonar el claxon en un júbilo contagiado casi artificialmente. Un chico vomitaba a la salida de un bar. Él volvió a casa despacio, cargando el insoportable peso del amor.

Le llamó tres veces a la mañana siguiente pero siempre saltaba el contestador automático. A la cuarta –eran casi las dos– respondió la voz cansada de Roberto.

«Roberto...»

«Hola».

«Roberto, lo siento muchísimo, ayer me comporté como un imbécil.»

«Sí.»

Su voz sonaba cansada, o decepcionada, o triste.

«¿Quieres venir a comer a mi casa? He comprado champagne, y cordero. Podemos hacer cordero.»

«Voy a ir a comer a casa, con mis hermanas.»

«Puedes venir después.»

«Vale.»

«¿Vendrás?»

«Sí.»

«¿A qué hora?»

«No sé, a las ocho.»

«A las ocho, ¿No puedes antes?»

«No.»

«Está bien, a las ocho, un beso muy fuerte.»

«Adiós.»

A las ocho no vino Roberto. Ni a las ocho y media. Ni a las nueve. A las nueve y quince oyó subir el ascensor, pero había tenido ya tantas falsas alarmas que no se entusiasmó hasta que comprobó que se detenía en su piso y, cuando lo hizo, no supo qué hacer, no supo si correr hasta la puerta o quedarse en el sofá, como siempre. Roberto abrió con sus llaves y él se levantó. Se acercó hasta él. El ceño fruncido le daba una fealdad extraña a Roberto, como de niño en plena pataleta.

«Perdóname», le dijo.

«Eres un imbécil.»

«Ya lo sé, pero ¿me perdonas?»

«Bueno.»

Se besaron. En dos horas las reticencias de Roberto parecían haberse esfumado completamente y estaban desnudándose en el dormitorio. Roberto le preguntó qué hizo la noche anterior y él confesó que había salido a buscarle. Aquello le gustó a Roberto y quiso saber cada detalle.

«Imposible que me encontraras porque no estaba en Chueca, estaba en Sol.»

«¿Te divertiste?»

«No, todo el mundo me decía que qué me pasaba, que por qué no bailaba ni nada.»

«¿No bailaste?»

«No tenía con quién bailar.»

«Seguro que había allí miles de chicos muriéndose por bailar contigo.»

«Chicos los había, pero yo no quería bailar con ellos.»

Los labios de Roberto, pintados, tenían un grosor carnoso que le daba a su rostro completo un carácter casi de ficción y él volvió a sentirse rendido en su imagen, como si no terminara de creer que aquel chico le quisiera.

Tenía fiesta aquel día, y mañana, y los dos siguientes. Como su viaje a Barcelona le había quitado un día de vacaciones se lo restituyeron después. La alegría de la noche de la reconciliación resultó ser, en parte, ficticia. No tardó en volver a sentir miedo, celos, ansiedad. A veces, incluso llegaba a pensar que habría sido mejor no conocer a Roberto. Estaba cansado de vivir en permanente agitación y una parte lejana de él añoraba la paz de los años de la resignación en los que la felicidad era simple y sin consecuencias como una copa de coñac Napoleon en el aturdimiento de después de comer, los cigarrillos caros, la cena de vez en cuando en el restaurante de lujo.

Sentía que le conmovía el amor de Roberto y, sin embargo, desde aquella noche de la discusión le parecía que algo se había quebrado; no era el hecho mismo de la discusión (al que le daba ya poca importancia), sino las consecuencias que había tenido. De la misma forma que a veces un cuerpo hermoso se agota en su puro mostrarse, el silencio de Roberto, como todo lo pacífico, podía llegar a convertirse en algo infernalmente aburrido. Sin embargo bajo aquel «no» había una pasión por el «sí» que se rompía cada vez que comprobaba la inalterable necesidad de Roberto de ser un animal que ama. Dentro de su previsible forma de querer –no había nada tan previsible como su bondad–, la juventud le vencía a veces al hecho simple de tener un cuerpo, a la voluptuosidad de una mirada, y se hacía entonces, de nuevo, indescifrable.

Una de aquellas tardes Roberto llamó a uno de sus compañeros de trabajo de la lavandería y estuvieron hablando durante unos quince minutos. De hecho había ido a llamar porque no le prestó mucha atención cuando se sentó junto a él en el sofá. En aquel momento estaba viendo las noticias y, aunque no le estaban interesando demasiado, sintió la llegada de Roberto como una molestia. Al sentirse rechazado, Roberto se había ido, sin ningún rencor, a llamar, y cuando lo hizo, él no pudo evitar dejar de mirarle. Preguntó por un tal Marcos y él comprobó que había, por el tono de la conversación, una complicidad antigua, bromas que él no podía entender y que, sin embargo, a Roberto le arrancaban unas carcajadas limpias, despreocupadas. La incomodidad que sintió viendo reír a Roberto era demasiado compleja como para haberla calificado de «celos». Aquélla fue la primera vez que se hizo consciente de que había un largo espacio en la vida de aquel chico de veintiún años en el que él nunca tomaría parte, y en el que de pronto sintió la necesidad de entrar. ¿Cuándo se había reído Roberto de aquella forma con él? ¿Y por qué no lo había hecho? La criatura que hablaba por teléfono (las piernas cruzadas, el cigarrillo jugando entre las cenizas) ¿era o no era Roberto? Y si era el verdadero Roberto, ¿por qué tenía la impresión de no conocerle? Se vio, en unos segundos, atemorizado por la idea de que Roberto se hubiera cansado de él. Todo cuadró como un perfecto silogismo necesario; Roberto nunca le había querido, sino admirado primero y después compadecido, por eso su amor duraría lo que durara su admiración o su compasión, nunca conseguiría tener a aquel chiquillo que reía despreocupadamente con los pies descalzos y las uñas pintadas porque no era su igual. Lo que ocurrió entonces fue algo más lejano que el desprecio a uno mismo; el deseo de parecerse a otro, de ser otro, lo que ocurrió es que deseó ser aquel chico que hablaba con Roberto, tener veinte años, trabajar en una lavandería, tener que ahorrar hasta para una noche en el teatro, y para cigarrillos, hacer reír a Roberto de aquella forma.

«¿Quién era ese Marcos?»

«Oh, un amigo. Trabaja conmigo en la lavandería, ¿por qué?»

«No, por nada.»

Él intentó fingir indiferencia sin dejar de mirar la televisión pero Roberto se rió de pronto.

«¿Estás celoso de Marcos?»

«¿Yo?»

«¡Estás celoso de Marcos!», gritó Roberto, muy divertido con el descubrimiento, casi orgulloso de haber provocado celos. Él se sintió estúpido por haber iniciado aquella conversación y deseó que terminara lo antes posible, pero no deseó menos que Roberto lo desmintiera pronto, que le dijera que Marcos era horriblemente feo. Aquella sensación le incomodaba porque comprendía el casi infantilismo de su preocupación.

«¡Estás celoso de Marcos!», repitió Roberto poniéndose frente a él para mirarle a los ojos, sin dejar de reír.

«Quita.»

«¡Estás celoso de Marcos!», repitió otra vez poniéndole las manos sobre las piernas, haciendo imposible que no le mirara de frente. Él le empujó y se levantó de un salto.

«Bueno, ¿qué pasa? ¿Qué pasa si estoy celoso, maldito imbécil?»

Roberto dejó de reír inmediatamente y abrió mucho los ojos. Los enormes ojos marrones de Roberto, mirándole.

«Oye...», dijo.

«No entiendes nada», contestó él marchándose, pero cuando salió del cuarto de estar no supo qué hacer y se dirigió a la habitación.

«Oye...», dijo Roberto entrando con un punto de tristeza en la voz. Él no se volvió para mirarle; habría sido demasiado fácil, demasiado previsible.

«Qué.»

Sintió que le abrazaba por la espalda.

«Marcos es sólo un chico que trabaja conmigo, no me gusta en absoluto y tiene novia desde hace tres años. ¿Por qué te pones así?»

«¿Me pongo cómo?»

«Por favor, eres un poco desesperante tú», dijo Roberto dejando de abrazarle y volviéndose al cuarto de estar. Oyó cómo apagaba la televisión y ponía el disco de Chopin, algo que duró sólo unos segundos porque enseguida lo quitó también, para cambiarlo por aquel disco de música moderna que compró una vez para él, y que desde la habitación entendió como una ya definitiva claudicación a agradarle por parte de Roberto. Ya era joven, insultantemente joven, y no dejaría de serlo. Lo decía aquella elección. Era lo que había temido desde que empezara su relación con él; se había cansado de aguantarle, se asfixiaba, por eso no se sorprendió cuando, al volver del cuarto, Roberto le dijo que necesitaba un descanso, unos días sólo, que quería pensar.

«Pensar en qué.»

«Pues en lo nuestro, en qué va a ser si no», dijo.

Esa noche no le importó que Roberto se marchara, pero a la mañana siguiente tuvo que retenerse varias veces para no marcar su número. Le había dicho que le diera cuatro días, que no le llamara, y aunque el cansancio de aquel momento le hizo pensar que no le supondría demasiado esfuerzo, lo cierto es que ni siquiera había transcurrido un día y ya le estaba costando un infierno.

A la excitación y la ansiedad del primer día siguió la desesperación del segundo. La noche anterior se había acostado repitiéndose para tranquilizarse que Roberto llamaría al día siguiente y a las cinco de la tarde estaba tan nervioso que ni siquiera había podido comer. Bajó a pasear al perro, a quien las desatenciones de las últimas semanas habían vuelto algo más huraño que de costumbre. Roberto había dicho «pensar en lo nuestro». Qué expresión tan imbécil. Lo nuestro. Parecía copiada de una teleserie para adolescentes. «Pensar en lo

nuestro», había dicho Roberto, como si estuviera en una se
rie idiota de esas que, seguro, vería a diario al llegar a casa
como cualquier chico de veintiún años. Podría ser su padre
Lo había pensado muchas veces, pero en aquel momento
aquella reflexión rozó los límites de lo grotesco. Podría ser e
padre de Roberto. Aquella vez no se sintió culpable, sino en
gañado; no había habido, desde el principio, ninguna razón
de peso por la que Roberto pudiera quejarse de su trato. Le
había invitado siempre a todo sin escatimar gastos; los vino
más caros, la mejor carne, cigarrillos. ¿De qué podía quejarse
aquel chico? ¿De que no hubiera ido a su fiesta? ¿Acaso no
había sido, en realidad, culpa de Roberto? Desde el prime
momento le había dicho que no le apetecía y, trasladando
los papeles, él nunca pensaba que hubiera insistido en algo
por lo que Roberto hubiese mostrado firme y rápido de
sagrado. Lo había hecho, en realidad, para probarle.

Había algo en aquellos pensamientos que, sin embargo
no cuadraba. Aceptarlos hubiera sido aceptar la astucia de
chico, su malicia, algo que, por otra parte, también le resul
taba difícil de aceptar. Llegó de noche a casa, después del pa
seo al perro más largo que podía recordar, y con un hambre
carnívora. Frió unos filetes y los engulló casi con rabia, luego
se fue a la cama. No podía dormir. Fumó tres cigarrillos se
guidos. Vomitó.

Al amanecer del tercer día se sentía exhausto, pero a
mismo tiempo tenía la sensación de que no podía soportar la
idea de estar en casa. Todo le recordaba a Roberto. Llamó a
Marta y le preguntó si podía acercarse a comer.

«Claro... ¿Estás bien?»

«Sí, es sólo que me apetece veros, ¿tan extraño parece?»

«No, qué va, ven, ven cuando quieras.»

En las horas que transcurrieron hasta las tres comenzó a
crecer en él un extraño afán de destrucción. Recordaba los
años pasados casi con nostalgia, pero no porque prefiriera la

soledad, nadie en su sano juicio podía preferir la soledad, sino porque en la soledad por lo menos sabía a qué atenerse. La reflexión sobre su estado le producía ya una mezcla entre desagrado y rabia. Y la imagen de Roberto comenzó a adquirir cierto tinte de peligrosidad, de amenaza. Tenía miedo, ya no de que dejara de quererle Roberto, sino del mismo Roberto.

Marta estaba sola en casa. Ramón estaba trabajando y los niños no volvían de clase hasta las seis.

«¿De verdad estás bien?»

«¿Por qué lo preguntas tanto?», respondió él, casi molesto.

«Pues, la verdad, porque no es muy normal que vengas así, un día de semana, a comer.»

«Es que todavía estoy de vacaciones, y como no os pude ver en año nuevo...»

Marta, aunque mantuvo el gesto de extrañeza durante la comida y persistió en preguntas sobre su salud y su trabajo para encontrar una posible causa de la visita, acabó rindiéndose a la posibilidad de que su hermano la hubiese visitado sólo para charlar. Cuando ya estaban tomando el café Marta se golpeó la frente, como si hubiese olvidado algo imperdonable.

«¿Te acuerdas del tío Juan?»

«Sí. ¿Qué le pasa?»

«¿Que qué le pasa? ¡Que se va a casar!»

«¿Cuántos años tiene ahora?»

«Sesenta y tres. Pero espera que no sabes lo mejor. La agraciada es una chica de veintiocho. –Marta interpretó su silencio como el mismo síntoma de escándalo con que debió de recibir ella la noticia y eso pareció animarla–. Te has quedado como me quedé yo, de piedra.»

«¿Qué dice él?»

«¿Quién? ¿El tío Juan? El tío Juan lo que dice es que están muy enamorados, y la verdad, que lo esté el tío Juan todavía, pero que lo esté la chica esa..., a mí lo que me parece es que el tío Juan, aparte de dinero, lo que tiene es un calentón de mucho cuidado, eso es lo que tiene el tío Juan.»

«¿A ti te parece imposible que dos personas con mucha diferencia de edad se quieran?»

Marta hizo un gesto visceral de desagrado con los labios como respuesta, pero como él no contestó a aquello, ella pareció sentirse en la obligación de explicarse mejor.

«A mí que el mayor se enamore de la joven no es que me parezca mal, porque normal es, no nos vamos a engañar, normal es que una se enamore, por ejemplo, de un chaval, pero no se enamore, se enamorisque, tú me entiendes, pero que una chica joven se le lance a los brazos a un viejo, eso es feo, como antinatural, no sé, tú sólo piensa en la chiquilla dentro de diez años, va a parecer la nieta sacando a pasear a su abuelo.»

La comida con Marta y especialmente la anécdota sobre su tío le dieron una extraña paz que confirmaba la imposibilidad de su relación con Roberto, y desde aquel momento sintió que le invadía una frialdad que analizaba su relación con él como algo no desagradable, pero sí casi inmoral, sucio, en lo que había tropezado como consecuencia de tantos años de soledad.

Al día siguiente llamó Roberto y él le dijo que le esperaba, que fuera a su casa. Cuando le vio entrar comprobó en él los mismos síntomas de la preocupación; las ojeras, el tono cansado de la voz, la tristeza contenida.

«Hola», dijo Roberto.

Había perdido su gracia; ahora era sólo un chico vencido al que miraba desde la altura de sus cincuenta y seis años, casi con condescendencia.

«Bueno. ¿Has pensado sobre *lo nuestro*, o no?»

Roberto parecía tan triste que no se percató del tono irónico de aquellas palabras.

«En realidad vengo a que me ayudes un poco, a que me digas tú lo que tengo que hacer. Lo he estado pensando mucho pero...»

«Quieres dejarme, eso es lo que quieres, lo que pasa es que no sabes cómo hacerlo porque te doy lástima. Pero ¿sabes una cosa? Yo no quiero dar lástima a nadie, así que no tienes por qué preocuparte. No te pongo ya, ¿no es eso? ¿No lo decís así ahora? No te pongo, antes te ponía, yo qué sé, por el morbo quizá, pero ahora te aburres conmigo, no lo reconocerás, claro, pero es así. No te digo que no me tengas un poco de cariño, supongo que o mientes muy bien o un poco de cariño me tendrás, pero no me basta, y si te digo que no me entiendes es porque no me entiendes, qué me vas a entender, para que me entendieras habrías tenido que pasar veinte años solo, sin nadie, los años, casi, que llevas tú vivo son los años que yo no he tenido a nadie, ¿lo habías pensado? Di, ¿lo habías pensado?»

«Sí, claro que lo he pensado –contestó–. ¿Por qué me hablas así?»

«Pues si lo has pensado –continuó él, intentando no perder el hilo de su argumentación–, te habrás dado cuenta de que no se puede llegar como has llegado tú y pedirme que me convierta en un chico de veintiún años porque no puede ser eso, Roberto, no se me puede pedir que me vaya a emborrachar a un bar como si me apeteciera porque no me apetece. Antes de que llegaras tú yo me había acostumbrado a un estilo de vida, tenía mis compensaciones, mis alegrías pequeñas, me bastaba, ahora me pasaré cinco años intentando olvidarte. ¿Y eso? ¿Lo habías pensado eso? No, ¿verdad? Y no me digas que necesitas otro descanso para venir dentro de una semana a decirme que me dejas. Coge esa puerta y no aparezcas más si no quieres, pero no me digas que necesitas otro descanso. Hala, ya te he hecho yo todo el trabajo. ¿Qué te parece?»

«Me parece que te lo dices tú todo, y que ni siquiera has pensado en mí», respondió Roberto, con la voz entrecortada.

«Demasiado, eso es lo que he pensado en ti; demasiado.»

«Parece como si me estuvieras pidiendo que te dejara», dijo.

«Te estoy pidiendo que me dejes porque en realidad eso es lo que quieres hacer, Roberto.»

«Me dices que te deje porque no te quiero, pero en realidad te voy a dejar porque me estoy dando cuenta de que eres tú el que no me quiere.»

Él no contestó. Le llegó la respuesta como una bofetada. Toda la sensación de coherencia argumental, discursiva, que había creído mantener durante su larga perorata se vino abajo con aquellas pocas palabras de Roberto. Sacó el juego de llaves del apartamento y las dejó sobre la mesilla de la entrada. Luego se puso el abrigo.

«Me parece también que eres un hombre triste», dijo mientras se volvía y cerraba la puerta tras de sí con lentitud, sin el portazo que él había esperado.

Ladró el perro. Se oyó el segundero del reloj del cuarto de estar al tiempo que el ascensor subía hasta su piso, y se abría la puerta, y entraba, en él, Roberto. Se asomó a la ventana y le vio salir, detenerse, coger un autobús. En la calle estaba el invierno en los huesos.

MARATÓN

Le gustaba correr como le gusta a un niño mirar el cielo; absurdamente, sin posibilidad de descanso. Siempre le había gustado y no concebía que algún día pudiera dejar de hacerlo, igual que no concebía que nadie pudiera dejar de ser hermano de quien es, o cambiar de madre. Correr era además el acto más íntimo, un espacio en el que ni siquiera entraba Diana, ni ninguno de los viejos amigos de la facultad, y que sin embargo pertenecía al pequeño número de cosas imprescindibles. Dos días, tres si era posible, a la semana, repetía el lento ritual de las zapatillas, la camiseta, con la seguridad con que un amante antiguo arranca el placer del otro en el momento exacto y sin esfuerzo. Desde hacía tres meses, los justos después de la boda, se añadía además otro aliciente, el de que el parque que ahora estaba más cerca de su casa era mucho más grande y permitía mayor variedad de recorridos. Lo descubrió al principio con la ansiedad con que un niño estrena un regalo demasiado anhelado, pero reteniéndose, como si a la vez persistiera en alargar el placer de aquel encuentro, saboreándolo hasta la extenuación.

Diana no entendía aquello, o si lo entendía no lo soportaba ahora que estaban casados. La primera semana de matrimonio había insistido varias veces en que le dejara acom-

191

pañarle a correr, y aunque él probó con todo tipo de excusas (se cansaría, no le gustaría nada, no dejaría de quejarse), hubo una tarde en que fue imposible no ceder. Fue, desde el principio, como si se resistiera a que Diana entrara en aquel espacio, como si quisiera reservarlo exclusivamente para él. La llevó a conciencia por el recorrido más duro y no hizo nada por amoldarse a su ritmo. A los diez minutos ella le pidió por favor que fuera más despacio. A los quince desistió y se fue a casa. Aunque no dejó de agradarle su esfuerzo (era patente, y por tanto halagador, que Diana había llegado hasta el límite de sus fuerzas por acompañarle), le molestó su debilidad, su poca resistencia. Además, ¿por qué se empeñaba Diana, ahora que estaban casados, en hacer juntos cosas que jamás se había planteado durante los ocho años que duró el noviazgo? Aquel día apoyó la que fue su resolución de no casarse, y le hizo incluso arrepentirse de haberlo hecho, de haber cedido a las consideraciones de la familia de Diana.

«Lo has hecho a propósito», le dijo cuando volvió aquella tarde, una hora después.

«El qué.»

«Lo de intentar cansarme, lo has hecho a propósito.»

«No», mintió. Estaba ridícula Diana, y fea también, quizá como nunca lo había estado hasta entonces. Aunque se había duchado y llevaba un buen rato en casa descansando, el esfuerzo todavía le coloreaba las mejillas. Le parecieron demasiado pequeños sus pechos, o demasiado insustanciales, algo de la que había sido siempre Diana se presentaba ahora frente a él no como desagradable sino insulso, absolutamente falto de atractivo. El hecho de que fueran precisamente los pechos el lugar en el que ahora se concentraba su asco le dejó confuso, porque con frecuencia le habían parecido una de las partes más acogedoramente tiernas del cuerpo de Diana.

«Te conozco, te conozco demasiado bien –insistió ella–, lo has hecho para cansarme, al menos ten el valor de reconocerlo.»

«No ha sido así, piensa lo que te dé la gana.»

Fue al baño para ducharse y echó el cerrojo. Nunca había echado el cerrojo a una puerta de baño con Diana y si lo hizo entonces fue sólo porque le pareció molesto que entrara mientras él se aseaba. Aunque tampoco lo intentó ella en esa ocasión, se sintió más seguro de aquella forma, y contento, a la vez, de haber dejado claro que el espacio de sus carreras era perfectamente íntimo. No tenía por qué ser un problema –pensó–, ni siquiera tenía razón para molestarse; todas las parejas, por muy felices que fueran, se reservaban el uno del otro un lugar de respiro, y aceptarlo no era reconocer una insuficiencia, sino una realidad. Se lo dijo después, en aquel mismo tono en que lo había pensado mientras se duchaba, y le pareció al principio, por el gesto con que le escuchó Diana, que en el fondo le entendía y le daba la razón. No se quedó con él, sin embargo, a ver la película que ponían aquella noche en la televisión. Dijo que le dolía mucho la cabeza, que prefería acostarse.

Traducciones. Hacía traducciones. No como él, no un trabajo activo como él en el despacho de abogados, sección de testamentarías, sino traducciones. Y si por lo menos hubiera sido de textos literarios, de relatos o poemas, quizá habría podido salvar su vida del absurdo, pero lo que traducía Diana no solían ser más que manuales de maquinaria industrial, o instrucciones de aparatos de cocina, o indicaciones para montar tiendas de campaña. Cómo podía ser nadie feliz con aquello. Le parecía incluso extraño no haberlo pensado hasta ahora. Verla dormida al salir de casa, llamarla a medio día y comprobar que no se había levantado, encontrársela al llegar sentada frente al ordenador trabajando le empezaba a producir la sensación de que formaba parte del inmueble del apartamento, con su largo pelo negro, su descuido indumentario que ella justificaba con la comodidad, sus zapatillas de andar por casa, y aquel sentimiento se le quedaba estrangulado a veces en la garganta como algo parecido al tedio.

Hacía ocho años que se conocían, pero tal vez no se conocían. Le gustó de ella al principio su casi imperceptible desvalimiento, sus ojos. Se besaron a las dos semanas e hicieron el amor por primera vez un mes más tarde, en la habitación de un hostal que pagaron a medias y cuya oscuridad le pareció un poco triste cuando ella reconoció, después de que terminaran, que era virgen.

«No te lo dije para que no te asustaras, por eso, y también porque quería que fueras tú», dijo Diana, y él no supo si abrazarla o indignarse, si decirle que la quería o coger su ropa y echar a correr.

«Te quiero», dijo.

Fueron los tres primeros años como tantas parejas que terminaban sus estudios universitarios. Tenían un grupo de amigos compartido y fiestas a las que asistir. Todos los veranos hacían algún viaje a la playa (a ella le gustaba el sur) y en Navidad iban, quizá, a esquiar. Eran razonablemente felices, anónimamente felices, sin tragedias, sin aspavientos tampoco. A veces se besaban en el coche durante el semáforo en rojo y se cogían de la mano en las cenas. A veces les ponían como ejemplo de pareja perfecta.

El cuarto año Diana se fue a Inglaterra a dar clases de español. Él le dijo (habían discutido mucho los últimos meses) que probablemente lo dejarían entonces, que ni siquiera debía considerarlo algo trágico, ella probablemente conocería a alguien, él también conocería a alguien, pero continuaron llamándose. Él estuvo algunos meses con una chica llamada Marina que le recordaba a Diana en la forma de cortarse el pelo y a la que terminó dejando por puro aburrimiento. Diana escribía largas cartas en las que no decía absolutamente nada pero que, sin embargo, le devolvían el recuerdo de su presencia simple, la casi certeza de que aquella criatura vivía absolutamente entregada a su felicidad. Cuando regresó fue a buscarla al aeropuerto y se besaron como dos extraños.

«Te quiero», dijo Diana, y él pensó entonces que sería injusto pedirle más a la vida.

Los años que sucedieron a aquello le parecieron un lento, inevitable camino al matrimonio. Los veía ahora distintos, aunque sin olvidar lo valiosa que había sido en ellos la presencia de Diana. Por aquel entonces él había comenzado a trabajar en la sección de testamentarías del despacho de abogados y le costaba esfuerzo mantener el humor después de aquellas largas sesiones en las que, con más frecuencia de la que le hubiera gustado, tenía que evitar que los parientes del difunto se devoraran unos a otros. Era, salvo raras excepciones, como si la muerte sacara a relucir lo peor de la condición humana, como si la redujera a aquella salvaje repartición. Contarle aquellas historias a Diana le aliviaba hasta el punto de convertirla en necesaria para la subsistencia, porque, por mucho que lo hiciera, ella permanecía siempre en su mueca permanente de asombro, en su incredulidad, y aquella incredulidad, más que perdonarles a ellos, le salvaba a él, le hacía pertenecer a otro orden ajeno al que se veía obligado a vivir.

Se casaron dos meses después de que ella consiguiera su trabajo de traductora. A él siempre le habían dejado medio triste las bodas y la suya no fue una excepción.

«Esto no es más que una formalidad», le había dicho a Diana tres días antes de la ceremonia, pero lo cierto es que entonces le pesó el vestido de ella como una muerte blanca.

No era una formalidad, ni un teatro a cuya costa banquetear a gente más o menos querida, sino el puro, terrible y blanco elefante del amor desplomándose sin remedio en la conciencia en forma de vestido de boda, de hombre medio calvo que aseguraba representar a Dios, de la madre de Diana sonriendo para las fotografías, de «Esperamos que te dure porque es de buena marca», y otras bromas de las amigas de ella, todos borrachos a su costa («Quítate ya esas flores, Diana»), del monaguillo vestido de blanco, del sacerdote vestido de blanco, de la hermana de Diana con aquel horrible sombrero blanco, y en medio de todo aquello él fingiendo que no estaba nervioso. Le había pedido a Diana que se marcharan después de la tarta porque quedarse era claudicar, declararse vencido por el ritual de aquella felicidad forzada, decir que sí a su propia madre, que a veces no podía ocultar la tristeza que le iba a suponer vivir sola y se limpiaba rápido una lágrima para que no se le estropeara el rímel, decir que sí a los camareros, que llegaban ya con los puros y las cajetillas serigrafiadas con sus nombres previsibles, a la fotografía («Así, un poco más. Ahora coja a su mujer por la cintura»), a los invitados. Cuando llegaron al apartamento –apenas amueblado entonces– hicieron el amor de la manera menos mezquina y temerosa que pudieron y él creyó comprender por qué a veces Diana se quedaba paralizada al borde mismo de su desnudez: porque tenía miedo, porque le deslumbraba su responsabilidad, porque su propio cuerpo de mujer (como una carrera abierta de maratón en la que el camino se pierde en la distancia) era a veces un paisaje que daba miedo mirar.

Correr era la gran liberación. Lo fue aquellos días que siguieron a la boda más que nunca porque no era sólo escapar de la molestia que de pronto le producía la presencia de Diana, sino también de la que le producía su propia variabilidad de ánimo. Si le hubieran preguntado qué pensaba mientras corría no habría sabido qué responder. Más allá de los aspectos técnicos de su esfuerzo (la energía que debía reservar para los tramos más duros, cuándo era mejor hacer los sprints, si llegaba con fuerza suficiente a la barrera de los treinta kilómetros), el acto de correr se cerraba en su propia erótica de maquinaria en perfecto estado. Habría dicho, por ejemplo, que nadie que no corriera podría entender la satisfacción de aquel control sobre el cansancio, que había momentos en los que ni siquiera tenía la sensación de que su cuerpo le perteneciera de la forma en que las personas suelen sentir la pertenencia de su cuerpo (como algo que es tan ellos mismos que jamás serían capaces de separarse de él), sino que le parecía salirse, ser consciente de cada uno de sus músculos, controlarlos absolutamente pero desde fuera a la vez, como si sólo en el acto de correr su cuerpo dejara de ser suyo para poseerlo más enteramente.

Había además una vida en el parque que no le era ajena. Una vida que, silenciosamente, se establecía en forma de relaciones invisibles entre todos los corredores. Como una telaraña saltaba de unos ojos a otros en envidias, retos, proposiciones; medir al otro no era sólo contemplarle, era saber si se le había ganado o no sin necesidad de correr junto a él, adelantarle en el tramo más duro sin que se notara un ápice de esfuerzo en el rostro y esperarle quizá después para volver a repetir la hazaña, era comparar sus zapatillas, sus piernas, su sudor, y rendirse a aquella comparación sin hacerla nunca palpable, sin pronunciarla.

Al chico que solía llevar una camiseta verde quizá no le vio desde el primer día, pero cuando comenzó a seguirle tenía la sensación de que siempre había estado allí. Comprobó casi con placer que era la única persona que podría ganarle. Era más delgado y tenía una belleza áspera, asimétrica también en su forma de correr, levantaba demasiado los brazos en la zancada y parecía no percatarse nunca de su presencia. Era, más que un chico delgado y pelirrojo que corriera, un elemento del parque hecho visible, móvil, algo cuya vida no trascendía a la de los árboles, por eso cuando le conoció (trabajaba en la frutería que quedaba junto a su casa) todavía tardó un poco en reconocerle.

«Tú corres –le dijo el chico mientras le preparaba el manojo de espárragos que le había pedido–, te he visto muchas veces, en el parque.»

Le produjo al principio el mismo desasosiego que conlleva mirar una pantera encerrada en una jaula, una voluntad fortísima en un contexto extraño.

«Sí –contesto él–, yo también te he visto correr, no lo haces nada mal.»

«Gracias, tú tampoco.»

Se llamaba Ernesto, y si no le dijo a Diana que le había conocido, que habían quedado incluso para correr juntos tres días más tarde, fue sólo porque desde el día en que ella pretendió acompañarle, cualquier conversación acerca de sus carreras había quedado tácitamente encubierta, como la presencia de una amante inevitable.

Esto sucedió de noche. Terminaba de lavarse los dientes cuando vio, reflejada en el espejo, a Diana desnudándose en la habitación. Siempre aquellas formas de intimidad, siempre desabrocharse dos o tres botones y sacarse luego la camisa por la cabeza como una niña que se deshace con desprecio de un vestido cursi, todos los días la molestia de recoger los pantalones del suelo después de quitárselos y dejarlos sobre la silla como unas piernas descoyuntadas. La vida de Diana estaba ahí, con las formas y los gestos de siempre pero ahora como si ni siquiera le perteneciese, como si tampoco él le perteneciese a ella. El hecho de que apenas hiciera tres meses que se habían casado no lo hacía irónico, sino doloroso. Cómo no se iban a odiar –pensó–, cómo no iban a acabar odiándose dos personas en una casa en la que para cruzar el pasillo había que ponerse de perfil, rozando la pared, si se encontraban en sentido contrario, una cocina en la que más de dos personas era una multitud, una cama en la que dormir sin tocarse era poco menos que un milagro. Necesitaba aire, espacio, por eso salía a correr.

Lo complicaba todo su propio orden. La primera vez que vio el apartamento desnudo, las paredes empapeladas que luego decidirían pintar de blanco, le pareció más grande, más frío también. Durante los dos primeros meses después de la boda Diana había sentido una necesidad casi física de cubrir aquella desnudez. No pasaba una semana sin que comprara alguna cosa o hiciera algún arreglo.

«Doble la varilla B hasta que quede en la forma que indica la ilustración y deslícela a través del orificio metálico», decía la traducción de Diana, olvidada sobre la mesa, junto al dibujo de algo que parecía una tienda de campaña, y a él comenzaba a parecerle que hasta sus propios gestos adquirían aquel lenguaje escueto, imperativo, de las instrucciones, «¿Vas a correr mañana?» «¿Por qué?» «Podríamos ir al cine, hace mucho que no vamos al cine», «Voy a correr», y se acostaban así, de aquella forma, Diana con su previsible disgusto, él con su sensación de haber repetido aquella escena demasiadas veces en las últimas semanas («Tense la estructura de varillas tirando firmemente del cabo situado en el punto F de la ilustración cuidando de que no se hagan arrugas en el suelo de la tienda»), porque lo que menos se parecía a Diana era Diana misma en ciertas ocasiones; mano que le llegaba por entre las sábanas hasta la barbilla para acariciarle, para volverle hacia ella, y entonces pie, labio, sábana, olor a pasta de dientes y sabor casi dulce de su cuello irguiéndose en aquel gesto habitual de la excitación, «Te has tomado la pastilla, ¿no?» («Pondremos las piquetas en cada argolla de goma sosteniéndola con los dedos durante el proceso. Para asegurar que queden firmes es conveniente clavarlas en diagonal y hacia el interior de la estructura»), la imprevista lubricidad de un te quiero, dicho porque a ella le gusta en esas situaciones, un poco egoístamente, y entonces la mano que recorre el camino obligado, ese que también él facilita momentáneamente con un movimiento de todo su cuerpo y que acepta Diana porque piensa que a él le agrada aunque nunca se lo haya preguntado, pie otra vez, la cara interior, blanda, del muslo abriéndose sobre él («El sobretecho deberá encajar, si los pasos anteriores se han dado con corrección, sobre la estructura de varillas»), pero sin que le agrade la insistencia de ella, que parece olvidarle un segundo y mira hacia arriba, y pronuncia, después, su nombre como si fuera el de otro, él pensando que podría fingir, lo hizo una vez y ella no se dio cuenta, podría fingir otra vez en un par de convulsiones que descansaba ya («El sobretecho se fijará al suelo con piquetas de la misma forma y ya estará usted en disposición de disfrutar de su tienda preparada por expertos para soportar condiciones atmosféricas inclementes y bajas temperaturas»), sábanas que se retiran de una patada y que después habrá que colocar. Cuerpo de Diana que se retrae sosteniendo el placer. Y ya sólo esperar a que el calor termine de comprimirse, a que primero ella (siempre primero ella) y después él, aceptando la rapidez obligada, la alegría que, tras el estertor, no es al final suficiente.

Ernesto llegó puntual y vestido como le había visto tantas veces. Cuando le vio llegar sintió por un momento casi envidia de su belleza delgada, de su pelo rojo. Hicieron algunos estiramientos sobre un banco antes de empezar a correr y, mientras lo hacían, se dieron leves, insustanciales datos sobre sus vidas. La de Ernesto no iba más allá de dos años de carrera frustrada en la facultad de periodismo y muchos, después, en la frutería de su padre. La suya quedó embellecida con un par de mentiras sobre sus calificaciones en la facultad y su trabajo. No habló de Diana porque Ernesto no habló de su pareja. Si la tenía o no, era algo que en aquel momento (como el recuerdo de Diana) le pareció absolutamente prescindible. Iban a correr, ¿no era aquélla la gran verdad? ¿No entraban allí en juego placeres que no entendían los otros?

«Mejor no hablamos de nuestras vidas», dijo al final, y Ernesto le miró con algo que parecía una leve sorpresa.

«De acuerdo», respondió.

Correr junto a aquel chico le produjo aquella primera tarde una extraña, agradable, sensación de vacío en la que el silencio enmarcó el placer y lo realzó como un paspartout embellece un cuadro sin añadirle nada. Tenía la sensación de que, fuera del acto de correr, fuera de sentir la respiración de Ernesto junto a la suya y escuchar, acompasados, los ritmos de su carrera, nada necesitaba ser pronunciado. El mundo se cerraba allí en su puro mostrarse.

Ernesto sólo tenía un año menos que él y aquello les dejó a los dos con la misma sensación de hermandad. Sabían, antes de que terminaran de correr la primera vez, que no tardarían mucho en volver a encontrarse, que después de aquella tarde correr sin el otro no sería ya lo mismo. Lo notó también en los ojos de Ernesto cuando se despidieron, cambiándose los números de teléfono.

«Te llamaré», dijo Ernesto.

«No, te llamo yo mejor; nunca sé cuándo voy a estar en casa. El trabajo, ya sabes.»

«Claro.»

Se sintió, después de decir aquello, como si algo profundo y ridículo a la vez hubiera traicionado a Diana. ¿Por qué había mentido así? ¿De qué tenía miedo? Caminó un poco hacia casa y luego se volvió para mirarle por última vez. Ernesto se alejaba corriendo por la gran avenida que rodeaba el parque, a ritmo rápido. Giró después en la segunda bocacalle, desapareciendo como una criatura ficticia.

Le llamó por primera vez tres días después de aquello. Estaba nervioso cuando marcó el número, y cuando una voz de mujer adulta le preguntó quién era, y cuando contestó su nombre pensó en el vasto espacio de conversaciones que se abre en una casa cuando una voz nueva, un nombre distinto, irrumpe preguntando por uno de sus miembros.

«Un momento», dijo la mujer, y gritó el nombre de Ernesto.

Le resultaba molesto su nerviosismo y el hecho de estar llamándole desde la oficina, como si lo estuviera haciendo a escondidas de Diana. Los sonidos que escuchaba en el auricular, abiertos a pasillos y puertas desconocidas, hacían aquello, si cabe, más ridículo.

«¿Cómo estás?», preguntó Ernesto, ágil, al coger el teléfono.

«Muy bien.»

«Estaba pensando en ti, precisamente.»

«Ah, ¿sí?», y sintió, mientras preguntaba, una alegría súbita y sencilla, como la producida por un regalo inesperado.

«Sí. ¿Tú has corrido alguna vez el maratón?»

«Dos veces –mintió él–. ¿Y tú?»

«Una sólo, el año pasado. Estaba pensando que podíamos correrlo juntos este año. Prepararnos juntos, quiero decir.»

«¿Qué marca tienes tú?»

«Tres horas y cuatro minutos», dijo Ernesto.

«Lo mismo que yo, más o menos, tengo dos horas cincuenta y cinco.»

«Si nos entrenamos yo creo que hasta podríamos llegar a las dos horas cuarenta y cinco. Todavía tenemos dos meses hasta el maratón.»

«¿Cuándo empezamos entonces?

«Mañana, ¿no? Va a haber que trabajar duro», dijo Ernesto.

«Sí», contestó él, abierta la voluntad, volcado hacia el proyecto.

Con tanta frecuencia la vida perjudica a la expresión de la vida. Era, precisamente en aquellos momentos en que llegaba a casa, cuando notaba que le pesaba el cansancio, cuando menos deseaba la que empezaba a ser ordinaria pregunta de Diana, el «¿Qué te pasa?», dicho ya lánguidamente, con no sé qué de vaga caricia habitual, al que él contestaba con su previsible «Nada», no menos habitual, ni lento, ni necesario que la pregunta que lo había obligado. Lo que le quedaba a ella después de su respuesta se parecía bastante a unos ojos que se acomodan a la oscuridad. A veces le cansaba que le quisiera Diana. Le empezaba en el estómago y le subía más tarde a las manos, a los gestos. Si venía y le hacía una caricia había momentos en los que no podía evitar rechazarla con desagrado, si le preguntaba qué le pasaba era peor aún. Hubo días en los que le habría gustado irse de casa. Ocurría ciertas tardes, bajo ciertas sombras, y más que nunca desde que habló con Ernesto la última vez y decidieron prepararse para el maratón, algo que era cansancio de sentirse querido, de tener que corresponder a Diana en la misma medida material; beso por beso, caricia por caricia, pero que era también el nuevo orden del apartamento en el que ella era capaz de caminar ciega sin tropezar con un solo mueble; la habitación, el cuarto de estar, las estanterías, la colección de patos de porcelana, el baño (le gustaban a Diana las esponjas alineadas), el espejo con la greca verde que le hizo en el marco una tarde de aburrimiento dominical. Aquella obsesión de Diana por el orden parecía dirigida, más que a la utilidad de saber dónde estaban las cosas o al simple placer de ver todo en su sitio, a la instauración de una jerarquía en la que ella era necesaria.

Pensó entonces que quizá nunca había conocido a Diana, que tal vez ella tampoco le conocía a él. El hecho de que hubiesen sido novios durante ocho años antes de casarse elevaba en algunos momentos aquella incomodidad al límite de la exasperación y entonces se detenía a pensar en todas las veces que habían pasado tiempo juntos antes del matrimonio buscando antecedentes, explorando insatisfacciones –por muy pequeñas o momentáneas que hubiesen sido– que justificaran su cansancio de ahora.

«¿Qué quieres de cenar?»

«Lo que sea», y encendía la televisión cuando se sentaban con la excusa de las noticias, del atentado terrorista del día anterior, «los filtros de succión deberán ser limpiados cada cuatro usos», decía la última página de la traducción de Diana que él quitaba para poner el mantel deseando no estar allí, deseando salir a correr con Ernesto, prepararse para el maratón que ahora parecía, más que un proyecto de descanso, el gran objetivo.

Nunca sabrá con certeza si le vio o no le vio. Sabe, sí, que le pareció él, que durante unos segundos tuvo la absoluta certeza de que era él, Ernesto, tal vez por la camiseta, quizá por la simple forma de correr. Sabe también que aquella mañana torció el curso de los acontecimientos igual que una extrañeza sibilina, casi invisible, retrae la voluntad de una mujer sin que ella misma la pueda explicar, pero haciéndole patética la seducción de un hombre. Sabe, y aún lo piensa algunas noches, que si no llamó a Diana fue precisamente por aquello, y se arrepiente, y es perfectamente inútil que se arrepienta. Salió de casa un poco antes de lo habitual para ir al despacho y le vio de espaldas, apenas unos segundos, dar la curva que daba al parque. También era pelirrojo, como Ernesto. Al primer movimiento de asombro siguió el de la verdad: aquel chico estaba entrenando a escondidas. Descubrirlo fue como envenenar el único espacio habitable.

Durante la última semana la idea de correr el maratón con Ernesto había llenado el vacío de tedio que le producía Diana con una agradable sensación de propósito, de pureza, y sin embargo entonces, al verle (pero quizá no era él), había sentido estúpida su inocencia de los días pasados. Ernesto entrenaba a sus espaldas para ganarle. Era de una sencillez casi ridícula, casi adolescente. No le decía que entrenaba y lo hacía sabiendo que él no podía seguir aquel ritmo, que debía ir a la oficina, que estaba casado (pero eso no lo sabía Ernesto). Incluso su trabajo en la frutería podía servirle de entrenamiento físico, lo pensó entonces asombrándose de su descuido, de su desventaja, pero todavía más dolido que indignado. Le llamó a casa desde la oficina y una voz de mujer le dijo que no estaba en aquel momento, que llamara más tarde.

«¿Pero sabe usted por lo menos dónde está?»

«¿Por qué? ¿Es urgente?»

«No.»

«No sé, no tengo ni idea, yo he llegado aquí y él ya se había marchado. A veces se marcha pronto, pero siempre viene a mediodía. A veces va a correr.»

«Gracias.»

Lo había dicho; ahí estaba, plomiza, la verdad. Ernesto le había prometido que no entrenaría sin él, que todo lo que harían a partir del primer entrenamiento lo harían juntos para que así quedara claro quién era el mejor de los dos y había incumplido su promesa. Pensó que en aquel momento le habría dolido menos una infidelidad de Diana. Ernesto (pero quizá no era Ernesto el chico al que vio) había vaciado de significación el único proyecto. Si no se lo dijo a Diana al llegar a casa fue porque nunca lo habría entendido, porque con toda seguridad se habría molestado por el hecho de que no le hubiera comentado nada hasta entonces. Verla sentada en la mesa de la entrada, junto a la colección de patos de porcelana y terminando una traducción, acabó de disuadirle y cenaron en un silencio que tenía, como siempre, la voz de ella hablando de marcharse algún fin de semana, de ir quizá al cine, o al teatro, o a cenar fuera.

«Me asfixio aquí», terminó.

Fue después como si despertara de un sueño, sólo que en aquél había sido perfectamente consciente de cada uno de sus movimientos. Recordaba haberse levantado de la mesa cuando Diana dijo que se asfixiaba por primera vez, con aquel tono que ahora tenía la ya definitiva carga de un reproche, recordaba haberse puesto nervioso cuando lo escuchó y haber caminado hacia la habitación. Era consciente de haber mirado a través de la ventana, como si de nuevo fuera a aparecer la pesadilla de Ernesto corriendo hacia el parque, reavivando la obsesión del que quizá había sido el peor engaño. Eran éstas las palabras de Diana en el umbral de la puerta del dormitorio:

«¿Qué nos pasa?», y él no contestó a ellas. Era consciente de haber sido abrazado después, sin malicia, escuchando cómo la pregunta cambiaba de sujeto, haciéndose honesta, «¿Qué te pasa? Dime –y otra vez, ante su silencio–, me estoy asfixiando», y también de que no pudo soportar de pronto el peso de Diana, la obligación de Diana, aquella mujer que le respiraba en el cuello, que le manoseaba el pelo, que pensaba que le poseía.

«¿Por qué no nos vamos este fin de semana a alguna parte? Tenemos dinero... Podríamos ir al norte, o a la playa, no hace mal tiempo.»

Recordaba haberse vuelto hacia ella y haberla agarrado fuertemente de los hombros, haber gritado que tenía que entrenarse para el maratón, que por qué no lo comprendía, «Me haces daño», dijo Diana, que por qué estaba sentada continuamente en casa sin salir, cómo iba a entenderle así, con la vida que llevaba.

«Me estás haciendo daño», dijo Diana, ahora con un punto de miedo en la voz, como si se enfrentara por primera vez a un extraño, y él comprendió que le estaba haciendo daño de verdad, y tuvo la sensación de que despertaba cuando la soltó y ella retrocedió levemente, medio paso apenas, y se quedaron mirándose.

«Perdona», dijo, pero no le habló después de Ernesto, no le contó, cuando se acostaron, que tenía ganas de llorar de rabia.

Una obsesión nace así; apenas sin hacer ruido, como una nota discordante en medio de una melodía. Nunca hace daño la primera vez. Se enclaustra en su aire de aparición molesta, se reproduce lentamente, sin ser notada. Nunca, hasta que es irreparable, se comprende una obsesión. Inunda primero el café matutino, el beso de una mujer que intenta arreglar una situación de pareja, un trabajo en un despacho de abogados, sección de testamentarías, parece incluso que siempre hubiera estado allí, que la molestia de su presencia no es diferente de tantas otras molestias o presencias. Una obsesión hace que un hombre vaya a una farmacia y pregunte por complejos vitamínicos, y los tome a diario pensando que allí se comprime el mundo, y salga a correr por la tarde junto a otro hombre al que empieza a odiar lentamente, apenas sin darse cuenta.

«Vamos, abuelo, que te estás quedando viejo», dice Ernesto, y un hombre obsesionado piensa que es, en realidad, más fuerte, que conviene que su enemigo crea que puede vencerle, que no ha notado su traición (pero quizá no era Ernesto el chico al que vio aquella mañana), y sonríe, y dice, «Anda, calla y corre», fingiendo más cansancio del que en realidad tiene, sabiendo que podría esprintar en ese mismo momento y dejar a su enemigo vencido, pero prefiere recrearse en el placer del engaño, saborearlo como se saborea otra decepción que no parece ya de verdad al llegar a casa, y que tiene por nombre Diana, y un miedo que no pronuncia desde que hace dos semanas la agarró por los hombros y le gritó, haciendo sin escándalo de sí mismo lo que le hubiera producido escándalo en otra persona.

El peso de una mujer para un hombre obsesionado se hace liviano, desaparece casi, porque no es real aunque tenga tactos y olores.

«Podríamos ir al cine esta tarde –dice Diana–, ponen una de esas que tú odias y que a mí me encantan», y, ante el asombro de la mujer, el hombre dice que sí, y ve una película, y deja que ella le acaricie el brazo y le bese en una de las escenas de amor, pero no se rinde, no la considera, en el fondo, real, de la misma forma que no considera real nada que le separe no de sí mismo, sino de eso que comienza a ser más incluso que él mismo y que no tiene nombre aunque tenga efectos, aunque le haga desayunar contando calorías o correr a escondidas en otros parques.

Siempre le había gustado correr como le gusta a un niño mirar el cielo; absurdamente, sin posibilidad de descanso. Pensarlo ahora que quedaba poco más de un mes para el maratón tenía un vago deje de tristeza, de condena incluso. Recordó que cuando tenía quince años siempre iba a las competiciones entre los colegios y siempre ganaba. Mejorar su marca uno o dos segundos tenía, durante aquellos años, la gracia de lo perfectamente luminoso, y la sensación de victoria consigo mismo, con su esfuerzo, era tan poderosa que volvía irrelevantes los aplausos de fuera. Pero un día se sintió repentinamente solo; solo contra su propio tiempo, contra su propio cuerpo, contra su propia vida, y dejó de correr durante un largo número de meses, los que duró, aplastándole la conciencia, aquella sensación de hermetismo del correr, de la soledad a la que le condenaba aquel acto que parecía no tener afuera.

Aquella misma sensación se repetía ahora, pero con la variante de que Ernesto era su «afuera», su proyecto, más incluso que mejorar su marca de maratón, era Ernesto levantándose frente a él, en contra de él, lo mismo que Diana (aunque desde otra parte) era también su «afuera» levantándose contra él, y los dos tenían algo en común con una carrera que se ha comenzado demasiado rápido, parecían los dos una barrera de los treinta kilómetros en la que cualquier corredor de maratón se siente de pronto, e inexplicablemente, solo y vulnerable mientras el resto de los corredores que le rodean parecen tener una sola voluntad de hierro que le excluye como al elemento débil, diecinueve kilómetros aún por delante y el alma sumiéndose en un agotamiento que parece que va a rendirse definitivamente en la próxima zancada, las palabras «No puedo» golpeando en las sienes con cada latido de sangre, lo mismo que Diana golpea, en las teclas del ordenador, su traducción («Nunca conectar el aparato a la corriente eléctrica sin haberse asegurado de que la superficie está seca»), «No puedo, no puedo, no puedo» en los brazos que ya apenas se alzan por el cansancio, el dorsal con un número que de pronto parece absurdo, anónimo, insultante casi, y Diana repitiendo la ceremonia del desnudo mientras se lava los dientes; siempre aquella forma de dejar los pantalones sobre la silla, siempre sacarse la camisa por la cabeza, casi con desagrado, el escorzo del pecho –de pronto– de una Diana que no parece de verdad, («ideal para batir huevos, carne, hortalizas y para cualquier tipo de batido o crema de guarnición»), y en la que tiene vida también Ernesto, sin ser ella, sin parecerse a ella.

Sucedió. Y sucedió además, de forma absurda. Dijo:
«Tenemos que arreglar lo nuestro o...»
«¿Qué nuestro? ¿Qué hay que arreglar?»
Pero Diana ni siquiera se volvió hacia él, ni siquiera levantó la cabeza del ordenador, parecía que ni le estuviera hablando, que chasqueara la lengua con gesto de fastidio por un error ortográfico.
«... o voy a irme de casa, creo, hasta que decidas si quieres o no vivir conmigo.»
«¿Qué dices? Claro que quiero vivir contigo», contestó él con un convencimiento fingido que no salvó en absoluto la solemnidad de Diana.
«Pues demuéstralo», dijo, y se fue de la habitación.
Pensó en aquel momento que era egoísta, que tal vez siempre lo había sido en su forma de querer a Diana. Era verdad que en demasiadas ocasiones la había tratado como si no tuviera necesidades, como si su oficio, su obligación fuera exclusivamente estar pendiente de su felicidad. Descubrirlo no acababa con la sensación de rechazo que sentía hacia ella desde que se casaron, pero sí la salvaba de pronto, le daba peso. Diana se volvió desde aquel día, y durante los que le quedaban a esa semana hasta el sábado, una criatura que se encerró en un silencio desvalido pero, al mismo tiempo, expectante. Cada vez que llegaba a casa y se la encontraba sentada al ordenador, cada vez que cenaban o desayunaban, había siempre un momento en el que ella no podía evitar una

mirada lánguida, una especie de súplica de «quiéreme» a la que el silencio daba una incomodidad mayor, y en la que le parecía que la que siempre había sido Diana se encerraba en sí misma, como si de pronto le avergonzara descubrirse ante él. Era, pensaba, como un corredor de larga distancia que intenta simular su cansancio, pero a quien delata un gesto repentino, y se hace, al ser delatado, vulnerable.

La debilidad en Diana era, sin embargo, y por mucho que le molestara ahora, una de las cosas que siempre le habían atraído de ella, o, más que su debilidad, su forma de mostrar su debilidad, su manera de no avergonzarse de ella. Le había dejado siempre el regusto de quien se siente superior en el fondo, y no encuentra más salida que una condescendencia cariñosa con una criatura que jamás podría vivir sin su ayuda. Se sentía superior, lo mismo que ahora se sentía también superior a Ernesto, cuya simplicidad de mente era, salvando su afición a correr, tan fácil de satisfacer como la voluntad de un niño.

Ernesto no era más que un guapo acostumbrado a triunfar con las mujeres, un simple y un delgado fibroso con un buen humor tan a prueba de bombas que a veces hacía dudar de su inteligencia. El mundo era descomplicadamente básico en la sensibilidad de Ernesto; comía si tenía hambre, dormía si tenía sueño, corría si le apetecía correr. Era igual que si nunca se hubiera arrepentido de nada. Su felicidad frívola no era, sin embargo, menos feliz que ninguna otra. No había tópico que no quedara de alguna forma expresado en Ernesto; sus palabras sobre algún asunto serio eran siempre palabras de otros, simplezas de ñoña buena voluntad u obviedades y, aún así, parecía bastarle con aquello.

«Muy inteligente no soy, pero imbécil tampoco», decía de sí mismo, y parecía aquélla la mejor definición de Ernesto, más aún cuando era pronunciada por él mismo mientras corrían.

Escuchar aquello, y comprobar al mismo tiempo que a

Ernesto le avergonzaba hablar de algunas cosas con él porque no se sentía a la altura, le dio desde el principio cierto sentimiento de superioridad. Desde que le vio corriendo a sus espaldas aquella mañana (pero quizá no era Ernesto el chico al que vio) y el hecho de comprobar esa semana que quizá no estaba tan en forma como él, le hacía buscar continuamente afirmación de su superioridad frente a aquel chico pelirrojo que a veces le dejaba ligeramente atrás, le hizo pensar (pero no lo pensó así, no claramente) que no le ganaría si no entrenaba más que él, si no salía a correr algunas noches.

Faltaban veintinueve días para el maratón. Lo dijo Ernesto aquella tarde, antes de que empezaran a correr, y a él le dio la sensación de que algo le había derrotado ya. No Ernesto, ni Diana, sino él en su vida de siempre, la imagen de él en su vida de siempre derrotaba a esta suya de ahora, haciéndola absurda. Corrió con rabia, con desesperación aquella tarde.

«¿Por qué empiezas tan rápido? ¿Qué quieres, que te den un premio? —preguntó Ernesto, y había en su voz cierto tono de molestia, de indignación casi—. A este ritmo no hacemos más de diez kilómetros. ¿Estás loco o qué?»

«No.»

«No vamos a correr un mil quinientos, sino un maratón. ¿Te acuerdas?»

No contestó, mantuvo el silencio satisfecho de adelantar a los demás corredores del parque. Aumentar cada vez más la velocidad le producía una intensa sensación de poder, especialmente porque Ernesto le iba a la zaga, medio metro apenas, pero un medio metro que él intentaba mantener cada vez que el chico intentaba adaptarse a su paso.

«¡Aguantas bien el ritmo! —le gritó intentando no perder la respiración—. No será que has estado entrenando estos días sin decírmelo, ¿verdad?»

«¿Qué?»

«¡Me has oído perfectamente!»

«No he entrenado, no, pero no me daría ninguna vergüenza haberlo hecho.»

La conversación, casi a gritos y sin dejar de correr a toda velocidad, hacía que los demás corredores se volvieran hacia ellos, extrañados.

«¡No mientas; te he visto el otro día, hace un par de semanas!»

«¿A quién, a mí?»

Ernesto intentó ponerse a su altura para mirarle a la cara, pero él aceleró el ritmo todavía un poco.

«¡Sí, a ti!»

Parecía que se estuvieran poniendo a prueba en una carrera de cien metros.

«¿Tú estás gilipollas o qué? –gritó Ernesto–. ¡Mira, tío, me voy!»

«¡Te espero en el maratón!»

«¿Qué?»

«¡¡¡Te espero en el maratón!!!», contestó enfurecido, gritando al mismo tiempo que sentía que Ernesto se detenía. No lo hizo él. Al contrario, aumentó la velocidad todavía un poco más. Ahora estaba solo otra vez; solo contra su propio tiempo, contra su propio cuerpo. «¿Y si no me detuviera? –pensó–. ¿Y si no parara nunca de correr?» A cada zancada, a cada sentimiento más cercano del cansancio, de la extenuación, le parecía estar adentrándose en un territorio absolutamente virgen e innominado, incomprensible para nadie que no fuera él, un territorio que, al mismo tiempo, le atemorizaba de alguna forma. Pensó que la vida tendría sentido si fuera capaz de mantener aquella sensación permanentemente, sin descanso y sin cansancio, pensó «Si pudiera no dejar de correr», como se piensa el gran deseo, la gran felicidad sin límites, ahora que no estaba Ernesto parecía casi más pura que antes aquella alegría. Le empezó a doler la rodilla pero no dejó de correr. Tenía que llegar hasta el fondo de aquella satisfacción, beberla deprisa si era necesario, morir en ella. El cansancio comenzó a nublarle los ojos, pero intentó correr todavía más rápido. Tropezó. La caída fue blanca y seca y le dejó las manos llenas de sangre y granos de arena. Sangraba, también, la rodilla. Cuando llegó a casa Diana apenas pudo reprimir un grito de susto.

«Me he caído», dijo él, dispuesto a no dar ni una sola explicación más.

«¿Pero estás bien?»

«Sí.»

Fue al cuarto de baño y cerró la puerta con cerrojo. Bajo el agua de la ducha fría, sin saber por qué, comenzó a reír.

No volvió a ver a Ernesto. Corrió el domingo casi sin descanso durante cuatro horas, y el lunes, y el martes. El miércoles comprobó que de noche mejoraba el rendimiento y comenzó a correr también de noche. Diana no hablaba más que de nimiedades de menú y palabras en inglés que adquirían significados distintos en diferentes contextos. No le preguntaba ya adónde iba, ni proponía películas ni fines de semana en hoteles del norte. Era como si, después de haberse recluido en una primera cárcel de silencio expectante, se hubiera dado por vencida ahora, y contemplara su fracaso sin lástima. Parecía casi no pesar de noche al meterse en la cama, no moverse en ningún espacio de la casa, una casa que ahora era más que nunca una prolongación de ella misma; los retratos de la boda, la colección de patos de porcelana, la greca verde en el espejo del baño, la enciclopedia en el anaquel, inmóviles todos como Diana frente a su ordenador: «¿Cómo vas?» «Terminando», pero siempre sin terminar del todo porque al hacerlo revisaba las primeras páginas junto al original. «Vamos. ¿A quién le importa un "por" en lugar de un "para" en unas instrucciones de cocina?», «A mí», y aquella respuesta (más por el tono que por las palabras) era la comprobación evidente de que también Diana luchaba, muchas veces sin conseguirlo, por excluirle a él de un espacio en el que quizá comenzaba a sentirle innecesario. La nostalgia que sintió de la otra, de la que le necesitaba, no fue sin embargo lo demasiado fuerte como para alejarle de su entrenamiento. La idea del maratón lo ocupaba todo ahora con tal rigidez que parecía absurdo pensar en otra cosa. Si se sentía o no culpable en algunos momentos de la desatención de Diana, era algo que perdía absolutamente toda su consistencia cuando se disponía a correr.

Fueron aquellos días como regresar a una adolescencia en la que el aire era sólo el número de una marca que necesitaba ser superada y el cuerpo una máquina a la que había que sacar el máximo rendimiento. Lo comprobó al ver que ni siquiera pensaba al correr, que si lo hacía era en una clave que ni él mismo podría haber descrito; una especie de irracionalidad de mecanismo en perfecto estado. Pensaba en su cuerpo como un piloto de carreras en su coche, algo que le pertenecía y que no le pertenecía a la vez, que podría haber desarmado pieza a pieza y que sin embargo tampoco terminaba de entender en conjunto más que como algo que no era del todo suyo.

Era miércoles cuando comenzaron a dolerle las rodillas y quedaban sólo veinte días para el maratón. Sabía que debía descansar, que descansar era en muchas ocasiones conveniente para un mejor rendimiento, sabía que un dolor de rodillas descuidado podía convertirse en un problema serio, «sabía» todas aquellas cosas y sin embargo corrió esa noche más de lo habitual; seis horas. Al día siguiente, cuando sonó el despertador, se sintió exhausto. No podía casi moverse. Se lo dijo a Diana esperando que ella le recriminase algo pero no lo hizo.

«¿Quieres que llame al médico?»

«No tengo fuerza, es como si me hubiera quedado absolutamente sin fuerza –dijo, escandalizado de sus propias palabras, pero Diana no respondió a su escándalo, se levantó de la cama y le miró con cierta desesperación–. No puedo correr así. El maratón es dentro de veinte días»

«Ah, el maratón.»

«Te alegrarás, supongo. Te debes estar relamiendo del gusto ahora.»

«No. ¿Eso es lo que piensas de verdad? –Él no contestó, hacerlo hubiese sido reconocer su culpa ante Diana–. Bueno ¿Quieres que llame al médico o no?», terminó en otro tono, más cálido, como si en el fondo no pudiera evitar compadecerse de él.

«Sí.»

La desesperación que sintió durante toda aquella mañana hasta que llegó el médico, y en las horas que transcurrieron después hasta la tarde, fue demasiado profunda como para ser pronunciada. El doctor le hizo preguntas sobre sus carreras, le auscultó y concluyó que aquella debilidad no era fruto de otra cosa que del sobreentrenamiento al que se había sometido.

«Cinco días de reposo absoluto –sentenció–. La masa muscular también tiene un límite; si se la somete a una tensión demasiado fuerte y demasiado constante se debilita en vez de fortalecerse. Ni siquiera los atletas profesionales entrenan ese número de horas.»

Despreció del médico su tono de reconvención, de apóstol del sentido común, y de Diana su forma de darle la razón ciegamente. Se volvió mientras hablaban para no tener siquiera que mirarles.

Quedarse aquellos días en casa fue como descubrir una ciudad nueva en medio de la ciudad que creía conocer. La ciudad, en este caso, era Diana, y sus formas, aunque supuestas, le parecían nuevas en todas sus representaciones. El primer día fue el peor: esperó en él, durante toda la tarde, la reconvención de Diana y no la obtuvo. Al principio parecía un descanso no tenerla, pero a medida que transcurrían las horas el hecho de que ella no le recriminase nada le fue envenenando la voluntad más todavía que no poder entrenar para el Maratón. ¿Qué ocurría? ¿No le importaba a Diana, o qué? A cambio descubrió el mundo de su mujer, un mundo de pasos hacia la cocina para abrir un refresco mientras preparaba los papeles de la traducción, de música clásica, Chaikovski llegando desde el pasillo,

«Beethoven y Mozart me despistan mucho», decía, y a veces era extrañamente hermoso el sonido de aquel piano, extrañamente melancólico, de alguna forma blando hasta en los momentos de exaltación, como era extrañamente melancólico o triste no haber sabido que hacía aquellas cosas Diana cuando estaba sola, no saber que prefería a Chaikovski, por ejemplo, o que hacía un descanso para ver el telediario y encendía un cigarrillo entonces al sentarse con esa mezcla de placer metódico y previsto al que una persona como ella se rendía igual que a un oasis anhelado durante toda la mañana. Estar en casa era, de alguna forma, sentirse espía de una intimidad que no creía corresponderle, como si de la misma forma que él había expulsado a Diana de su intimidad de correr ella tuviera perfecto derecho a expulsarle ahora a él de esta suya de cigarrillos frente al telediario o Chaikovski acompasado de los golpes sordos del voluminoso diccionario al ser cerrado sobre la mesa.

Descubrir su debilidad le dejaba resbalando en un mundo de melancolías. Escuchar la música de Diana, su teclear en el ordenador, le recordaba los años de noviazgo en los que la felicidad era aceptable y simple, satisfactoria aunque adquiriera formas impuestas por otros. Nunca había sido melancólico. Le había parecido siempre que aquel territorio del alma era una rémora a la que los débiles se entregaban por pura ociosidad, y consideraba enfermiza la complacencia en el dolor, peor aún la de aquel dolor suave, blanduzco, que era la melancolía. Encontrar también en él esas reacciones fue algo que prefirió atribuir desde el principio, y como había dicho el doctor, al sobreentrenamiento, pero lo cierto es que continuó durante los días que sucedieron a aquél, acrecentándose incluso a cada hora, porque en el silencio de Diana había algo que parecía un deseo de darle otra oportunidad, una vuelta a una expectación que no se atrevía del todo a ser pronunciada.

Era una fotografía. La descubrió porque la casualidad del aburrimiento le había hecho desarmar el marco de su mesilla de noche. Diana trabajaba en aquel momento en el cuarto de estar, como siempre, y a él aquel tercer día de inmovilidad en casa le estaba comenzando a parecer insoportable. El marco se abrió en un pequeño clic, desvelando que otra fotografía antigua estaba escondida tras la que se veía. La sacó sin curiosidad. Recordaba aquella fotografía porque la había tenido, durante el último año de noviazgo, sobre una de las estanterías de su cuarto. Era un amplio patio de París, junto a una planta. Con el brazo sobre los hombros de Diana la acercaba fuertemente hacía él besándola mientras ella sonreía. Sintió una extraña emoción al sostenerla en alto, al acercársela a los ojos para contemplarla mejor. La fotografía se la hicieron durante una visita a una amiga de Diana, un año antes de la boda. Aunque ahora parecieran distintos, la realidad pulsátil, casi violenta, de la instantánea, descubrir (no recordar, sino descubrir) que él había sido aquel hombre y Diana aquella mujer, parecía no tener detrás. La llamó. Gritó su nombre en voz alta, Diana, como si algo lo hubiese hecho distinto. Ella le preguntó desde el cuarto de estar qué quería.

«Ven –contestó–. Mira esto.»

Se sentó en la cama junto a él y sonrió al ver la fotografía.

«¿Dónde estaba?»

«Ahí, en el marco, detrás de la tuya.»

Un gesto que parecía de compasión iluminó los ojos de Diana y desapareció de pronto, como si nunca lo hubiera hecho, como si ni siquiera hubiera sido consciente de él cuando se volvió para mirarle.

«¿Qué piensas?», le preguntó, pero él no contestó nada, contestar hubiese sido derrotarse ante su tristeza, ante aquella decepción que en un segundo le había cruzado los ojos a Diana como una estación de tren ante la que es preferible no detenerse. Le puso una mano sobre la cadera y con la otra le acarició el pecho. Su saliva sabía a Coca-Cola cuando le besó, recostándose sobre la cama.

Una obsesión puede tener formas y tactos de mujer, vericuetos en los que un olor se agazapa desapareciendo momentáneamente para aparecer más tarde, en la vuelta de cualquier movimiento. Reconocerla, pronunciarla, no es ni siquiera el primer paso de la solución, sino sólo hacerla visible. Un hombre obsesionado acepta su obsesión ante el cuerpo desnudo de su mujer cuando desea apartarla, cuando de pronto le parece absurdo el desorden que el amor excitado ha dejado en la ropa sobre la cama y el suelo, fija su mirada sobre un zapato de ella que ha quedado del revés, al pie de la puerta, y le parece absurdo como absurdo es su pijama enrollado en una pelota informe bajo las sábanas. No tiene sentido pronunciar la insatisfacción; está ahí como la respiración de una mujer que se llama Diana y que se vuelve para abrazarle antes de volver a vestirse, está en su forma de mirarle mientras se abrocha el sujetador, con el silencio de quien de pronto se siente engañada, o con la vergüenza, quizá, de quien reconoce que acaba de hacer algo ridículo.

Un hombre obsesionado no puede hacer, ante tales circunstancias, más que abrir de nuevo el marco que estaba en su mesilla de noche y volver a ocultar una fotografía que hubiera sido mejor no haber descubierto. Desea no estar allí, de la misma forma que hubiera deseado no hacer daño a la mujer. Tras la ventana debe de haber otro hombre entrenando. Si pudiera decir con palabras lo que siente sería casi como pensar claro, pero no puede pensar claro. El hombre al que debe vencer en el maratón no es más que una prolongación de sí mismo, de su vida de antes luchando contra el absurdo de su vida de ahora; si pudiera reconocer esto tal vez sería todo más fácil. No puede. La mujer se marcha sin hacer ruido y el hombre escucha cómo apaga una música que, sin ser notada hasta entonces, había estado sonando. Él piensa que, como la música, la mujer es más fácil de percibir cuando desaparece. Siente una ansiedad agolpándose en la garganta; ansiedad de salir a correr, de escuchar el ritmo de sus zancadas sobre la tierra del parque. Imagina el comienzo del maratón, el disparo de salida como un ruido que le congela de pronto la sangre, electrizándola. No existe ya la mujer. No existe el mundo.

Volvió a correr al día siguiente y, aunque más débil de lo habitual, reconoció que su cuerpo recuperaba algo de la fuerza de los primeros entrenamientos. Aquello le hizo sentirse momentáneamente mejor y olvidar por unas horas la silenciosa reconvención de Diana. Las dos semanas que quedaban para el maratón transcurrieron con la rapidez con que lo hacen los días idénticos. Trabajaba hasta las cinco, se cambiaba en la misma oficina y salía corriendo desde allí hacia el parque; cuatro horas más tarde llegaba a casa, comía copiosamente y se acostaba. No recuerda a la Diana de aquellos días; si lo hace es sólo con la vaguedad con la que se rememora algo que era a la vez invisible y necesario. Fue como si, al mismo tiempo que sus músculos recuperaban la fortaleza, algo se retrajera definitivamente en ella; algo que la excluyó y la hizo desaparecer hasta el punto de no conseguir recordarla ahora pero que al mismo tiempo le hacía ser perfectamente consciente de que estaba cuando llegaba a casa, de que se metía en la cama cuando se metía él, de que respiraban el mismo aire para dormir. Recuerda a Diana acostándose la noche antes del maratón, su gesto perfectamente ambiguo cuando le dijo que el día siguiente era el gran día, su forma, ahora sí, triste de levantarse aquel sábado.

Recuerda que dijo «Suerte» desde el cuarto de baño, cuando le escuchó abrir la puerta para marcharse y que pensó que ella mentía, que quizá sólo podía mentir Diana esas palabras, aunque quisiera, de verdad, pronunciarlas.

No le costó encontrar a Ernesto en el grupo que se amontonaba para ocupar un lugar de privilegio en la salida. Se reconocieron en la fila en la que asignaban los números de dorsal y se esperaron para colocarse juntos sin que una sola palabra malinterpretara el silencio. Se sentía fuerte, excitado, y aquel sentimiento de fortaleza y de excitación fue creciendo a lo largo de los más de treinta minutos que esperaron desde que los corredores profesionales hicieron su salida hasta que les permitieron pasar. El grupo de corredores respiraba como un solo animal enfurecido al que estuvieran sosteniendo con cuerdas y, aunque aquello parecía unirles, lo cierto era que no podían tocarse sin desagrado; cualquier roce de un brazo, una pierna, enervaba como una aguijonazo en la superficie hipersensible de la piel. Ernesto murmuró algo que él no entendió y se miraron por primera vez de frente. Sudaban no de cansancio, sino de expectativa de cansancio en la masa disforme y tensa de aquel grupo en el que nadie hablaba pero en el que todos tenían algo en común en los ojos, en la forma de secarse continuamente las manos, en la respiración. El disparo de salida fue como el comienzo de la irrealidad y los gritos del público que se había acumulado en torno a las vallas parecían provenir del interior de una gruta, de algún lugar lejanísimo y absurdo a la vez. La masa de corredores se abrió y cerró y se volvió a abrir más tarde como una víscera en un proceso de ingestión. Las vallas estrechaban ligeramente el recorrido de vez en cuando y el miedo a que se cruzara en el camino alguien a un ritmo más lento les hacía correr con los codos abiertos como protección, golpearse a veces sin motivo.

Lo que ocurrió entonces pertenece al espacio de la perfecta ambigüedad. No sabrá jamás si se salvó o le salvaron. El primer hombre que tropezó corría sólo a medio metro de distancia en un momento en el que además él estaba mirando hacia otra parte. Sólo sabe que no tropezó con él, que algo (quizá él mismo, quizá su propia intuición) le hizo saltar. Pensó después, mientras escuchaba el golpear inevitable de los corredores en tropel a sus espaldas, el asombro del público ante el espectáculo imprevisto, que debía de haber sido Ernesto quien le agarró del brazo apartándole de la caída. No miró hacia atrás; no necesitaba hacerlo para saber que una caída sobre el asfalto a esa velocidad habría supuesto el final de la carrera. Quizá el hecho de pensarse salvado por Ernesto fuera lo que le convirtió de pronto, con una intensidad jamás probada hasta entonces, en enemigo, tal vez fuera pensar que se salvó él mismo y que Ernesto no había hecho nada por ayudarle. No importaba en realidad.

Los primeros quince kilómetros fueron como los ocho años que duró su noviazgo con Diana; cualquier gesto, cualquier reacción parecía prevista por lo que se esperaba de ellos, y aquella previsibilidad les negaba como individuos al mismo tiempo que les trascendía, que les hacía pertenecer a un orden más poderoso. Pensó que cualquiera de los corredores que respiraban junto a él habría podido gritar en aquel momento que era feliz y sin embargo lo cierto no es que fueran felices, sino que la sustancialidad de aquel ruido de zancadas, aquella cascada de golpes contra el suelo les hacía naturales como una manada de caballos enfurecidos que hubieran tomado de pronto la ciudad. Dejarse vencer por aquel sentimiento era como someter la libertad a una voluntad más poderosa y disfrutar de una sumisión que traía consigo la felicidad de quien ya no puede equivocarse haga lo que haga. Un par de kilómetros más tarde comenzó el verdadero maratón; aquel en el que se quedaron solos, en el que su soledad se abría y cerraba como un vasto espacio de nada o de palabras absurdas.

Era el kilómetro 18 cuando creyó tener menos edad, más fuerza, de la que en realidad tenía y probó una escapada que Ernesto pareció concederle al quedarse ligeramente retrasado. Durante más de seis kilómetros su soledad se desarticuló como en una caída enorme de sinsentido; ganaba, sí, pero era como si de alguna forma hubiese dejado su meta atrás, como si ganar a Ernesto sin poder contemplarle le alejara inexplicablemente de su propósito. Aquello le intranquilizó haciéndole perder el ritmo. Si llegaba una cuesta pronunciada, la ansiedad le hacía acelerar y cansarse demasiado. Perdió la respiración unos segundos y la recuperó en unos jadeos que no le abandonaron hasta que volvió a sentir junto a él la presencia de Ernesto. Su dorsal decía 1476 y se lo quedó mirando fijamente, como si hacerlo le desrealizara dándole más fuerza de la que tenía en realidad. También con Diana era lo mismo, sólo que ahora el mundo era un simple evitar que se alejara Ernesto más de medio metro y todo se concentraba allí, todo, también el aliento del público a los lados de las vallas, las traducciones de Diana, su cuerpo hundiéndose sin pesar apenas junto a él en la cama, la palma abierta sobre las sábanas, pidiendo de aquella forma absurda, casi adolescente, lo que (parecía increíble) no se atrevía casi a pedir de otra manera, que se volviera hacia ella, que le hiciera el amor, pero cómo iba a hacerle el amor la noche antes del maratón, cómo iba (esto debería saberlo Diana desde hacía mucho tiempo) quererla la noche antes de una carrera sabiendo lo que le debilitaba aquello. Se volvió de lado para evitar mirarla y repitió «Mañana es el gran día», y ella dijo «Sí», procurando no hacer ruido al retirar la mano, como si a la vez se avergonzara de haberlo pedido. Él sintió lástima entonces de su silencio y decidió hacerlo, querer a Diana aunque fuera apresuradamente y después volverse para dormir lo antes posible. No iba a decirlo claramente después de la señal, así que buscó, con su pie, el pie de ella bajo las sábanas. Kilómetro 24 y Diana repitiéndose junto a Ernesto en aquel silencio que era de nuevo su pie buscando el de Diana sin conseguirlo porque también ella se había vuelto para no mirarle lo mismo que ahora Ernesto se adelantaba ligeramente para no mirarle; las piernas de aquel chico corriendo delante de él exactas a las piernas de Diana la noche anterior, la cadera hundiéndose en la sábana como una ola de carne, él a punto de decir su nombre, de decir «Diana» sin terminar de hacerlo, como no terminaba tampoco ahora de ponerse a la altura de Ernesto, de alcanzarle.

La crisis de los treinta kilómetros no por más esperada fue menos dura de lo que había supuesto. Comenzó con el arrepentimiento de la escapada y fue subiéndole después a los brazos, a los hombros, a la cabeza. Tal vez si no hubiese pensado tanto en Diana durante los últimos kilómetros, si hubiese estado más concentrado en la carrera, ahora habría estado menos agotado. Ernesto parecía no cansarse nunca. Mantenía la misma velocidad, el mismo ritmo respiratorio desde que le alcanzó hacía siete kilómetros y a él le pareció de pronto inhumana su resistencia. Alguien le tiró un bote de agua que le empapó la camiseta y el dorsal. 1476 decía ahora, mil cuatrocientos setenta y seis, mientras Ernesto se alejaba definitivamente, medio metro que aumentaba a uno, a uno y medio, las palabras «No puedo» golpeando en las sienes junto al 1476 y Diana riéndose de él, porque sin duda Diana se habría reído de él en tales circunstancias, de su fracaso. Pensó en dejar de correr, en abandonar cuando Ernesto no le viera y lo habría hecho tras el cartel que anunciaba que estaba en el kilómetro 34 si no hubiese sido porque Ernesto volvió la cabeza para mirarle. Sintió su mirada sobre él como un latigazo que le sacudió todo el cuerpo, y le pareció absurdo que entonces se redujera la distancia que les separaba al uno del otro.

«Son sólo ocho kilómetros más», dijo en voz alta, como si pronunciar aquellas palabras le ayudara, o absurdamente fuera a reducir el esfuerzo que le iba a suponer mantener el ritmo. Cuando Ernesto volvió a situarse a su altura le dio la sensación de que algo se forzaba en él, algo de lo que nunca había sido Ernesto hasta entonces se deducía en aquella forma (quizá) de retenerse, como si hubiese sido voluntario el hecho de situarse a su altura de nuevo, como si le hubiese esperado. Quiso decírselo pero no dijo nada. Si aún corría era —pensó— porque debía terminar la carrera, no porque tuviera que ganar a Ernesto. Sabía, desde hacía cinco kilómetros, que iba a ser imposible superar su propia marca y aquello, todo, también el recuerdo de Diana, le pareció perfectamente ridículo. Aquella sensación duró todavía cuatro kilómetros, pero al cruzar la barrera del kilómetro 38 algo se quebró en él y fue como si toda voluntad se volcara de nuevo en el hecho único de vencer a Ernesto. Probó una nueva escapada, pero esta vez no consiguió más que alejarse un metro de él. Si le hubieran preguntado entonces habría contestado que le odiaba. Odiaba a Ernesto, y a sí mismo, y al griterío del público tras las vallas, y a su satisfacción como a la posibilidad de vencerle o salir derrotado, y aquel odio se le quedó estrangulado como una furia. Quería destruirle y destruirse; vencerle y morir cuando acabara la carrera.

Corrió los últimos cuatro kilómetros en un estado cercano a la histeria, apretando las mandíbulas hasta hacerse daño. Ernesto hizo un pequeño sprint en el penúltimo kilómetro, como si quisiera demostrar algo (pero demostrar qué), y volvió a situarse a su lado. Volvió a escuchar los gritos del público, volvió, también, a odiarles cuando le tiraron agua. La meta apareció a lo lejos, fea y absurda a la vez, y brillante. Intentar adelantar a Ernesto estuvo a punto de desestabilizarle y hacerle caer, si no cayó fue porque se apoyó en él, empujándole. Cruzó la línea de meta con la insatisfacción absoluta de quien no sabe por qué ha hecho lo que ha hecho, y cuando se volvió para mirarle no pudo ver más que a un grupo de personas agolpadas junto al cuerpo de Ernesto, tendido a quince metros de la llegada. «He ganado», pensó.

«Le he ganado», dijo, igual que si pronunciar aquellas palabras fuera a quitarle aquella insatisfacción que de pronto volvía a subirle a la garganta. Sintiéndose culpable, pensó que no le importaba que Ernesto se hubiera caído. Quería, sin embargo, verle; y no porque sintiera satisfacción por el hecho de haberle derrotado, sino por comprobar precisamente si encontraba la satisfacción que había buscado (y que no tenía) al verle en el suelo. No le permitieron pasar y se encontraba tan débil que bastó que le apartaran con un simple empujón para que desistiera.

Volver a casa le pareció empezar de nuevo un juego aburrido y larguísimo, y cuando Diana le abrió la puerta dijo la verdad:

«He ganado.»

«Lo sé», contestó ella.

La apartó de la puerta con la mano y caminó hacia el pasillo, sin preocuparse de las palabras que había pronunciado y que se quedaron allí, en el aire de la entrada, con el misterio de un acertijo que no puede o no debe ser resuelto. Fue hasta el dormitorio y se dejó caer en la cama. Sólo unos segundos después apareció Diana en el umbral. Pronunció su nombre una vez. Dos veces. Tres.

La misma sensación de insustancialidad que probó al ganar a carrera le subió de nuevo a la garganta con la voz de Diana pronunciando su nombre. Deseó que no se acercara a él, que le dejara en paz, al mismo tiempo que la vida se resquebrajaba en intenciones absurdas (salir de nuevo a correr), en miedos (quizá no era Ernesto el chico al que vio aquella mañana), en insatisfacciones (la bondad de Diana empujando contra su voluntad como una ola blanda, melancólica). Ella pronunció su nombre una vez más, y se acercó a la cama, sentándose junto a él. De pronto no pudo soportar la mano de ella en su pelo, aquel nuevo pronunciamiento blando de su nombre, y aunque aguantó todavía unos segundos, se volvió bruscamente hacia ella.

«¡Déjame en paz! ¡Te estoy pidiendo que me dejes en paz!», gritó, y el rostro de Diana se quedó congelado en un gesto patético, a medio camino entre la incomprensión y el miedo y las ganas de llorar.

Salió de la habitación sin hacer ruido, como si no tuviera ni siquiera cuerpo, sin volverse para mirarle. Él se dejó resbalar en aquel sueño pesado y negro, irrespirable.

Se divorciaron un mes más tarde como se divorcian tantas parejas en los primeros años de matrimonio; con aquel sentimiento de fracaso asumido, y de ridículo. La ausencia de Diana era esto:

Un silencio en el baño antes de meterse en la cama.

Un espacio vacío en los armarios.

Un recuerdo de voces y fotografías.

Se marchó una tarde de miércoles en la que la primavera daba un calor asfixiante al apartamento, y lo hizo después de bajar las persianas para que no entrara el calor, absurdamente, como una suicida dobla su ropa, la ropa que nunca más va a volver a ponerse, antes de saltar desde un acantilado. El resto de las gestiones las hizo su hermana, que tras un silencio en el que no se esforzaba por disimular su odio, fue quien acompañó siempre al abogado, quien le llevaba los impresos que debía firmar para los trámites jurídicos con la firma ya dispuesta de una Diana que debía de estar en otra parte, a salvo de él. Supo gracias a ella, y con una intención que tenía más la malignidad de quien desea hacer sufrir que la frialdad de la simple información, que Diana acudía a un psicólogo y que se medicaba, y sin embargo no sintió lástima, sino una felicidad casi culpable en verla alejada de él, dispuesta a empezar una vida en la que quizá podría ser feliz.

Correr era la gran liberación; más que nunca, en aquellos días en los que el silencio al que se empezó a acostumbrar en casa le llevaba a salir a la calle como el único acto posible. Si le hubieran preguntado si era feliz no habría sabido qué contestar. Habría dicho, tal vez, que se sentía vacío, y que aquel sentimiento era, si no la felicidad, al menos lo más parecido a un estado de calma en lo que se había encontrado nunca, un estado de calma que ni siquiera necesitaba pronunciar ni compartir, y que aquello no lo hacía menos alegre, sino (y extrañamente) más real. Comprobó que todos los estados en los que anteriormente se había considerado feliz le habían llevado siempre a compartir su alegría, a pronunciarla, y si le parecía éste más real era porque ni siquiera sentía esa necesidad, porque pronunciarla, compartirla con alguien no le habría añadido nada a aquella simple satisfacción de correr.

Lentamente, algo se retraía también en él; su necesidad de los demás se quedó congelada, minúscula, y aunque nunca llegó a molestarle la presencia de otras personas a su alrededor, sí era verdad que procuraba alejarse de ellos lo antes posible, a considerarles tan innecesarios como él mismo se sentía, y aceptaba, innecesario.

Los cuatro primeros meses de ausencia de Diana le hundieron en un abismo en el que le parecía que jamás iba a terminar de conocerse. Los comentarios de las personas que solían rodearle hacían evidente su cambio, y lo atribuían al divorcio cuando la realidad consistía no en que Diana fuese la que había producido el cambio, sino en que era el único lastre que de alguna forma le impedía dirigirse a aquel nuevo estado al que parecía hecho de forma natural. Y si lo hacía no era porque sintiera remordimiento, sino porque su ausencia era todavía demasiado real, demasiado palpable, y porque pensaba que era precisamente la ausencia de Diana la que ahora le hacía bueno, la que le purificaba convirtiéndole en mejor de lo que era.

Comenzaba el verano cuando se encontró a Ernesto en el parque, mientras hacía estiramientos antes de empezar a correr. No se habían visto desde el maratón, y cuando le encontró a lo lejos y se miraron no sintió placer ni disgusto, sino algo parecido a la sensación que le humedecía las manos cuando todavía encontraba alguna fotografía de Diana por la casa; algo que sin desagrado le devolvía la memoria de quien había sido con cierta vergüenza. Si no se acercó a él fue porque no habría sabido qué decirle, pero tampoco retiró la mirada. Siguió con sus estiramientos y a los pocos minutos sintió que era Ernesto quien se acercaba a él. Parecía que no había pasado el tiempo, que iba, como la vez que se conocieron, a preguntarle: «Tú corres, ¿verdad? Te he visto aquí, en el parque, muchas veces», pero en lugar de aquello se detuvo frente a él en silencio y se quedó allí, amenazador, hasta que fue él quien le dirigió la palabra.

«¿Qué quieres, Ernesto?»

«Que sepas la verdad», dijo.

Hubo un nuevo silencio, justificado en parte por el tono de solemnidad con que Ernesto había pronunciado aquellas palabras. Un corredor cruzó a ritmo rápido junto a su lado y los dos se lo quedaron mirando hasta que giró tras unos arbustos. Hacía calor.

«Sabes perfectamente que no me ganaste el día del maratón, que dejé que me ganaras», continuó con un profundo gesto de repugnancia, de orgullo herido, y esperó en silencio, como exigiéndole que tuviera el valor de negarlo. Si no lo hizo fue porque de pronto le pareció tan absurda la derrota como la victoria. Dársela a Ernesto tampoco añadía nada ahora, como no añadía nada la luz al parque, o el calor a aquella tarde.

«Supongo que querrás saber por qué lo hice.»

«Sí», contestó sin curiosidad, porque sabía que Ernesto quería decirlo.

«Me lo pidió Diana. Fue Diana la que me pidió que te dejara ganar.» Ernesto había dicho muy rápido aquellas palabras, perfectamente concentrado en su reacción, y pareció complacerse en ella, porque sonrió al comprobar su extrañeza.

«¿Diana?»

«Sí, sabía que corríamos juntos. A veces bajaba a vernos correr, sólo que tú ni siquiera te dabas cuenta.»

«Diana», respondió él, pensando que le habría asombrado menos que la misma Diana hubiese aparecido allí mismo y lo hubiera confesado.

«Pensaba que si me ganabas se arreglaría vuestra situación.»

«¿Te dijo eso ella?»

«Sí, estaba desesperada. Cuando habló conmigo se puso a llorar.»

Algo se complacía en Ernesto al confesar aquellos detalles, como si su victoria llegara ahora y quisiera entretenerse en ella, saborearla. Sintió repugnancia por él, por el hecho de que conociera tantas cosas sobre la vida de Diana más que por el de que le acusara como responsable de su infelicidad.

«¿Tienes algo más que decirme, Ernesto?»

«Sí... Me das asco.»

Se oyeron las zancadas y la respiración de un corredor pero ninguno de los dos se volvió para mirarle. Sintieron de nuevo el calor, ahora como si aquel aire respondiera a la misma densidad de sus miradas. Ernesto se fue sin decir una palabra y él esperó en vano que se volviera para mirarle por última vez.

Atardecía en el siete de mayo del mejor de los mundos posibles. Correr era la única, y más limpia, y más absurda de las opciones.

ÍNDICE

Filiación 11

Debilitamiento 69

Nocturno 145

Maratón 191